Hans Ernst

Das Geheimnis der Sennerin

Hans Ernst

Das Geheimnis der Sennerin

Roman

rosenheimer

11., überarbeitete Auflage
Titel der Originalausgabe: »Toni Zaggler«

Bearbeitung, Lektorat und Satz:
Impressum GmbH, München
Titelfoto: Michael Wolf, München
Druck und Bindung: Oldenbourg Taschenbuch GmbH,
Hürderstraße 4, 85551 Kirchheim

ISBN 3-475-53455-X

Junge Liebe

Über das Geröllfeld kommen zwei Jäger herab. Unten am Latschengebüsch verschnaufen sie kurz.

»Das war ganz schön heiß und anstrengend heute«, stöhnt Förster Hellweger und wischt sich mit dem Handrücken über das schweißüberströmte, bärtige Gesicht.

»Man spürt halt die Sechzig langsam«, erwidert der andere lachend und rückt an seinem verwitterten Filzhut über dem schlohweißen Haar. Es ist Graf Bruggstein, der Pächter dieser großen Hochjagd, die sich über ein Gebiet von gut sieben mal sieben Kilometer erstreckt. Graf Bruggstein ist von altem Adel und sehr vermögend: Er besitzt zahlreiche Immobilien und mehrere landwirtschaftliche Betriebe sowie eine bekannte Brauerei.

Vor vielen Jahren hat sich Graf Bruggstein aus dem Tagesgeschäft seiner Betriebe weitgehend zurückgezogen und das Sommerschloss Wandeck erworben. Die Jagd hat er von der Gemeinde Sintsbach gepachtet. Die Leute weit und breit nennen ihn den Bauerngrafen. Er kommt jedes Jahr, wenn es Frühling wird, mit seiner Tochter hierher und bleibt bis weit in den Herbst, wenn der erste Schnee fällt. Den Winter verbringen sie dann in der Stadt. Die Sintsbacher zählen den Grafen durchweg zu den Einheimischen. Sie haben ihm die Ehrenbürgerurkunde verliehen und ihn in ihrem Trachten- und Theaterverein ›Zünftige Sintsbacher‹ sowie beim Spiel- und Sportclub des Ortes zum Ehrenvorstand ernannt; an dem Alleebaum, an dem der jüngste Sohn des

Grafen tödlich verunglückt ist, haben sie ein kunstvoll geschmiedetes kleines Kreuz aufgestellt, das – je nach Jahreszeit – stets mit Blumen oder Immergrün geschmückt ist. Manche allerdings stehlen dem Grafen gelegentlich das Wild aus dem Wald.

Die beiden Männer setzen ihren Gang durch die drückende Sommerhitze fort. Es flimmert über den Bergen, der Himmel erscheint hoch und schwer, nur einzelne, ganz kleine weiße Wolken schwimmen im tiefen Blau.

Um sie herum ist es ganz still. Nur von ferne das Rauschen eines Bergbachs, der heisere Schrei eines Habichts. Dazwischen ab und zu ein klirrender Ton, wenn die Spitze des Bergstocks auf einen Stein trifft.

Bald haben sie den schattigen Wald erreicht. Je näher sie den Viehweiden kommen, desto lauter und belebter wird es um sie her. Kuhglocken und Schafsbimmeln klingen vereinzelt herauf, ein heller Ruf schlägt an ihr Ohr, der von irgendwoher erwidert wird. Zuerst nur in einzelnen Klangfetzen und dann ganz deutlich hören sie fröhliche Musik junger Leute, dazwischen unbeschwertes Lachen und das Stampfen schwerer Bergschuhe.

Das kommt von der Steindl-Alm, deren Hüttendach bereits durch die Lücken der Bäume schimmert.

»Machen wir dort eine kleine Pause?«, fragt der Förster, der sich von der guten Stimmung angezogen fühlt.

Graf Bruggstein nickt und schiebt den Hut aus der Stirn. »Eine kurze Rast und ein kühler Schluck könnten nicht schaden bei dieser Hitze«, meint er und steuert auf die Hütte zu.

Als sie eintreten, verstummt mit einem Mal die Musik, und alle blicken sich betroffen an.

»Nur weitermachen!«, sagt der Graf aufmunternd und lehnt Bergstock und Gewehr in einen Winkel. »Ihr werdet doch den Hellweger und mich nicht etwa fürchten? Außerdem sehe ich es gern, wenn junge Leute lustig sind.«

Unter ihnen ist auch Jutta, die Tochter des Grafen. Sie hat gerade mit Anton Zaggler ausgelassen getanzt und gelacht, und nun stehen die beiden verlegen da, mit roten Wangen und ein wenig außer Atem. Die anderen kichern verstohlen.

»Na, jetzt aber! So macht doch weiter, Anton, Jutta!«, lacht der Graf. »Ihr werdet euch doch nicht vor mir genieren.«

Nein, der Anton ist wirklich nicht so schüchtern. Er nimmt die feine Grafentochter beherzt um die Taille, dreht sich mit ihr ein paar Mal im Kreis, und schon kommen wieder fröhliche Klänge aus dem Lautsprecher. Jetzt tanzen und toben auch die anderen wieder mit, dass Boden und Fenster zittern. Die Sennerin bringt unterdessen den beiden Jägern das Bestellte: kalte Milch, Butterbrote und ein Stück Käse.

Nun ist der Remmidemmi zu Ende, und Jutta kommt an den Tisch, noch stark vom Tanz erhitzt. Sie ist eine junge Frau von erfrischender Natürlichkeit. Das Gesicht, von der Sonne gebräunt, zeigt ein klar und schön geschnittenes Profil. Ihre dunklen Locken hat sie mit zwei hellblauen Seidenschleifen ebenso schlicht wie kunstvoll gebändigt. Ihr blaukariertes Kleid unterscheidet sich nur im Material ein wenig von den Kleidern der anderen. Kein Mensch hätte in diesem liebenswürdigen, ungezwungenen Mädchen die Tochter des schwerreichen Grafen Bruggstein vermutet.

Nicht ohne stilles Wohlgefallen mustert der Graf seine Tochter, während er umständlich eine kurze Pfeife in Brand steckt und dazu brummelt: »Also hier verbringst du deine Sonntagnachmittage?«

»Ja, Vater.« Sie wischt sich mit ihrem Taschentuch über die glühende Stirn. »Der Anton kann einem ordentlich warm machen.«

Hinten auf der Ofenbank sitzt er, Anton Zaggler, und seine Augen funkeln vor Übermut und Lebensfreude. Er strotzt mit seinen neunzehn Jahren von Kraft und Jugend. Seine nackten Knie sind zerrissen von Narben, die verraten, dass Anton beim Klettern, beim Fußball und all seinem anderen Sport um seine Haut nicht sehr besorgt ist.

Neben ihm steht Simon Lechner wie der Schatten neben dem Licht. Ein Zug von finsterer Verschlossenheit liegt um seinen blassen Mund, und aus dem Dunkel, das die schwarzen, in dicken Büscheln vorfallenden Haare über die Stirn werfen, brennt ein Paar tief liegender Augen mit düsterem Feuer.

Simon Lechner redet angestrengt auf ein auffallend hübsches, blondes Mädchen ein. Es ist die Monika vom Brandl-Hof, eine reiche Bauerntochter. Sie gibt ihm nur kurze, knappe Antworten, lässt ihn dann plötzlich stehen und setzt sich zu Anton auf die Bank.

Anton nimmt keck das Schürzenband ihres schlichten Dirndlkleides, wickelt es zunächst um seinen Finger und bindet es schließlich an seinem Gürtel fest. »So«, sagt er lachend. »Jetzt kannst du schauen, wie du wegkommst von mir! Was ich einmal habe, lasse ich nicht mehr so leicht aus.«

Simon steht daneben, und seine Augen werden ganz klein.

Seine Schwester, die Erika, tritt neben ihn und sagt: »Was machst du denn schon wieder für ein Gesicht? Du verdirbst einem ja die ganze Freude!«

»Freilich! Von dir werde ich mir vorschreiben lassen, welches Gesicht ich zu machen habe!«

Die Stimmung ist plötzlich gereizt und kann sich im nächsten Augenblick entladen. Schnell greift einer der Holzarbeiter nach der Gitarre. Er spielt richtig gut, sein Rhythmus ist viel mitreißender als der von den Musikkassetten, die schon ein wenig ausgeleiert sind. Sogleich tanzt Anton mit Monika, Simon holt sich Jutta, und Erika dreht sich mit Urs, einem jungen Schweizer, der zurzeit im Nachbardorf arbeitet.

Graf Bruggstein und der Förster schauen noch eine Weile amüsiert zu, dann winkt Bruggstein der Sennerin und sagt: »Haben Sie Bier im Keller? Dann geben Sie den jungen Leuten doch ein paar Flaschen – auf meine Rechnung natürlich.«

Er legt das Geld für einige Tragl auf den Tisch, greift nach Bergstock und Gewehr und fordert den Förster mit einer Kopfbewegung auf, sich zu erheben.

»Komm nicht zu spät heim«, sagt er zu seiner Tochter, während sie rotbackig an ihm vorbeitanzt.

»Du brauchst keine Angst um mich zu haben, Vater. Anton ist ja bei mir!«

Lachend gehen der Förster und der Graf hinaus. Wortlos wandern sie eine Weile durch die Gluthitze des Sommertages, bis der kühlende Wald sie aufnimmt. Hinter ihnen tönt das Lachen der tanzlustigen Jugend.

»Das Mädchen hat ein Leben!«, schmunzelt Graf Bruggstein. »Die schlägt mir nach! Wenn es einmal Zeit ist, findet sie sicherlich den richtigen Mann, der auch meinen Vorstellungen entspricht. Die zwei sollen mir Leben und Kinder ins Haus bringen. Es wird sonst allmählich einsam um mich.«

»Wenn ich auch so reden könnte!«, antwortet der Förster ein wenig gedrückt.

»Wieso …? Ach ja! Sie haben keine Kinder. Schade! Aber sehen Sie, Herr Hellweger, manchmal ist es auch gut, wenn man keine Kinder hat. Meine Jutta macht mir zwar viel Freude. Und mein Peter, ja, das wäre auch einer geworden, auf den ich bei Gott stolz hätte sein können. Aber den hat das Glatteis aus dem Leben gerissen, weil er so schnell wie möglich in die Brauerei und vorher noch zu seiner kranken Mutter wollte. Mein anderer Sohn aber, der taugt nichts. Was ich mit dem schon Kummer erlebt habe, mein lieber Hellweger, das geht auf keine Kuhhaut.«

»Mit Graf Herbert?«, fragt der Förster verwundert.

»Graf? Ja, leben tut er wie ein Graf! Auf meine Kosten natürlich. Das gräfliche Wappen trägt er sozusagen wie ein Banner vor sich her – in jedem Taschentuch, auf jeder Zigarettendose. Aber wert ist er es schon lang nicht mehr. Mich, seinen Vater, kennt er nur, wenn er bis zum Hals in der Tinte steckt. Da muss selbstverständlich der Vater herhalten und die Schulden zahlen. Ja, mein Lieber, Sie haben gar keine Ahnung, was so ein leichtsinniges Bürscherl verprasst. Der verliert am Spieltisch oft in einer Nacht mehr, als ich und Sie das ganze Jahr brauchen. Und ich muss dann alles möglichst lautlos regeln, um den Ruf der Familie zu schützen. Ein Glück ist es nur, dass seine Mutter das nicht mehr erlebt hat!«

Der Förster ist nun schon über fünf Jahre beim Grafen angestellt. Sie haben zwar von Anfang an vertrauensvoll zusammengearbeitet, aber noch nie hat sein Arbeitgeber so frei und offen mit ihm gesprochen.

»Ihre Frau ist früh verstorben?«, fragt der Förster nach einer Weile.

»Freilich, viel zu früh. Und denken Sie sich, welch eigenartige Fügung! Oder kennen Sie die Geschichte schon? Nicht? – Also: Am selben Tag, fast zur selben Stunde, als meine Frau starb, hat mein Peter bei dem

Verkehrsunfall sein Leben gelassen. Der Zaggler senior, der Alfons, kam dazu und versorgte ihn, so gut es ging, er stand ihm in seinen letzten Minuten bei.«

»Ausgerechnet der Zaggler?«

»Ja. Verstehen Sie nun, warum ich beim Zaggler immer ein Auge zudrücke? Weil er meinem Buben beigestanden hat. Das vergesse ich ihm nicht so leicht ... So, und nun wollen wir ein anderes Thema anschneiden. Haben Sie schon Nachricht wegen der Dobermannkreuzung? Ja? Und? Was schreiben die?«

Förster Hellweger, nun ganz in seinem Element, hält dem Grafen einen ausführlichen Vortrag über die Kreuzung der verschiedenen Jagdhundrassen. Und schneller, als sie eigentlich wollen, stehen sie vor dem Försterhaus, das etwa zweihundert Meter außerhalb des Dorfes in einem gepflegten Obstgarten steht.

»Wenn ich Sie bitten darf, Graf Bruggstein, vielleicht trinken Sie mit uns eine Tasse Kaffee?«

»Aber gern!« Der Graf stößt mit dem Fuß das Gartentürchen auf. »Ah, da ist sie ja schon, die liebe Frau Hellweger. Grüß Gott, Frau Försterin! Ihr Kaffee duftet ja durchs ganze Tal!«

»Aber, aber! Wir würden uns freuen, Graf Bruggstein, wenn Sie mit uns ...«

»Freilich will ich gern mithalten. Aber bitte keine Umstände, und nicht groß auftragen! Gleich da im Gartenhäuschen wär's doch nett.«

Es wird eine gemütliche Stunde in der kleinen Geißblattlaube. Und als der Graf sich dankend verabschiedet, steht die Sonne schon am Grat der Berge.

Mit seinen schweren Bergschuhen schreitet der Graf über das Pflaster, jeder Schritt ist zu hören, zuweilen hallt es von den Mauern zurück. Im Dorf sitzen die Bäuerinnen auf den Hausbänken, und da und dort wechselt der Graf ein paar freundliche Worte über den Zaun. Es gibt nichts, was ihn nicht interessierte. Und als eine Bäuerin ihre kleine Tochter zu ihm führt und immerzu sagt: »So gib halt dem Herrn Grafen dein Patschhändchen«, da nimmt der Graf die Kleine kurzerhand auf den Arm und scherzt mit ihr.

Der Graf hat das Dorf durchquert und geht ein Stück auf der stillen Landstraße. Zögernd bleibt er vor einem schmiedeeisernen Kreuz stehen und liest: »Peter Graf Bruggstein hat hier sein junges Leben verloren. Sintsbach bewahrt ihm ein treues Angedenken.«

Der Graf nickt ein paar Mal und wendet sich langsam ab. »Mein armer Peter«, murmelt er vor sich hin.

Er sieht ihn im Geiste wieder vor sich, wie er tatkräftig und besonnen seinen Geschäften nachging, mit Fleiß, Können und Zuversicht, und wie er sich für die Seinen einsetzte.

Peter, ja, das wäre auch hier in den Bergen einer gewesen! Dem haben selbst die Gämsen bewundernd zugeschaut, wenn er verwegen über die Felsen kletterte. Er hat – wenn es seine knappe Zeit zuließ – sich um Wald und Wild gekümmert, wo er konnte. Und was es mit dem Gewehr zu treffen galt, traf er zielsicher. Mit dem hat man auf die Jagd gehen und seine Freude haben können. Der andere aber? Ein Elend ist es mit dem. Der stiehlt dem Herrgott bloß den Tag und seinem Vater das Geld. Zuerst hat er ein bisschen Jura studiert, dann ein paar Semester Medizin im Ausland, um sich dann mal diesem, mal jenem und zurzeit offensichtlich dem Maschinenbau zuzuwenden. Seine Hauptbetätigung besteht allerdings im Glücksspiel.

Unwillig schüttelt Graf Bruggstein den Kopf. Unterdessen gelangt er zu seinem Anwesen, bedächtig geht er durch den Park auf das weiße, stille Gebäude zu. Die

Parkbäume rauschen leise im Abendwind, und aus dem Brunnenbecken am Schlossportal steigt gemütlich plätschernd eine kleine silberne Wassersäule empor.

Die Sonne versinkt hinter den Bergen, wo ein gewaltiges Feuer zu lodern scheint, in das die Abendwolken stürzen, wie besiegte Ungeheuer. Im Wald ist es schon dunkel. Eine einsame Drossel schlägt – ein süßer Ruf im Frieden des Abends. Dann klingt helles Mädchenlachen auf, erst fern, dann immer näher; dunkles Männerlachen gesellt sich dazu. Wie von einem Spielmannszug springen die Töne durch den Wald.

Die jungen Menschen von der Steindl-Alm sind es, die heimwärts wandern und jetzt aus dem Wald herauskommen. Auf einmal stehen sie still.

»Wie wunderschön das Dorf heute Abend ist«, sagt Jutta leise und hebt aufatmend den Blick zu den hohen Wipfeln, an denen der Tag zu verglühen scheint.

Das Dorf mit seinen breiten, wuchtigen Bauernhöfen liegt schon im Schatten der Nacht. Nur um den Kirchturm und, etwas außerhalb, um den First von Schloss Wandeck schimmert noch das Abendrot. Die oberen Fenster funkeln, als ob sie im Feuer stünden.

»Schau, Anton, unser Haus brennt«, sagt die junge Komtess Bruggstein.

»Dann würde ich aber nicht da herumstehen und Löcher in die Luft schauen«, antwortet Anton. »Was meinst du, Jutta, wie ich rennen würde …«

Anton steht zwischen Jutta und Monika. Erika ist hinter ihm und Simon Lechner etwas abseits mit missvergnügtem Gesicht.

Er hat es den ganzen Nachmittag schon bemerkt, dass sich die drei Mädchen nur für den Anton interessieren. Und dabei ist doch dieser Anton nur der Sohn eines kleinen Holzarbeiters und Nebenerwerbsbauern, während er einen der reichsten Bauern im Tal zum Vater hat! Also ist es besonders von Monika, der Tochter des großen Brandl-Bauern, nicht zu verstehen, wie sie dem notigen Häuslerbuben so schöntun kann.

Jetzt streicht sie ihm sogar noch über den Arm und sagt: »Wahnsinn, was du für Muskeln hast, Anton!«

Anton lacht und zeigt seine blendend weißen Zähne. »Das kommt vom Arbeiten und vom Sport, weißt du. Mit elf Jahren habe ich dem Vater schon Bäume umschneiden und die Stämme aufladen geholfen. Dazu kam dann noch der Fußball, das Klettern, das Training im Sportclub. Und steile Wiesen mit der Sense zu mähen macht einen auch nicht gerade schmächtiger.«

Simon stößt ein kurzes, höhnisches Lachen aus. »Als wenn's da recht viel zu mähen gäbe! Die paar grünen Handtücher, die ihr habt!«

Anton wendet langsam das Gesicht. Eine kleine Falte steht zwischen seinen Brauen. »Alle können keine Großbauern sein, und sie wollen es vielleicht auch gar nicht sein«, sagt er trotzig.

»Da hat er Recht, der Anton«, wispert Erika, Simons Schwester.

»Freilich: ›Da hat er Recht, der Anton‹«, äfft Simon nach. »Er hat immer Recht, der Anton, euer ›Tonele‹. Und den ganzen Tag hört man nichts wie ›Tonele‹ hin und ›Tonele‹ her! Er ist der Liebe, der Brave, der Gute. Und unsereins ist der Garniemand.«

»Simon!«, ruft Komtess Jutta streng. »Ich glaube nicht, dass dir jemand von uns zu solchen Worten Anlass gegeben hat. Du bist es immer selber, der Streit sucht und die Stimmung vergiftet.«

»Du gibst nicht nach, bis ich dir wieder die Hucke voll schlage«, fügt Anton hinzu und reckt sich ein wenig, als wollte er gleich an die Arbeit gehen.

Da schiebt Monika ihren Arm unter den seinen, Jutta hängt sich auf der anderen Seite ein, und so ziehen sie den Anton fort. Erika will sich auch anschließen, aber Simon hält sie mit rauem Griff zurück.

»Du bleibst da. Du bist meine Schwester und hast zu mir zu halten, verstanden!«

Er zieht sie an der Hand mit sich und schlägt einen anderen Weg ein als die drei.

Als Anton und die zwei Mädchen über den Wiesenpfad durch ein paar Viehweiden zur Bachbrücke kommen, sagt Monika: »Jetzt muss ich euch leider allein lassen.« Der Hof ihrer Eltern liegt nämlich gegenüber Schloss Wandeck am entgegengesetzten Ende des Dorfes.

Auf der hölzernen Brücke bleiben sie stehen und vereinbaren ein nächstes Treffen. Mit silbernen Wellen sprudelt der Bach unter ihnen und singt seine Wassermusik in die Stille der frühen Sommernacht.

»Kommt gut heim«, sagt Monika und biegt rechts ab in einen Feldweg, der direkt in den Brandl-Hof mündet.

»Du auch«, ruft Anton ihr nach und wendet sich mit Jutta links ab. Aber in gewissen Zeitabständen schaut er sich regelmäßig um, und es ist wie eine geheime Abmachung, dass Monika es im selben Augenblick auch tut. Dann verschwindet sie plötzlich im Dunkel.

»Sag mal, Anton«, beginnt Jutta unvermittelt, »aber du musst es nicht als Indiskretion auffassen ...«

»Als was soll ich's nicht auffassen?«, fragt Anton, der das Wort als fremd und geschraubt empfindet.

»Ich meine: Du darfst nicht glauben, dass ich neugierig bin und dir zu nahe treten will. Aber sag mir bitte ganz ehrlich: Hast du schon einmal mit einem Mädchen ... – ich meine, so richtig ein Verhältnis gehabt?«

»Nein, das habe ich noch nicht.«

»Dann ist es gut.« Ruhig und sachlich sagt Jutta das.

»Warum soll das gut sein?«

»Ach, nur so. Ich wollte es nur wissen. Ich zum Beispiel – ich möchte einmal mit keinem Mann zusammenleben, der vor mir schon mit einer anderen so gut wie verheiratet war.«

»Natürlich«, nickt Anton bestätigend, obwohl er das nicht ganz begreifen kann.

Eine Abendglocke beginnt mit vollem, warmem Klang zu läuten. Geradezu andächtig bleiben Anton und Jutta stehen und lauschen.

Als die Glocke verklingt, sagt Jutta ganz leise: »Du – Anton ...«; und nochmals: »Anton – Tonele ...« Das Letzte kommt ein Weilchen später und schwingt sanft im Abendwind.

Ein seltsames Gefühl übermannt ihn bei diesem sanften Klang seines Namens. Im Augenblick kann er gar nichts sagen.

Ihre Hand schmiegt sich in die seine. »Was willst du einmal werden, Anton?«

»Förster und Jäger möchte ich werden. Weißt du, so in den Bergen herumklettern, ganz früh schon, wenn die Sonne aufgeht, das wäre mein Leben.«

»Und wenn du einmal Förster und Jäger bist, was tust du dann?«

»Na ja, dann pflege ich den Bergwald, steige ich den Gämsen nach, mache die Wildwechsel ausfindig ..., und was es halt da alles gibt.«

»Nein, ich meine außer dem Jagen und Waldhüten – ich meine, wenn du nicht mehr allein bleiben willst?«

»Ach so? Ja, dann heirate ich die Monika.«

Diese Worte treffen sie unvermutet mitten ins Herz. Ein leiser, unterdrückter Laut. Dann die zögernde Frage: »Die Monika – vom Brandl?«

»Ja, die habe ich gern.«

Ihre Hand löst sich aus der seinen. »Das ist mir bisher noch gar nicht aufgefallen.«

Ihre Stimme hat plötzlich einen fremden Klang. Anton bemerkt das aber nicht und erzählt ganz unbekümmert von seiner Liebe zu Monika.

Jutta fragt nichts nach, gibt auf nichts eine Antwort. Erst eine Weile später will sie wissen: »Und die Monika? Will sie dich auch heiraten?«

»Das weiß ich nicht. Bis jetzt haben wir das noch gar nicht besprochen. Aber gemerkt habe ich natürlich schon, dass sie mich nicht nur gern sieht.«

Jutta will ihm sagen, dass dies noch lange kein untrügliches Merkmal der großen Liebe sei. Aber sie verschweigt es und sagt nur: »Ich will mit meinem Vater einmal darüber reden, dass du Forstwirtschaft und Jagd lernen kannst.«

Da bleibt er stehen und fasst mit einem unterdrückten Jubelschrei nach ihren Händen. »Jutta! Wenn du das fertig bringst, mein Leben lang bin ich dir dankbar dafür!«

Ganz nah steht sie vor ihm und blickt ihm lange und tief, sehr tief in die Augen. Ein trauriges Lächeln zuckt um ihren Mund – ein Lächeln, das er an ihr nicht kennt. Dann hebt sie sanft ihren Arm und streicht ihm mit zitternden Fingern über die Wangen. »Guter Tonele«, sagt sie leise dabei.

Da räuspert sich jemand laut. Die beiden fahren erschrocken herum, aufgescheucht wie aus einem schönen Traum. Im Schatten der Schlossbäume steht Wilhelm, der Hausmeister und dienstbare Geist des Grafen.

Jutta drückt Anton noch rasch die Hand und geht von ihm weg.

Wilhelm sagt mit gedämpfter Stimme: »Man war bereits in Sorge um Sie, junge Frau.«

»Wer war in Sorge? Mein Vater wusste, wo ich war.«

»Ja, aber die Martina, ich, alle waren wir besorgt. Es ist schon nach neun, und ich wollte schon auf die Suche nach Ihnen gehen.«

»Ich danke Ihnen, Wilhelm, aber Ihre Sorge war unnötig.«

Wilhelm deutet eine Verneigung an, schließt das hohe Gittertor und geht stumm mit Jutta zum Schloss. Mit unzähligen, flimmernden Himmelslichtern liegt die Nacht über ihnen.

Aus Juttas Zimmer wirft eine Lampe rötliche Lichtbänder in den dunklen Park hinaus. In einem Lehnstuhl sitzt sie am offenen Fenster, lauscht auf das unermüdliche Plätschern des Brunnens und blickt dann wieder sinnend über die schwarzen Wipfel hinauf zu den Felswänden, die scharf und kantig emporstoßen in das tiefe Nachtblau des Himmels.

Jutta Komtess Bruggstein versucht in dieser Nacht, ihre erste, ganz heimliche Liebe zu begraben! Wie ein Traum war alles gewesen. Ein Traum, von dem sie zu niemandem sprechen kann. Im Frühling war es, als sie nach einem langen, strengen Winter den Anton wieder sah. Da wusste sie mit einem Mal, wonach sie sich den ganzen Winter über gesehnt hatte. Sie probierte, wie lange sie es schaffte, ihn nicht zu sehen. Kaum zwei Tage hielt sie es aus, dann suchte sie ihn. Sie fand ihn auf dem Acker, ging neben ihm her, als er gründlich und bedächtig die Saat ausbrachte, Korn neben Korn, ging am Abend mit ihm heim, saß mit ihm hinter dem Haus und zählte mit ihm die Sterne, die aufgeflammt waren am tiefblauen Himmel, einer nach dem anderen. Anton sagte dann so nebenbei: »Morgen muss ich in den Holzschlag und dem Vater helfen.«

Wie selbstverständlich war es, dass sie ihn auch da oben besuchte. Kein Weg war ihr zu beschwerlich. Und einmal, als er nur mit knapper Not vor einem stürzenden Baum zur Seite springen konnte, schrie sie gellend auf. In diesem Augenblick kam es ihr zu Bewusstsein, wie lieb sie ihn hatte. Sie ging heim damals, ins Abendrot, wie in einen neuen Morgen hinein. In einem Traumland war sie gewandelt, in einem Land voll stiller Freude und Schönheit – bis heute. Und nun heißt es Abschied nehmen von dieser jungen, unausgesprochenen Liebe.

Jutta steht auf, tritt ans Fenster und blickt hinaus in die milde, sternfunkelnde Sommernacht. Ihre Lippen sprechen ganz leise einen Namen: »Anton ...« Und noch mal ganz leise wie ein Hauch: »Tonele ...«

Was hatte die gute Jutta nur, dass sie auf einmal so traurig wurde beim Abschied?, wundert sich Anton Zaggler. Er schlendert heim, vor sich hin pfeifend, wie das seine Gewohnheit ist. Bald hat er das kleine, gepflegte Haus am Fuß des Berges erreicht. In der Stube brennt schon das Licht, und als er hereinkommt, steht die Mutter mit einem freundlichen »Grüß dich, Bub!« auf, geht zum Ofen, wo sie das warm gehaltene Essen herausnimmt, und stellt es auf den Tisch. Der Vater sitzt im Lehnstuhl, studiert ausdauernd die Lokalnachrichten in der Zeitung und pafft aus einer kurzen Pfeife graugelbe Tabakschwaden, die wie träge Nebel unter der hölzernen Stubendecke hängen.

»Rauch doch nicht gar so viel!«, mahnt die Zaggler-Mutter und hustet ein paar Mal.

Alfons Zaggler blickt von seiner Zeitung auf, fährt sich mit gespreizten Fingern über das ergraute Haar und meint: »Vergönn mir's doch, Frau! Man gönnt sich ja sonst nichts auf der Welt.« Dann blickt er auf den Sohn, der soeben einen Knödel auseinander schneidet, und sagt: »Den Artikel musst du lesen, Bub! Da kriegst du einen Begriff, wie es zugeht in unserer sauberen Welt.« Es ist ein Artikel über organisierte Wilderer, Schmuggler und Schieber und ihre »anscheinend sehr guten Beziehungen«, wie der Vater viel sagend andeutet.

»Ich habe jetzt keine Lust, zu lesen«, lehnt Anton ab und isst mit gutem Appetit weiter.

»Was hast du? Keine Lust hast du? Du liest den Artikel, das erwarte ich von dir!«

»Aber geh, Vater, wenn er halt müde ist und keine Lust hat, der Bub«, mischt sich die Mutter ein. »Du tust ja so, als ob vom Lesen dieses Artikels die ewige Seligkeit abhinge. Er ist ja auch noch zu jung und zu unternehmungslustig, um wie du jeden Abend die Zeitung endlos rauf und runter zu studieren. Er muss doch nicht alles wissen!«

»Der weiß doch sonst auch alles so gut! Er soll einfach den Artikel lesen, weil ich immerhin selber den Kopf hingehalten habe, damals, als wir diese Rauschgiftschieber und Menschenschmuggler oben im Grenzwald stellten, die sie dann so erstaunlich schnell abgeschoben haben. Das ist damals gewesen, als ich einen kranken Jagdgehilfen vertreten habe und beim Schusswechsel mit diesem kriminellen Pack eine Kugel in den Arm bekam. Der Bub soll nur wissen, was sein Vater mitgemacht hat für Recht und Ordnung. «

Anton nickt beiläufig. Er kennt diese Räuber- und Gendarm-Geschichte längst auswendig, der Vater hat sie ihm oft genug erzählt. Der junge Mann hat plötzlich einen ganz anderen Gedanken, der ihn angestrengt beschäftigt. Diese Frage hat ihn mit einem Mal angesprungen, lässt ihn nicht mehr los, und es scheint ihm ungeheuer wichtig, darüber Klarheit zu erhalten.

Anton ist mit dem Essen fertig, schiebt den Teller weit von sich und fragt, noch immer kauend: »Sag einmal, Vater, wie ist einem denn da zumute, wenn man auf einen Menschen schießt?«

»Da denkst du dir in dieser Lage nichts dabei. Du hast es mit einer gemeingefährlichen, brutalen Bande zu tun – du schießt in Notwehr, sonst beißt du selber ins Moos.«

»Ja, es ist eben Notwehr«, nickt Anton. »Aber angenommen, ich wäre Revierförster und würde einen kleinen, sagen wir einmal ›ganz normalen‹ Wilderer auf frischer Tat ertappen. Es wäre schon ein ungutes Gefühl, auf einen Menschen schießen zu müssen.«

Der Zaggler-Vater stößt eine Rauchwolke gegen die Decke und antwortet mit etwas veränderter Stimme: »Auf den brauchst du ja nicht zu schießen. So einen armen Teufel, der sich mal einen Sonntagsbraten holt und dir nichts will, lässt du eben laufen.«

»Wenn er wirklich ein armer Teufel ist, kann man ja ein Auge zudrücken. Aber es gehen auch andere hinaus, Söhne von Großbauern und reichen Wirtsleuten zum Beispiel, die es nicht nötig hätten und bloß zum Wildern gehen, weil sie sich in ihrer komischen Männlichkeit bestätigen wollen und Freude dran haben, wenn sie Schaden zufügen können. Denen würde ich aber das Handwerk legen! Und wenn sie sich dann wehren …?«

»Du wirst aber kein Förster, sondern Holzarbeiter und Kleinbauer, wie ich einer bin und wie es mein Vater und Großvater auch schon gewesen sind.«

»Nein«, sagt Anton in aller Seelenruhe, »ich werde Förster und Jäger.«

»Dass ich nicht lache!«

»Da gibt's nichts zu lachen, Vater. Die Jutta legt beim Grafen ein gutes Wort für mich ein.«

Der Vater faltet wütend die Zeitung zusammen, schlägt ein paar Mal mit der flachen Hand drauf und wirft sie von sich. »Habe ich es nicht schon immer gesagt? Es kommt nichts Gescheites heraus bei der Geschichte! Wie oft habe ich dir schon gesagt, Frau, wir sollten den Buben nicht immer aufs Schloss rennen lassen!«

»Aber, Alfons, wenn der Bub tatsächlich Förster werden kann!«

»Pfeifendeckel wird er! Ich will nichts mehr hören von diesen Flausen! Der Bub wird Holzarbeiter und Nebenerwerbsbauer wie ich auch.«

»Darüber haben wir das letzte Wort noch nicht geredet.«

»Es gibt nicht mehr viel zu reden in der Angelegenheit! Und jetzt möchte ich meine Ruhe haben.« Der Vater steht auf, klopft seine Pfeife aus und fragt: »Hast du meine Sachen schon hergerichtet? Dieses Mal komme ich die ganze Woche nicht heim, weil wir am Spieglerberg arbeiten; dorthin ist es ein weiter, beschwerlicher Weg.«

»Ich habe dir alles hergerichtet wie immer. Schau halt selber nach, ob noch was fehlt!«

Alfons Zaggler stopft noch eine Dose Tabak und ein Paar in Papier eingeschlagene geräucherte Würste in den Rucksack und verschnürt ihn. Dann wendet er sich an seinen Sohn: »Anton, du mähst morgen früh auf der Brunnleite und übermorgen am Heiglanger. Wenn das Wetter durchhält, bringt ihr bis zum Donnerstag alles Heu herein. Wenn du bei uns fertig bist, kannst du beim Brucklechner helfen. Verlang zwölf Mark fünfzig in der Stunde und das Essen und Trinken – ich hab's mit dem alten Brucklechner schon beredet. So, das wäre alles. Und jetzt gute Nacht!«

Man hört den Vater über die Stiege stampfen, eine Türe zuschlagen, dann ist es still.

»Mutter«, fragt Anton, »warum will denn der Vater nicht, dass ich Förster und Jäger werde?«

»Ach, das ist nicht so schlimm. Wenn es darauf ankommt, gibt er schon nach. Ich kenne ihn ja. Aber sag einmal, ist es wirklich wahr, dass die Jutta bei ihrem Vater für dich ein Wort einlegen will?«

»Ganz gewiss ist das wahr, Mutter!«

»Mein Gott! Bub, hast du ein Glück! Die muss dich gut leiden können. Schau, wenn du einmal der ›Herr Förster‹ bist, dann bist du ein gemachter Mann.«

»Bis dahin ist zwar noch ein weiter Weg. Aber die Hauptsache ist, dass ich Aussicht habe. Und jetzt lege ich mich schlafen, Mutter. Morgen heißt es früh raus. Gute Nacht!«

»Gute Nacht, Anton. Vergiss nicht, dem lieben Gott für dein Glück zu danken!«

Anton nickt wie ein braver Schulbub, geht in seine Kammer und beugt sich zum Fenster hinaus.

Da schau, die Jutta hat auch noch Licht!, denkt er. Ach ja, die Jutta! Was war denn das eigentlich, heute Abend? Dieses Beieinanderstehen war so seltsam, so ganz anders als sonst. Er weiß sich das alles nicht recht zu erklären. Nur dass irgendetwas über ihn herfiel, als sie sein Gesicht streichelte, das weiß er. Aber da hat sich jemand am Parktor geräuspert, und weg war sie …

Anton wendet seinen Blick fort von dem blinkenden Lichtpunkt, der aus der Ferne durch die Parkbäume sticht, und sucht aus dem Gewirr von nachtdunklen Dächern da drunten im Dorf den Brandl-Hof heraus. Dort bleiben seine Gedanken hängen.

»Monika Brandl«, sagt er vor sich hin. Ganz deutlich sieht er sie vor sich; ihre schlanke Gestalt, das feine Gesicht, in dem zwei Augen sind wie tiefe, klare Seen, in denen sich ihre Seele spiegelt. Er weiß und fühlt es innig in dieser Nacht, Monika füllt sein Leben aus, und es ist schön, ihretwegen auf der Welt zu sein. Anton ist jung und zuversichtlich, er denkt nicht an die verschlungenen Wege des Lebens. Einer wie er meint halt, so wie er es sich wünscht, so wird es irgendwie auch kommen.

Er sieht sich bereits als Jäger, träumt von einem kleinen Försterhaus unter hohen Bäumen. Blumen, viele Blumen sind an den Fenstern, und Monika steht unter der Tür und schickt ihm ein fröhliches Willkommen entgegen, wenn er im sinkenden Abend auf schmalem Weg von den Bergen niedersteigt. Und sie werden sich in den Armen liegen und Geschichten erzählen, er und Monika, Geschichten von ihrer Liebe, von ihren Erlebnissen und Plänen und vom grünen Wald …

Zwölf Schläge hallen vom Kirchturm herauf. Sie brechen sich an den finsteren Felsen. Anton tritt vom Fenster zurück und legt sich schlafen. Gegen zwei Uhr erwacht er, als der Vater mit seinen schweren Schuhen die knarrende Stiege hinuntersteigt. Dann schläft er weiter.

Aber nicht mehr lange, denn die Mutter zieht ihm die Decke weg und sagt: »Bub, aufstehen, es ist Zeit!«

Im grünen Rock

Anton duscht mit eiskaltem Wasser. Der Bursche ist abgehärtet. Er schüttelt sich, dass die Tropfen sprühen, trocknet sich ab und schlüpft frisch wie der junge Tag ins Arbeitsgewand.

Auf abschüssigen, buckligen, steinigen Wiesen nützt die schönste Mähmaschine nichts. Also nimmt Anton im Schuppen eine Sense vom Nagel und beginnt zu dengeln. Auch vom Dorf herauf hört man da und dort das flinke, schrille Hämmern. Manchmal kläfft ein Hund dazwischen, oder es holpert ein Traktor über die schlechte Straße.

Die Berge sind von feinen Frühnebeln verhüllt; in tiefer Schwärze zieht sich der schweigende Wald empor. Ab und zu geht ein sanftes Hauchen durch ihn hin. Es hört sich an wie ein wohliger Atemzug im tiefen Schlaf. Und jedes Mal, wenn es kommt, dieses kurze Atemholen, bringt es von den Almen den Wohlgeruch der Brunellen herunter und wohl auch einen verschwommenen Glockenton.

In tiefen Zügen atmet Anton die frische Bergluft ein, als er zur Brunnleite hinaufgeht. Dann wetzt er die Sense – ein heller, aggressiver Klang im jungen Morgen. Schwer rauscht der Stahl durch das hohe Gras.

Die Sonne kommt. Alle Bergspitzen enthüllen sich und schimmern wie getriebenes Metall. Im weiten Umkreis sieht man jetzt die Mäher auf den Hangwiesen. Auf den ebenen Wiesen ziehen die Mähmaschinen ihre Bahnen. Überall mähen sie zu dritt oder gar zu viert. Nur Anton ist allein. Das verdirbt ihm aber die Laune nicht. Er hat sich noch nie gewünscht, dass mehr Grund beim Zaggler-Anwesen sein soll. Nein, so wie es jetzt ist, mit den neun Tagwerk, reicht es gerade. Das kann man noch leicht ohne Angestellte bewirtschaften – wenn man fleißig ist, sogar neben dem Jägerberuf.

Gegen neun Uhr kommen zwei Reiter aus dem Schlosshof: Graf Bruggstein und seine Tochter Jutta. Hell blitzt das Sattelzeug im Glanz der Morgensonne; langsam traben die beiden die Straße hinunter, Jutta ein gutes Stück vor ihrem Vater. Auf einmal ruft Jutta ihrem Vater etwas zu, worauf sie die Pferde wenden und den Hang hinaufreiten zu Anton.

Anton stützt das Kinn auf den Sensenstiel und blickt den beiden erwartungsvoll entgegen. Jutta ist zuerst bei ihm. Es fällt Anton sofort auf, dass sie etwas blass ist. Sie springt vom Pferd und reicht ihm die Hand.

»Guten Morgen, Anton! Ich habe mit meinem Vater schon geredet wegen deines Wunsches!«

»So? Dank schön! Und – was sagt er?«

»Das wirst du gleich von ihm selber hören.«

Jutta blickt dabei in seine leuchtenden Augen. Aber nur einen kurzen Moment, dann senkt sie den Blick auf die Spitzen ihrer Reiterstiefel, wendet sich plötzlich dem Pferd zu und drückt ihr Gesicht in die Mähne.

Mittlerweile ist der Graf herangekommen. Er trägt einen sommerlichen Jagdanzug ohne Hut, so dass der Wind mit seinem weißen Haar spielt.

»Reiten kann das Mädchen wie ein Dragoner«, sagt er, während er vor Anton sein Pferd zum Stehen bringt. »Also Anton, meine Tochter hat mir erzählt, dass Sie gern Förster und Jäger werden möchten …«

»Ja, Graf Bruggstein, gern, das heißt …«

»Nicht so aufgeregt – jetzt hören Sie mir doch erst einmal zu! Sie wollen also Förster und Jäger werden. Und wenn Sie es sich nicht anders überlegen, ist die Sache schon geregelt. Ich werde jetzt gleich beim Förster Hellweger vorbeireiten und mit ihm reden. Der kann Sie in die praktische Ausbildung nehmen und alles Weitere in die Wege leiten. Ich hoffe, dass Sie Ihrer Fürsprecherin keine Schande machen. Behüt Sie Gott, Anton! Komm, Tochter!«

Mit scharfem Ruck wendet der Graf das Pferd und trabt den Hang hinunter.

»Jutta …«, stammelt Anton fassungslos. »Wann soll ich denn da schon anfangen?«

»Wenn du willst, heute schon, oder morgen.«

»Nein, erst muss das Heu noch heim, dann melde ich mich gleich beim Förster.«

Noch ehe Anton dazu kommt, ihr den Steigbügel zu halten, sitzt Jutta schon im Sattel und gibt dem Pferd die Zügel frei.

Anton schickt ihr einen Dankes- und Freudenschrei nach, dann greift er wieder nach der Sense. Gegen Mittag ist die Wiese abgemäht. Frohen Mutes wandert Anton heim. Im Überschwang seiner Freude nimmt er die Mutter um die Taille und wirbelt sie im Kreis herum.

»Mutter, jetzt geht ein anderes Leben an! Jetzt werde ich Förster und Jäger. Herrgott, wie ich mich freue!«

Während des Essens schmieden die beiden Zukunftspläne. Selbst an die zukünftige ›Frau Försterin‹ denkt die Mutter schon. Die Stiegler Margarete wäre genau die Richtige, meint sie, weil die in die Hauswirtschaftsschule geht, und das sei immer ein Vorteil in einer Familie, besonders wenn einmal Kinder da sind.

Nun, vorerst ist Anton noch nicht so weit, und bis er einmal Förster wird, vergeht noch viel Zeit. Dann aber wird er nicht Margarete Stiegler heiraten, sondern Monika Brandl. Das verschweigt er aber der Mutter noch.

Um die Mittagszeit rüstet sich Graf Bruggstein zu einem Jagdgang.

»Willst du dich heute schon wieder im Wald herumärgern?«, fragt Jutta.

»Es muss sein. Ich will einmal alle Jagdbezirke aufsuchen und meinen Leuten ins Gewissen reden. Die Wilderer werden immer frecher und schießen mir das Wild vor der Nase weg. Da zahlt man jährlich Abertausende von Mark Pacht und hat nichts davon. Das wird mir allmählich zu bunt. Du kannst ja mitkommen, wenn du Lust hast.«

Damit verschwindet der Graf in sein Zimmer. Als er dann eine Weile später bei Tisch erscheint, fragt er: »Also, Jutta? Kommst du mit? Keine Lust? – Na ja, du wirst dich schon nicht langweilen. Ich denke, dass ich vor dem Dunkelwerden zurückkomme.«

Es klopft, und Wilhelm bringt ein Telefax.

Als Graf Bruggstein es gelesen hat, sagt er mit grimmigem Lachen: »Da hast du ja gleich Unterhaltung heute! Dein Herr Bruder kündigt seinen Besuch an.«

»Herbert kommt?«

»Ja, geschrieben hat er es wenigstens. Er muss schön in der Suppe sitzen, wenn er sich höchstselbst herausbemüht. Aber dieses Mal hat er sich verrechnet! Keinen Pfennig rücke ich raus!«

»Du darfst Herbert nicht unrecht tun, Papa. Er zeigt doch in letzter Zeit wirklich allen Willen, sich zu bessern.«

»Es ist auch allerhöchste Zeit. Bisher hat er sowieso nur von meinem Geld gelebt. Gedacht hat er an mich nur, wenn er Spielschulden hatte. Dann habe ich blechen dürfen wie ein Schmied. Übrigens habe ich ihm schon bei seinem letzten Hiersein ausdrücklich erklärt, dass er um Geld über seinen monatlichen Scheck hinaus nicht mehr zu kommen braucht.«

»Vielleicht braucht Herbert kein Geld. Du tust ihm manchmal wirklich unrecht, Papa.«

»Du meinst, dass er nur kommt, weil er vielleicht das Bedürfnis hat, dich und mich wieder einmal zu sehen? Nein, Spatz! Da kenne ich meinen Herbert zu gut. Allerdings, in dem Augenblick, wo ich erkenne, dass ich ihm unrecht tue, ändere ich gerne meine Ansicht.

Aber nun muss ich los. Pass auf dich auf, meine Kleine, und halt dich munter bis zum Abend!«

Im Flur nimmt der Graf das Gewehr aus dem Schrank und drückt seinen verwitterten Filzhut ins weiße Haar.

Jutta sieht ihm nach, wie er kraftvoll durch den Park geht und dann um die Mauer verschwindet. Ein unsagbares Gefühl der Leere überfällt sie mit einem Mal. Wie gut haben es doch die Töchter der Bauern. Die haben Arbeit und füllen ihre Tage damit aus. Aber sie hat außer dem bisschen Geschäftskorrespondenz und den paar Telefonaten für den Papa nichts zu tun. Für jeden sonstigen Handgriff des täglichen Lebens ist ja eine bezahlte Kraft da. Bisher hat sie das alles nicht so gespürt, weil der Gedanke an Anton diese Leere ausgefüllt hat. Aber nun ist auch das vorbei. Ein Wort ist gefallen, gestern Abend, aus seinem Mund. Ein Wort, das wie ein Schwert zwischen ihnen niederfuhr: Er liebt eine andere.

Wenn doch der Winter schon da wäre!, denkt sie verzweifelt. Im nächsten Moment graut ihr aber schon davor. Was ist im Winter? Da geht man in Gesellschaft, besucht Bälle, dazwischen ein bisschen Geschäftskorrespondenz und ein paar Telefonate, und dann werden die weithin verstreuten Betriebe des Vaters besucht. Und es ist dasselbe wie hier. Der Vater ist den ganzen Tag irgendwo, und sie ist allein. Immer allein. Wenn doch die Mutter noch lebte!

Ganz still sitzt sie, hat die Hände im Schoß verschlungen und blickt zum Fenster hinaus.

Da sind die Berge. Frieden und unendliche Einsamkeit ist da oben. Und einsam ist auch ihr eigenes Leben. Das war eigentlich immer so, seit die Mutter gestorben ist. Einsam war ihre Kindheit, freudlos ihre Jugend, bis auf einmal ein kleines Licht auf ihren Weg fiel: das Erwachen der ersten Liebe. Und nun ist alles zu Ende.

Dunkel und grau liegt der Weg vor ihr. Und plötzlich rinnen zwei Tränen über ihre Wangen.

Erschrocken springt sie auf, steht mitten im Zimmer und reckt sich. Wegen Anton weinen? Da ist es schon besser, sie zeigt ihm, wie wenig ihr an ihm liegt. Sie will ihm, wenn sie ihm begegnet, die Worte recht trocken und kurz angebunden hinwerfen. Etwa so: »Glaubst du vielleicht, Anton, ich wäre auf die Monika eifersüchtig? Oh, nicht im Geringsten. Weißt du, einmal habe ich geglaubt, mir läge was an dir. Aber das war ein Irrtum. Jawohl, Herr Anton Zaggler, ein ganz gewaltiger Irrtum.«

Jutta wischt sich mit einer energischen Bewegung über die Augen, läuft hastig aus dem Zimmer, über den Schlosshof und ruft zum Stallfenster hinein: »Hallo, Herr Bichler! Mein Bruder kommt heute um drei Uhr mit dem Zug. Bitte holen Sie ihn mit dem Auto vom Bahnhof ab!«

Wenige Minuten später geht sie fort. Sie will zu Anton auf die Wiese und ihm sagen, was sie sich soeben vorgenommen hat. Alles will sie ihm sagen, was in ihr tobt und brennt. Aber da sieht sie Anton in seiner ganzen Arglosigkeit auf der Wiese arbeiten, mitten im Heu. Und als sie zu ihm hinkommt, weiß sie von allem kein Wort mehr.

Sie sagt nur ganz leise: »Kann ich dir helfen, Tonele?«

Von Jägern und Wilderern

Graf Bruggstein geht durch den Wald. Er achtet nicht auf den Weg, sondern geht einfach zwischen den Stämmen durch und erreicht nach zweistündiger Wanderung die Lerchenalm.

Dort macht er Rast, trinkt ein Glas Milch und fragt die Sennerin so nebenbei: »Und, was machen die Herren Wildschützen? Kehren sie noch immer fleißig ein bei Ihnen?«

Die Sennerin, eine schwarzäugige Schwarzhaarige, die allgemein ›schwarze Michaela‹ genannt wird, ist nicht auf den Mund gefallen und antwortet schnippisch: »Meinen vielleicht Herr Graf, ich sehe es einem schon am Gesicht an, ob er ein Wilderer ist?«

»Nein, so viel Menschenkenntnis traue ich Ihnen tatsächlich nicht zu. Aber den Bert Steinmüller kennen Sie doch?«

»Der wildert nicht! Ich habe ihn noch nie mit einem Gewehr gesehen.«

»Der braucht keines, weil er das Wild mit der Schlinge fängt, der Haderlump. Aber eines Tages geht er uns schon ins Netz – und Sie mit ihm, weil Sie das erlegte Wild immer für ihn verstecken.«

»Diese Unterstellung möchte ich mir aber schon verbitten!«

»Verstellen Sie sich nicht, Michaela, wir wissen Bescheid!«

Der Graf legt ein Geldstück auf den Tisch und verlässt die Hütte. Als er sich zufällig noch einmal umdreht, sieht er am Fenster das grinsende Gesicht des Bert Steinmüller.

»Gedacht habe ich mir's ja, dass er in der Hütte steckt.« Kopfschüttelnd geht der Graf weiter. Es scheint ihm ein Rätsel, dass man dieses kaltschnäuzigen Wildfrevlers noch nie habhaft werden konnte. Aber mit Sebastian Büchler, dem zweiten Jagdgehilfen, wird er heute ein Wort auf gut Deutsch reden. »Wenn der glaubt, er würde bezahlt fürs Spazierengehen, dann soll er sich verrechnet haben. Nirgends in meiner Jagd wird so viel gewildert wie im dortigen Revier …« Halblaut vor sich hin sprechend, geht Graf Bruggstein ziellos des Weges.

Plötzlich kommt er an einen Holzschlag. Zwei Männer ästen gerade einen gefällten Baum aus. Der Graf stößt seinen Bergstock in den Waldboden, setzt sich auf einen Baumstumpf und legt das Gewehr über die Knie.

Dann ruft er kurz: »Herr Zaggler!«

Der Holzarbeiter Alfons Zaggler haut seine Axt in den Baum und kommt über Stämme und wirr durcheinander liegende Äste auf den Grafen zu. Bruggstein zieht einen Tabaksbeutel aus der Tasche, füllt seine kurze Pfeife und hält dem Zaggler den Beutel hin.

»Füllen Sie sich eine. Haben S' Zündhölzer?«

Nachdem er die ersten Rauchwolken in die Luft gestoßen hat, fragt der Graf unvermittelt: »Wie war das, Zaggler? Das mit dem Peter? Sie haben ihn doch sterben sehen?«

Es ist immer dieselbe Geschichte, die Alfons Zaggler erzählt, wenn der Graf ihn fragt. »Also, das war so«, beginnt er, »es war ein kalter, eisiger Morgen. Ich war gerade auf dem Weg zu einem nahen Holzschlag – da höre ich es krachen. Au weh, denke ich mir, da ist was Schlimmes passiert! Ich renne zur Kurve, da sehe ich Ihren Peter regungslos in seinem völlig zerbeulten Auto am Baum. An der Stelle war es so glatt, dass ich mich kaum auf den Beinen halten konnte. Also, ich komme hin und kann die Autotür nicht aufmachen. Es war zum Verzweifeln! Mit der Axt habe ich sie schließlich aufgekriegt. Wie ich den Peter vorsichtig herausziehe und in meine warme Jacke wickle, macht er die Augen auf. Ich habe ihn gehalten, beruhigt, wollte Hilfe holen, konnte ihn aber so nicht allein liegen lassen – weit und breit kein Mensch! Meine Hilferufe wurden vom Schnee geschluckt, niemand hat mich gehört. Da entschloss ich mich, Peter auf die Arme zu nehmen und ihn ins Dorf zu tragen. Doch plötzlich schaut er mich an, schon mit brechendem Blick, und sagt mit letzter Kraft: ›Grüßen Sie mir meine liebe Familie …‹ Und dann hat er sich gestreckt und war tot.«

»Und Sie haben ihm die Augen zugedrückt?«

»Ja. Er war so ein guter Mensch.«

»Ja«, sagt der Graf. »Ich habe ihn gern gehabt. Man hat ihm gut sein müssen, nicht wahr? Und Sie wissen ja, Herr Zaggler, wenn Sie etwas brauchen, dann kommen Sie zu mir. Das bin ich Ihnen schuldig für den Liebesdienst, den Sie meinem Buben erwiesen haben.«

Graf Bruggstein erhebt sich, wirft das Gewehr auf die Schulter und greift nach seinem Bergstock.

»Ihren Anton lasse ich Jäger werden«, sagt er so nebenbei.

Der Zaggler schaut dem Grafen verblüfft ins Gesicht. Es zuckt ein wenig um seinen Mund, dann blickt er gegen die Felswände.

»Ich kann mir ganz gut denken, dass Ihnen das nicht passt«, sagt der Graf nach einer Weile. »Aber ich halte es für ganz in der Ordnung so. Wenn er tüchtig ist, und daran zweifle ich überhaupt nicht, dann wird er in zwei Jahren schon als Gehilfe fest angestellt und hat jeden Monat sein sicheres Gehalt. Das ist viel wert, Herr Zaggler. Und auch sonst … Nun ja, Sie wissen schon, wie ich es meine. Also, behüte Sie Gott, Zaggler!«

»Behüte Sie Gott, Graf«, antwortet Alfons Zaggler kleinlaut und starrt dem Davoneilenden mit halb zugekniffenen Augen nach.

Graf Bruggstein schlägt nun die Richtung zur Jagdhütte des Sebastian Büchler ein. Er trifft den Jäger an, der auf der Bank sitzt und eine Zigarette raucht.

»Grüß Gott, verehrter Herr Büchler«, sagt der Graf spöttisch. Wenn der Graf einen seiner Jäger mit ›verehrter Herr‹ anredet, dann ist dicke Luft. Sebastian Büchler kennt die Stimmungen seines Chefs fast so gut, wie er im weiten Umkreis die Sennerinnen kennt.

»Grüß Gott, Graf Bruggstein«, sagt er freundlich lächelnd. »Ich habe Sie gar nicht kommen hören.«

»Sonst wären Sie kaum dagesessen, was?«

»Ich bitte Sie, Graf! Gerade bin ich heimkommen vom Pirschgang. Und die ganze Nacht war ich auf den Beinen wegen dieser vermaledeiten Wilderer. Aber erwischen wenn ich einmal einen tue …«

»Bis jetzt haben Sie noch keinen erwischt, und dabei wird in keinem Revier so viel gewildert wie in Ihrem.« Der Graf fasst den anderen scharf ins Auge. »Jetzt will ich Ihnen etwas sagen, Herr Büchler. Es dauert nicht mehr lang, dann ist meine Geduld zu Ende. Dann können Sie Ihren Filzhut nehmen.«

»Aber – Herr Graf«, stottert der Jäger erschrocken. »Beherrsche ich vielleicht meine Arbeit nicht richtig?«

»Das habe ich nicht gesagt. Aber ich bin nicht mehr zufrieden mit Ihnen – absolut nicht mehr zufrieden. Sie waren einmal ein guter Jäger und Forstmann, aber in letzter Zeit haben Sie gewaltig nachgelassen. Zeigen Sie mir bitte mal Ihr Berichtsbuch!«

Der Jäger zieht ein abgegriffenes Notizbüchlein aus der Tasche und reicht es dem Grafen, der es aufmerksam durchliest und dann wieder zurückgibt mit den Worten: »Ich halte es für das Beste, wenn Sie einmal mit dem Weindl wechseln. Von morgen ab arbeiten Sie am Gröllberg, und Weindl soll Ihr Revier übernehmen.«

Sebastian Büchler ist bei diesen Worten zusammengezuckt. In gekränktem Ton erwidert er: »Aber Herr

Graf, das hört sich ja gerade so an, als ob Sie mir nicht mehr trauen würden.«

»Ich habe davon nicht gesprochen. Eine Veränderung möchte ich nur deswegen haben, weil die Wilderer mit Ihren Gewohnheiten vielleicht schon zu sehr vertraut sind. Also, nehmen Sie sich zusammen, Büchler. Wenn die Treibjagden beginnen, muss Wild da sein, sonst rappelt es in euern Hütten.«

»Natürlich«, sagt Büchler mit der Miene eines Gekränkten. »Wild muss da sein. Und ist auch da. Ja, ja, Herr Graf. Jetzt will ich Ihnen verraten: Den Bock, auf den Sie schon so lang scharf sind, habe ich endlich auskundschaften können, ich weiß jetzt recht genau, wann er sich wo herumtreibt. Ein Geweih hat der, dass es eine Pracht ist, sage ich Ihnen! So was haben Sie noch nicht in Ihrer Sammlung. Da werden Sie schauen, Herr Graf! Das Wasser läuft Ihnen im Mund zusammen, wenn Sie den Bock bloß sehen.«

»Mensch, Büchler! Warum sagen Sie denn das nicht gleich?«

»Herr Graf, Sie haben mich ja gar nicht zu Wort kommen lassen.«

»Wo wechselt der Bock?«

»Vom Graskogelwald zur Heindlschlucht hinüber. Den Bock schießen Sie, Herr Graf, da wette ich alles. Soll ich gleich mitgehen?«

»Nein, heute geht es nicht. Aber übermorgen komme ich wieder herauf und hole mir den Bock. Und bei der Veränderung bleibt es. Josef Weindl übernimmt Ihr Revier.«

Damit wendet sich Graf Bruggstein zum Gehen. Er ist schon über eine Platte auf den Steig hinuntergesprungen, da dreht er sich um und ruft dem Jäger noch zu: »Nächste Woche kommt ein Neuer zu uns in die

Jagd- und Forstausbildung, der Anton Zaggler. Sehen Sie zu, dass der junge Mann was lernt, wenn er gelegentlich bei Ihnen ist!« Der Graf verschwindet im Jungholz.

Sebastian Büchler blickt ihm mit verdutztem Lächeln nach, wendet sich dann um und meint schmunzelnd: »So, jetzt kann ich mich gemütlich hinlegen und ordentlich ausschlafen. Der kommt nicht mehr heute. Aber was er mit dem Anton Zaggler im Sinn hat, das möchte ich wissen. Nun ja, mir kann's ja gleich sein. Mit dem Buben werde ich schon fertig.«

Ganz so leicht, wie er es sich einredet, ist ihm freilich nicht zumute. Er hat eher das Gefühl, dass sich ein Gewitter über ihm zusammenbraut. Ein Glück, dass er dem Grafen den guten Bock verraten konnte. Das hat dessen Stimmung wieder ein wenig gehoben.

Sebastian Büchler horcht eine Weile auf den Steig hinunter, von wo die sich entfernenden Schritte des Grafen zu hören sind. Dann geht er in die Hütte und wirft sich aufs Bett.

Graf Bruggstein geht mit raschem, entschlossenem Schritt. Bis zur Auerhütte, in der Josef Weindl in seiner Dienstzeit wohnt, sind es normalerweise zwei Wegstunden, weil man um den ganzen Berg herumgehen muss. Aber auf einmal besinnt sich der Graf eines anderen und steigt über ein Geröllfeld und einen Latschenhang geraden Weges hinauf. Von da aus muss er bis zur Spitze des Berges ungefähr dreißig Meter emporklettern. Drüben geht es dann fast senkrecht hinunter. Ein gefährlicher Abstieg. Graf Bruggstein aber kennt jede Schrunde und jeden kleinen Vorsprung in dieser Wand und steigt ohne Zögern an ihr hinunter. So schneidet er den langen Weg ab und ist schon nach einer halben Stunde an der Auerhütte.

Der Jäger Weindl ist nicht da. Der Graf setzt sich auf die Bank, stopft seine Pfeife und genießt den herrlichen Rundblick auf das Wettersteingebirge. Josef Weindl hat zweifellos eines der schönsten Reviere, sinniert er. Der Weindl ist aber auch ein tüchtiger Jäger und Forstmann, der noch nie den geringsten Anlass zu einer Klage gab …

Die Sonne neigt sich schon stark gegen Westen. Von Josef Weindl ist immer noch nichts zu sehen. Da reißt der Graf ein Blatt aus seinem Notizbuch, klemmt es an die Türe und schreibt darauf: »Herr Weindl, Sie übernehmen bis auf weiteres das Revier von Herrn Büchler. Gruß, Bruggstein.«

Leise pfeifend, wandert Graf Bruggstein weiter zu seinem Lieblingsjagdhaus, der Luisenhütte, die er immer selbst bewohnt, wenn er längere Zeit am Berg bleibt. Er hat die Hütte nach seiner verstorbenen Frau benannt.

Als er in den schattendunklen Hochwald kommt, verstummt er und blickt aufmerksam zu Boden. Da ist eine ganz frische Spur. Ein schwerer Hirsch muss es sein.

Bruggstein ist wie ausgewechselt. Mit fiebernder Hast schiebt er zwei Patronen in die Läufe und pirscht sich lautlos durch die Bäume. – Eben will er eine Waldlichtung überqueren, da … Schlank und herrlich steht der Hirsch in der Mulde.

Bruggstein spannt den Hahn und hebt das Gewehr an die Wange. Der Hirsch wirft das Haupt mit dem prachtvollen Geweih empor. Noch ehe er zum Sprung ansetzen kann, kracht der Schuss.

Aber was ist das? Der Hirsch setzt mit jagenden Sprüngen in den Wald hinein. Ein zweiter Schuss kracht, der Hirsch ist getroffen und fällt in das Dickicht. Er kann sich noch ungefähr dreißig Meter weiterschleppen und liegt dann mit gebrochenen Lichtern in einer Mulde.

Mit Triumph in den Augen betrachtet Graf Bruggstein seine Beute. Dann legt er Gewehr, Bergstock und Joppe ab, zieht das Messer heraus und beginnt, den Hirsch aufzubrechen.

Als er mit dieser Arbeit noch lange nicht zu Ende ist, wird er plötzlich von einer scharfen Stimme angerufen: »Die Hände weg von dem Hirsch, oder …«

Der Graf fährt herum und lacht. Zwischen den Stauden steht Josef Weindl mit schussbereitem Gewehr.

»Sei so gut und brenn mir eine hinauf!«, grinst der Graf.

Josef Weindl lässt das Gewehr sinken und streicht sich verlegen durch den Bart. »Nichts für ungut, Graf! Von hinten habe ich Sie wirklich nicht erkannt. Und hier vermutet habe ich Sie heute auch nicht.«

»Es war schon recht so, Herr Weindl. Genauso gut hätte es auch ein Wilderer sein können. Aber schauen Sie einmal den Hirsch an. Was sagen S' da?«

»Ich hab's schon gesehen. Das ist der Sechzehnender, der vorige Woche vom Refflerstein herübergewechselt ist. Gratuliere, Graf!«

Mit einem dürren Grasbüschel säubert Graf Bruggstein die blutigen Hände und das Messer, schlüpft in seine Joppe und nimmt seine Pfeife aus der Tasche.

»Einen solchen habe ich schon lange nicht mehr geschossen.« Dann greift er nach Gewehr und Bergstock. »Kommen Sie, Weindl! Der liegt gut da bis morgen früh. Dann schaffen wir ihn mit ein paar Leuten hinunter.«

Sie kommen auf den Weg, der sich in vielen Serpentinen zur Luisenhütte hinabschlängelt. Graf Bruggstein ist dank der unverhofften Jagdbeute bester Laune.

»Wie schaut es bei Ihnen aus im Revier?«, fragt er.

»Ich kann sagen: Gut, Graf Bruggstein! Von Wilderern merkt man fast gar nichts mehr.«

»Respekt! Das höre ich gern. Sie sind ja auch ein guter Jäger und gehen für mich durch dick und dünn. Wenn Sie einen besonderen Wunsch haben, dann sagen Sie es!«

»Wunsch hätte ich freilich einen. Aber ich weiß nicht, ob es zu viel verlangt ist, gerade jetzt.«

»Nur raus damit! Ist Ihr Gehalt zu wenig? Das könnte ich mir vorstellen. Sie haben eine Frau und – wie viele Kinder?«

»Drei.«

»Also, zum nächsten Ersten gibt's zehn Prozent Gehaltserhöhung.«

»Dank schön, Graf! Das freut mich schon sehr! Aber – das ist eigentlich nicht das, worum ich Sie bitten wollte.«

»Also, dann raus damit!«

»Es gibt bald wieder Zuwachs in meiner Familie. Und da hätte ich halt gern vierzehn Tage Urlaub. Meine Frau kann die Arbeit nicht mehr recht packen, und das Heu sollte bald unter Dach und Fach kommen.«

»Freilich können Sie vierzehn Tage haben. – Aber halt! Das geht nicht. Sie müssen unbedingt das Revier vom Büchler übernehmen. Dem verwahrlosten Bezirk da drüben wird Ihre scharfe Hand gut tun. Unter uns: Der Büchler kann bald seine sieben Zwetschgen packen, wenn er sich nicht bessert. Ja, Herr Weindl, da müssen Sie jetzt leider hinüber, da hilft alles nichts. Aber wegen dem Heu bei Ihnen daheim, machen Sie sich da keine Sorgen! Da finden wir schon ein paar Leute, die es ordentlich mähen und einbringen. Auf meine Kosten natürlich! Und den Urlaub können Sie dann nach den Treibjagden nehmen. Ist es Ihnen recht so?«

»Kein Problem, Graf!«

»Sagen Sie, Weindl, was halten Sie vom Büchler?«

»Da kann ich eigentlich gar nichts sagen. Als Kollege ist er nicht unrecht. Ich komme allerdings auch nicht oft mit ihm zusammen.«

»Ich verstehe. Sie wollen Ihren Kollegen in kein schiefes Licht stellen bei mir. Aber es muss Ihnen doch selber schon aufgefallen sein, dass gerade in seinem Revier am meisten gewildert wird. Entweder ist er zu faul, dass er einem Schuss nachgeht, oder er kann nicht so, wie er will, weil das Revier sehr groß ist. Deswegen habe ich, wenn auch erst mal zur Ausbildung, noch einen dritten Jäger eingestellt: den Anton Zaggler. Ja, das fällt mir jetzt gerade ein. Sie können also doch in Urlaub gehen. Der Anton übernimmt inzwischen Ihren Posten – riskieren wir das einfach, ich vertraue dem jungen Mann! Sie gehen also morgen früh zum Büchler hinüber, und wenn dann in den nächsten Tagen der Anton kommt, unterrichten Sie ihn über die notwendige Arbeit. Und wenn er sich, wie ich erwarte, gut anstellt, dann gehen Sie heim.«

Mittlerweile sind sie bei der Luisenhütte angelangt. Sie ist ein roh gezimmertes Blockhaus mit kleinen Fenstern. Die Türe führt in einen kleinen Raum, der als Küche dient. In der hinteren Ecke ist eine schmale Treppe zum Heuboden, unter der Treppe eine zweite Tür, die in das ›Herrenstübchen‹ führt: ein bescheidenes Zimmer, mit Brettern verschalt. Eine durchgehende Bank, ein Tisch mit geschnitzten Bauernstühlen, ein Gewehrschrank und ein kleiner Kachelofen sind die Einrichtung. In der Ecke über dem Tisch hängen ein Kruzifix und eine kleine Vase. Man sieht den Herrgottswinkel kaum, so überreich geschmückt ist er mit getrockneten Latschenbüscheln und Almrosen. Rechts in der Ecke ist ein freier Platz. Da steht normalerweise ein großes Bett, das jetzt im Dorf ist beim Schreiner, der es repariert und von den Holzwürmern befreit.

Graf Bruggstein zerrt einen Schlüssel aus der Hosentasche und gibt ihn dem Jäger.

»Seien Sie so gut, Weindl, und machen Sie uns aus den Vorräten was Gutes warm! Im Küchenkasten müsste jede Menge Essbares sein. Ich habe ordentlich Hunger gekriegt.«

Nachdem der Jäger nach einer Gasflasche für den Herd gefragt hat und in der Hütte verschwunden ist, setzt sich Graf Bruggstein auf die Bank im Freien und streckt behaglich die Beine.

Wind kommt aus der Tiefe des Tales, die Luft riecht kräftig nach frischem Heu. Die Gegend um die Luisenhütte ist das reinste Paradies. Unten in der Mulde ist ein kleiner See, Kiefernsee genannt, denn am jenseitigen Ufer stehen, einsam und windzerzaust, drei alte Kiefern. Still und durchsichtig wie Glas ist das Wasser. Man sieht im klaren Wasserspiegel deutlich die drei Kiefern, ein paar Felsblöcke am Ufer und die Tafel, die den Weg zur Brandl-Alm weist.

Weiß und schwarz gefleckte Kühe mit leise bimmelnden Glocken wandern den Hang auf und ab. Der Leitstier kommt gelassenen Schrittes zum See herunter. Ganz deutlich hört man es herüber, wie er in tiefen Zügen Wasser schlürft. Wie ein Bild ungebändigter Kraft steht das Tier drüben, mit den Vorderfüßen halb versinkend im weichen Ufergrund. Dann wendet der Stier langsam den Kopf und blickt den Berg hinauf.

Von droben ruft die Sennerin, die hohlen Hände vor den Mund haltend: »Zeeenzi, geh – geh, Buuurgl – geh, Sooofie ...!« Es ist Zeit zum Melken, und die Kühe trotten langsam zur Hütte.

»Graf, das Essen ist fertig!«

Als Bruggstein in die Hütte tritt, stehen die dampfenden Teller mit Gulasch und Nudeln schon auf dem Tisch. Einträchtig und schweigend löffeln die beiden die heiße Mahlzeit. Eine Stunde später macht sich Graf Bruggstein auf den Heimweg.

Vater und Sohn

Es dunkelt bereits, als der Graf im Dorf ankommt; im Schloss sind die Fenster erleuchtet.

»Ist Herbert schon da?«, fragt er Wilhelm, der ihm im Flur das Jagdzeug abnimmt.

»Jawohl! Graf Herbert und Komtess Jutta sind oben im Musikzimmer.«

Zwei Stufen auf einmal nehmend, springt der Graf die Treppe hinauf und bleibt vor der Tür des Musikzimmers lauschend stehen. Es ist immer ein Genuss, Jutta Klavier spielen zu hören. Als Graf Bruggstein eintritt, erhebt sich Herbert aus einem Korbstuhl und kommt auf den Vater zu.

»Guten Abend, Papa. Wir haben uns lange nicht gesehen.«

»Es ist schade, dass du so wenig Zeit findest. Aber du siehst gut aus. Wahrscheinlich schläfst du jetzt etwas mehr.«

»Gewiss, Papa. Ich gehe sehr wenig aus.«

»Na, na? Das hört sich ja an, als sei man solide geworden? Wie lange bleibst du? Kommst du mit zur Jagd, diese Woche?«

»Nein, Papa. Ich muss morgen Abend wieder zurück.«

Jutta hört zu spielen auf und tritt zwischen Vater und Bruder. »Wollt ihr schon wieder zu streiten anfangen? Nein, gell, Papa?«

»Ich hätte gar keine Ursache. Heute schon überhaupt nicht. Kinder, heute habe ich Glück gehabt auf der Jagd wie noch nie. Einen Hirsch, sage ich dir, Herbert, so was hast du noch nicht gesehen!«

»Dazu gratuliere ich dir von Herzen, Vater.«

»Danke, Junge.« Er blickt ihn prüfend an. »Wirklich, du hast dich sehr zu deinem Vorteil verändert. Was machst du denn gegenwärtig?«

»Ich arbeite, Vater.«

»Ach? Du arbeitest?«

»Siehst du, Papa. Ich habe dir ja immer gesagt, aus Herbert wird noch etwas«, mischt sich Jutta ein.

»Natürlich, du kleiner Naseweis. Du hast ja immer Recht. Aber kommt, Kinder! Jetzt wollen wir den Sechzehnender feiern.«

Sie sitzen im Esszimmer zusammen bei kalter Platte und würzigem Bockbier aus der eigenen Brauerei. Der Graf erzählt Jagdanekdoten, streift auch einige Jugenderlebnisse und lässt dazwischen immer wieder seinen Hirsch hochleben.

»Prost, Kinder, auf den Sechzehnender!«

Jutta, den gehaltvollen Gerstensaft nicht gewohnt, zieht sich bald zurück. Bevor sie das Zimmer verlässt, nickt sie dem Bruder lächelnd zu.

Graf Bruggstein fängt den Blick auf und pfeift durch die Zähne. »Aha! Ich hab's mir ja gedacht. Also, rück nur heraus, Herbert! Wie viel brauchst du denn? Dass du es aber weißt, nur meinem guten Sechzehnender hast du es zu verdanken, dass ich dir helfe. Also, wie viel ist es denn?«

»Du täuschst dich, Vater. Ich habe keine Schulden.«

»Was? Du hast keine Schulden? Ja, warum bist du dann gekommen?«

»Weil ich dich und Jutta einmal wieder sehen wollte, bevor ...«

»Na, diese Erkenntnis kommt reichlich spät. Aber es freut mich, Herbert.«

Graf Bruggstein steht auf und öffnet das Fenster, um den Tabakrauch hinauszulassen. Am Fenstersims lehnend, fragt er zum Sohn herüber: »Sag mir mal, Herbert, was arbeitest du denn eigentlich?«

»Wie du weißt, bin ich inzwischen Diplomingenieur im Maschinenbau. Ich schließe gerade meine Doktorarbeit ab und gehe noch heuer für fünf Jahre nach Amerika in eine Landmaschinenfabrik als zweiter Direktor.«

»Ach so!« Der Graf bläst den Rauch seiner Zigarre zum Fenster hinaus. »Dann ist das also heute dein offizieller Abschiedsbesuch?«

»Nein, ich komme schon nochmals vor meiner Abreise im Herbst, das heißt – wenn es dir angenehm ist.«

»Natürlich! Welch alberne Frage! Du bist mir immer willkommen, solange du keine Spielschulden hast.«

»Da kannst du ohne Sorge sein, Papa. Den Spielteufel habe ich los. Ich hoffe, dir bald zeigen zu können, dass ich meinen Platz ausfülle im Leben.«

»Dazu hättest du allerdings auch in unserer Brauerei oder zum Beispiel auf Gut Steinhagen am Bodensee reichlich Gelegenheit. Aber du willst nun mal nach Amerika. Also gut! Es schadet nichts, wenn du die Welt kennen lernst. Aber sag, ist dir diese Erkenntnis zur Besserung selbst gekommen, oder ...?«

Herbert rückt umständlich seinen Krug zurecht, holt tief Atem und sagt: »Nein, Vater. Alleine hätte ich es kaum fertig gebracht. Es hat mir jemand dabei geholfen – ein Mädchen, das ich liebe.«

»Na, siehst du, das habe ich mir gleich gedacht«, kommt es vom Fenster her. »Der Dame möchte ich gelegentlich meinen Dank aussprechen.«

»Ja, Vater, das musst du tun. Hilda Lanner hat ihn wirklich verdient. Sie ist dir bestimmt sympathisch. Und weil wir nun schon so weit sind, will ich dir auch gleich sagen, dass Hilda und ich heiraten. Ich hoffe, dass du nichts dagegen hast, Papa?«

»Nein, im Gegenteil. Alt genug bist du ja, so dass du meine Einwilligung nicht nötig hast.« Der Graf geht auf seinen Sohn zu: »Ja, ja, Herbert, es ist ganz gut für dich, wenn du heiratest. Eine Frau, die einem die Zügel ein bisschen straff hält, ist manchmal nötig. Das war bei mir auch nicht anders. In der Jugend habe ich es zuweilen ein bisschen toll getrieben, bis ich deine Mutter kennen lernte. Aber nun zu dem anderen: Du hast es nicht nötig, nach Amerika zu gehen! Ich übergebe dir das Gut Steinhagen – da ist auch ein gut gehender Landmaschinenhandel und -service dabei, wie du weißt –, zudem steht dir dein mütterliches Erbteil jederzeit zur Verfügung. Ihr habt also ein schönes Anfangen.«

»Ich danke dir, Papa. Aber ich möchte doch lieber erst nach Amerika. Außerdem ist der Vertrag bereits unterschrieben.«

»Das ist deine Sache. Du kannst das Gut auch übernehmen, wenn du zurückkommst. Um eines möchte ich dich aber noch bitten: Setz den Hochzeitstermin nicht in der Zeit der Treibjagden an! Da könnte ich nämlich nur schwerlich abkommen. Das bitte ich auch deiner Braut zu bestellen. Wie war der Name gleich?«

»Lanner. Hilda Lanner.«

»Lanner? Lanner?« Halblaut murmelt Graf Bruggstein den Namen vor sich hin. »Die Familie ist mir unbekannt.«

»Hilda stammt aus keiner adeligen Familie, sondern aus gutem bürgerlichem Hause.«

Graf Bruggstein fährt herum: »Bist du verrückt?«

»Nein, Vater, wieso? Hilda Lanner war Medizinstudentin, als ich sie durch einen Zufall kennen lernte bei …«

»Das interessiert mich nicht im Geringsten!«

Mit langen Schritten durchmisst der Vater das Zimmer, dann bleibt er mit einem Ruck wieder vor dem Sohn stehen. »Das war von dir zu erwarten. Und die Person scheint zu wissen, was sie will. Aber wenn ihr auf meinen Geldbeutel spekuliert, dann war es eine Fehlspekulation. Dein mütterliches Erbe steht dir zur Verfügung. Darüber hinaus hast du aufgrund deiner Wahl von mir nichts zu erwarten.«

Herbert erhebt sich mit brennendem Gesicht und reckt sich vor dem Vater in seiner ganzen Größe. »Ich habe mit nichts anderem gerechnet, aber mein Entschluss ist unerschütterlich. Ich liebe Hilda Lanner und heirate sie.«

Graf Bruggstein wendet sich ab.

»Tu, was dir beliebt! Es hätte mich selber überrascht, wenn du deinem Hang nach unten untreu geworden wärest. Unter den gegebenen Umständen musst du natürlich auf meine Teilnahme bei deiner Hochzeit verzichten – und auch Jutta wird nicht dabei sein.«

Die Blicke der beiden kreuzten sich wie die Klingen zweier Gegner.

»Willst du Jutta hierin nicht ihren freien Willen lassen?«, bricht Herbert das Schweigen.

Der Alte fährt auf: »Das Mädchen hat alle Freiheiten, aber in diesen Dingen hat sie sich meinen Anordnungen – der Familientradition! – zu fügen. Es ist mir darin nur eines meiner Kinder aus dem Ruder gelaufen, und das bist du. Dass mir das ein zweites Mal nicht mehr vorkommt, darauf kannst du Gift nehmen! Und nun, glaube ich, haben wir beide uns nichts mehr zu sagen.«

Graf Bruggstein wendet sich ab und tritt zum Fenster. Als er sich nach einer Weile umdreht, hat Herbert den Raum längst verlassen.

Der Graf reißt die Türe auf und ruft nach Wilhelm. »Ist mein Sohn in seinem Zimmer?«

»Graf Herbert ist schon fort, um den Nachtzug noch zu erreichen, wie er sagte.«

»Na ja, ist gut.«

Die Hände hinter dem Rücken verschränkt, wandert der Vater im Zimmer auf und ab. Bis lang nach Mitternacht hört man seinen Schritt.

Graf Bruggstein steht, an das Pferd gelehnt, im Hof und wartet auf Jutta. Soeben kommt sie die Freitreppe herab und streift die Reithandschuhe über. Sie nickt dem Vater einen freundlichen Gruß zu und geht zu ihrem Pferd, das, vom Stallburschen gehalten, unruhig mit den Hufen scharrt.

Noch ehe sie in den Sattel steigt, blickt sie sich suchend um und fragt: »Kommt Herbert nicht mit?«

»Nein!«, antwortet Bruggstein kurz. »Komm nur!«

Sie reiten im Schritt durch den Park. Jutta späht, von stiller Sorge erfüllt, in das Gesicht ihres Vaters. Es ist undurchdringlich. Nur die Falte zwischen den Brauen scheint sich noch tiefer eingegraben zu haben. Sie öffnet den Mund, um zu fragen, wo Herbert sei.

Aber im selben Augenblick wendet ihr Graf Bruggstein sein Gesicht zu und sagt kurz: »Herbert ist heute Nacht abgereist.«

»Warum?«

»Warum? Mädchen, schau mich doch nicht so vorwurfsvoll an! Zwischen mir und Herbert ist jede Brücke abgebrochen. Wenn du es dir nicht verderben willst mit mir, dann nenne in meiner Gegenwart seinen Namen nicht mehr! Herbert hat sich Dinge gestattet, die sich mit unserem Standesbewusstsein, mit unserer Familientradition, nicht vereinbaren lassen. Ich dulde es nicht, dass eines meiner Kinder sich unstandesgemäß verheiratet. Das gilt auch für dich. Merk dir das genau, dann ersparst du dir und mir viele Unannehmlichkeiten!«

Jutta starrt den Vater mit zuckenden Lippen an. Weiß er, wie schwer jedes seiner Worte auf sie niederfällt?

»Aber was ist denn so Schreckliches an dem, was Her… – was mein Bruder getan hat?«

»Sollte er dir davon nichts erzählt haben?«

»Doch, ich weiß, dass er eine Braut hat und dass er sie liebt.«

»›Dass er sie liebt‹! Lass mich doch mit diesem Sprüchlein in Ruhe! Für uns ist viel wichtiger: Familienbewusstsein, Standesbewusstsein – Pflichtbewusstsein. Dein Bruder hat sich darüber hinweggesetzt und muss nun auch die Folgen tragen.«

In der jungen Frau erwacht Widerstand. »Herbert wird die Folgen tragen. Ich würde ihn nicht mehr respektieren können, wenn er sich feige gefügt und auf Glück und Liebe verzichtet hätte.«

Mit einem Ruck hält Graf Bruggstein seinen Gaul an. Sein Gesicht ist dunkelrot vor Zorn. »Du redest eine Sprache, die mich vermuten lässt, dass du von der romantischen Herzensduselei deines Bruders auch schon angesteckt bist.«

»Nein, Papa. Was ich sage, ist meine eigene Auffassung. Ich glaube, diese Stunde hat mir erst die Augen geöffnet. Wie du über die Liebe denkst, das weiß ich nun. Für mich aber ist die Liebe etwas Schönes, Ehrliches, Großes, ja etwas Heiliges. Sie ist ein Geschenk, das Gott uns ins Herz legt, und das wir dankbar annehmen sollen. Familientradition, Pflicht, Standesbewusstsein – alles in Ehren. Aber weit höher steht die Liebe! Und jemanden zu heiraten, ohne ihn zu lieben, oder gar sein eigenes Kind zu einer solchen Heirat zwingen zu wollen hieße, das Gottesgeschenk mit Füßen zu treten. Ich jedenfalls würde mich gegen einen solchen Handel wehren bis zum Letzen.«

Glühende Röte bedeckt Juttas Gesicht. Ihre Augen flammen vor Zorn. Mit keiner Wimper zuckt sie, als der Vater sie anfährt:

»Nun weiß ich wenigstens Bescheid! Du machst es deinem Bruder nach und lehnst dich gegen mich auf!«

»Ich wollte nur sagen: Meinen zukünftigen Mann suche ich mir selber.«

»Ich kann dich nicht daran hindern, es deinem Bruder nachzutun. Du kannst mit ihm ziehen, meinetwegen nach Amerika. Vielleicht benötigt seine hochbürgerliche Frau Gemahlin eine Kammerzofe. Ich brauche niemanden!«

»Nein, Papa. Ich bleibe hier, wo mein Zuhause ist. Ich bin deine Tochter, du bist mein Vater. Wenn du einsam bist und mich brauchst, will ich für dich da sein.«

»Das ist allerdings reichlich wenig, was du für deinen Vater übrig hast. Ein bisschen Mitleid? Aber ich wünsche keine Halbheiten – und schon gar kein Mitleid mit mir altem Mann. Ich und einsam? Ich habe meine Jagd!«

Mit bitterem Lächeln betrachtet Jutta ihren Vater. »Deine Jagd könnte dir dein Kind ersetzen? Jetzt würde es mich sehr wundern, wenn ...« Jäh verstummend, presst sie die Hand auf den Mund.

»Was würde dich wundern?«

Jutta streicht sich mit einer müden Handbewegung über die Stirn. »Nichts, Papa. Lass nur gut sein!«

»Ich möchte wissen, was dich da ›sehr wundern‹ würde? Du sollst mir Antwort geben!«

Jutta nagt an der Unterlippe. Dann hebt sie mit scharfem Ruck den Kopf, und ihre Stimme klingt hart. »Es würde mich sehr wundern, wenn Mutter mit dir glücklich gewesen wäre.«

Graf Bruggsteins Gesicht verfärbt sich jäh. Er zerrt am Kragen seiner Jacke, gibt dann plötzlich dem Pferd die Zügel frei und reitet davon.

Der alte Brandl und der Unternehmer

Graf Bruggstein hat Anton Zaggler zu sich gerufen. In aller Herrgottsfrühe betritt Anton das Schloss. Der Graf steht schon in voller Jagdmontur in der so genannten Jägerstube und unterzieht soeben das nagelneue Gewehr einer eingehenden Musterung.

»Guten Morgen, Anton«, grüßt er den Eintretenden. »Da, nehmen Sie das Gewehr, wir gehen gleich los. Geben Sie Acht darauf, und halten Sie es sauber. Das Gewehr muss einem Jäger heilig sein.«

Freude, Schreck und Verblüffung spiegeln sich in Antons Gesicht. Wie oft hat er sich gewünscht, nur einmal so ein gediegenes Präzisionsgewehr in den Händen zu halten. Nun hat sich dieser lang gehegte Wunsch plötzlich erfüllt. Und er bringt nichts anderes heraus als: »Ui, ist das ein Gewehr! Ist das ein Gewehr …«

Der Graf geht an einen Schrank und steckt sich die Taschen mit Patronen voll, nimmt sein Lieblingsgewehr vom Haken und nickt.

»Jetzt kommen S', Anton!«

Draußen auf der Treppe steht Jutta. Der Graf starrt an ihr vorbei und geht mit langen, raschen Schritten davon.

Anton bleibt bei Jutta stehen und nimmt freudestrahlend das Gewehr von der Schulter. »Schau, was für ein super Gewehr er mir gegeben hat!«

Vom Parkweg her kommt ein ungeduldiger, mahnender Ruf. Erschrocken rennt Anton davon. Jutta sieht ihm mit einem wehen Blick nach und wendet sich ins Haus. Sie hat mit ihrem Vater seit der Auseinandersetzung noch kein Wort gesprochen.

Graf Bruggstein und Anton Zaggler gehen durch den Sommermorgen, der heute schon schwül ist. »Es kommt noch ein Gewitter«, sagt Anton, um das peinliche Schweigen zu brechen.

Der Graf gibt keine Antwort. Erst als sie in die Nähe des Zaggler-Hauses kommen, sagt er: »Nehmen Sie sich Proviant mit, Anton! Vor Freitagabend kommen Sie nicht mehr herunter vom Berg.«

Anton eilt ins Haus. Graf Bruggstein schlendert inzwischen gemächlich neben dem Gartenzaun auf und ab. Nach kurzer Zeit schon erscheint Frau Zaggler mit ihrem Sohn in der Haustür.

Mit der einen Hand umspannt Anton den Gewehrriemen, während er mit der anderen sich von seiner Mutter verabschiedet. »Also, behüt dich Gott, Mutter!«

»Behüt dich Gott, Bub! Gib mir beim Herumkraxeln ein bisschen Acht! Und gell ...«, sie wendet sich plötzlich an den Grafen: »Gell, Graf, wenn er nicht aufpasst, der Bub, dann nehmen Sie ihn nur fest in die Kur, dass er was lernt. Er ist oft gar so wild, unser Anton.«

»Das macht nichts, Frau Zaggler. Jugend muss so sein. Freilich, von einem Jäger verlange ich zuallererst

Disziplin, Besonnenheit und Pflichtgefühl. Und jetzt vorwärts, Anton, sonst kommen wir noch in die ärgste Hitze hinein!«

Sie wandern weiter. Urlauber begegnen ihnen. Der Graf wirft einen kurzen Blick auf das Wirtshaus, vor dem um diese frühe Morgenstunde schon ein Gast sitzt und Bier trinkt, ein Mann Mitte dreißig, mit dunkelbrauner Lederjacke bekleidet. Während er mit beiden Händen den vor ihm stehenden Krug umklammert, lauscht er aufmerksam den Worten des Wirtes, der neben ihm steht.

Beim Anblick der beiden Jäger erhebt sich der Fremde und grüßt mit übertriebener Verbeugung. »Wunderschönen guten Morgen, verehrter Herr Graf! Wünsche angenehme Pirsch!«

»Danke«, sagt Graf Bruggstein kurz und blickt geradeaus. Etwas später fragt er Anton: »Kennen Sie den Mann, Anton?«

»Das ist doch der Winninger aus der Stadt.«

»Ja, der ist es. Wissen Sie auch, wovon der lebt?«

»Ich glaube, er treibt Handel.«

Der Graf gibt keine Antwort mehr, weil der Pfarrer soeben vom Friedhof herunterkommt. Bruggstein bleibt wartend stehen und sagt zu Anton: »Gehen Sie einstweilen weiter, und warten Sie auf mich oben am Wald.«

Anton grüßt mit einer Handbewegung freundlich zum Pfarrer hin und geht rasch weiter, biegt von der Straße ab in einen Feldweg und verlangsamt dann plötzlich die Schritte, je näher er dem Brandl-Hof kommt. Sein Herz schlägt aufgeregt, er hört es richtig pumpern. Als er hinter den Wirtschaftsgebäuden hervorkommt, fällt sein Blick sofort auf ein großes, elegantes Auto, das mitten im Hof steht.

»Aha, Herr Kerber ist wieder einmal da«, sagt Anton zu sich und streckt den Hals, um über die Büsche schauen zu können. Da zuckt er unwillkürlich zusammen.

Monika ist im Garten und gießt die Rosenstöcke. Neben ihr steht ein junger, modisch gekleideter Mann, raucht eine Zigarette und macht dem Mädchen schöne Augen. Anton merkt, wie ihm das Blut in den Kopf steigt. Gleich sind die Sträucher zu Ende, dann muss sie ihn sehen. Und sie sieht ihn auch gleich, wirft die leere Gießkanne ins Gras und kommt eilig an den Zaun.

»Ja, Anton, was ist denn mit dir los? Bist du Jäger geworden?«

»Ich bin dabei, es zu lernen. Und du gießt den Garten, und der schaut dir zu. Wer ist denn der?«

»Der junge Herr Kerber.«

Antons Gesicht ist noch immer finster. »So? Hat der nichts anderes zu tun, als dich bei der Arbeit aufzuhalten?«

»Das ist der Sohn von dem Unternehmer aus der Stadt. Du kennst ihn ja, den alten Kerber, der meinem Vater die neuen Maschinen günstig besorgt hat. Herr Kerber hat auch einiges Geld in unseren Hof gesteckt. Gerade sitzen sie wieder in der Stube beisammen, um eine ›neue Investition‹ oder so was zu besprechen.«

»Und der junge Schlotbaron scharwenzelt derweil mit dir, und du hast deinen Spaß mit ihm …«

»Nein, Anton, mir ist der Kerl zuwider, aber ich kann ihn doch nicht vom Hof jagen, wenn sein Vater der wichtigste Geschäftspartner von meinem ist.«

»Du magst ihn also nicht, den jungen Kerber?«

»Nein – auf Ehre und Gewissen!«

Anton öffnet seinen Hemdkragen und macht einen tiefen Atemzug. »Ja«, sagt er dann, »heute fange ich meine praktische Ausbildung als Jäger und Förster beim Grafen an. Und in zwei Jahren, sagt er, will er mich fest anstellen.«

Monikas Augen hängen mit unendlicher Zärtlichkeit an seinem Gesicht. Um ihre Lippen spielt ein weiches Lächeln und zaubert zwei niedliche Grübchen in ihre Wangen. »Du, Anton, ich muss dir noch was sagen.«

»Was denn, Monika?« Anton legt beide Hände auf den Gartenzaun und bringt sein Gesicht ganz nah an das ihre.

Monika dreht sich nach dem jungen Kerber um, der soeben mit lässiger Bewegung seine Zigarette in die Rosenbüsche schleudert und sich abwendet. Dann spitzt sie ihren Mund und sagt leise in Antons Ohr: »Heute Nacht habe ich von dir geträumt, Anton.«

»Ist's wahr?«, fragt er gerührt. »Du bist halt ein liebes Mädchen. Und – sooo viel gern habe ich dich.«

Das Letzte ist ihm ungewollt ausgekommen, und nun stehen sie voreinander, mit überraschten Gesichtern. Monika ist so verlegen, dass sie ihn gar nicht mehr anschauen kann.

Auch dem Anton zittert merklich die Stimme, als er sagt: »Freut dich denn das gar nicht, dass ich dich gern habe?«

Sie bringt erst mal kein Wort heraus. Aber sie sieht ihn an mit einem Blick, der alles sagt.

Ich liebe dich, ich liebe dich!, sprechen ihre Augen. Plötzlich umschließt sie sein Gesicht mit beiden Händen, ganz nah ist ihr Mund dem seinen. Aber dann lässt sie ihn unvermittelt los und rennt davon, dass die Haare flattern.

»Schau sie an«, sagt Anton beglückt, »jetzt geniert sie sich.«

Er wartet, bis sie im Haus verschwindet, dann wendet er sich zum Gehen. Als er sich aber nach einer Weile umdreht, sieht er ihr blondes Haar hinter den Geranienstöcken eines Fensters schimmern.

Der Weg führt durch junge Pflanzungen. Dem Anton ist so froh, so glückselig zumute wie noch nie. Immer noch glaubt er die feinen, weichen Hände zu spüren, die sein Gesicht umschließen, immer noch glaubt er das liebe, zarte Antlitz mit den strahlenden Augen und dem verlegenen Lächeln der Freude vor sich zu sehen. Nun weiß er es bestimmt, dass auch sie ihn gern hat. Und er möchte jubeln im Vollgefühl seines jungen Glückes.

Dort, wo der Weg in den Hochwald einbiegt, setzt sich Anton zwischen die Wurzeln einer großen Tanne und wartet auf den Grafen. Jetzt sieht er da unten auf dem Hof die Monika aus der Tür treten, mit einer Schüssel unter dem Arm, aus der sie den Hühnern Futter vorstreut.

Hartnäckig wie ihr Schatten steht der junge Kerber wieder hinter ihr, und in Anton regt sich zum zweiten Mal die Eifersucht. Gleich darauf schüttelt er aber alle quälenden Gedanken ab und denkt sich: Soll er ihr nur den Hof machen! Mögen tut sie ihn ja doch nicht.

Der Brandl ist der größte Bauer im Dorf und im ganzen Umkreis. Aber man munkelt, dass es mit seinem Reichtum nicht mehr so weit her sei. Heute schon soll der halbe Hof dem Kerber gehören, dem Industriellen aus der Stadt. So ist es eben, wenn die Bäuerin das Wirtschaften und Sparen nicht versteht. Der Brandl war fast noch ein Bub, als seine Eltern kurz hintereinander starben. Mit zweiundzwanzig Jahren hat er schon geheiratet, und zwar eine, die nicht viel mehr auf den Hof brachte als ein hübsches Gesicht. Die Verwandtschaft und die befreundeten Bauern im Dorf haben ihm dies damals sehr übel genommen, zumal er ja auch noch die Erbanteile seiner jüngeren Geschwister, die alle aus dem Dorf weggezogen sind, auszahlen musste. Aber Klaus Brandl war ein Starrkopf und hat allen zum Trotz die bildhübsche Betty, die damals Zimmermädchen im ›Gasthaus Pension Steininger‹ war, als Bäuerin auf seinen Hof gesetzt. Das Geld saß dem Klaus von jeher ziemlich locker in der Tasche, und Frau Betty glitten die Scheine und Schecks noch viel leichter durch die Finger. Klaus Brandl ist heute bald fünfzig und seine Bäuerin auch schon weit in den Vierzigern. Aber nach wie vor nehmen sie das Leben von der leichten Seite. Fast jede Woche fahren sie einmal in die Stadt, wo sie dann Gäste von Herrn Kerber sind. Betty Brandl bildet sich sogar noch etwas ein auf diese »Geschäftsfreundschaft«, wie sie es nennt, und heißt die anderen Bauern dumm, weil sie nichts anderes kennen, als sich zu plagen. Das haben sie und ihr Klaus wahrhaftig nicht nötig. Für wen sollen sie sich denn abrackern? Etwa für ihr einziges Kind, die Monika, die noch kaum zwanzig Jahre alt ist? Bis sie den Hof überschrieben bekommt, kann man schon noch ein wenig flott in den Tag hineinleben. Und Monika muss eben dann zusehen, dass einer auf den Hof kommt mit viel Geld. Vielleicht ist es gar einmal der junge Kerber, dem der Hof auf diese Weise zufällt …?

So reden die Leute über die Verhältnisse auf dem Brandl-Hof. Aber Monika gibt dem jungen Kerber kein Wort, das ihn hoffen ließe. Nur einem ist sie von Herzen zugetan, dem Anton Zaggler, der Jäger werden will und jetzt einsam im Schatten einer Tanne sitzt und auf seinen Lehrherrn wartet.

Erschrocken fährt Anton aus seinen Gedanken auf, in die er so versunken war, dass er den Grafen gar nicht kommen hörte.

Sie wandern bergwärts. Immer drückender wird die Hitze. Selbst die Bäume geben keinen Schatten mehr. Es ist gerade, als ob alle Nadeln knisterten in loderndem Feuer. Kein Lufthauch rührt die Wipfel, und immer dunkler ziehen schwarze Wolken über die Berge.

Als die beiden um eine Wegbiegung kommen, sehen sie plötzlich den Jäger Büchler in die Waldschneise treten, einen jungen, ängstlich zitternden Menschen vor sich hertreibend, dem er die Hände hinter dem Rücken zusammengebunden hat.

Graf Bruggstein bleibt stehen. »Wen bringt denn der Büchler da?«

Sebastian Büchler hat sich den Verweis seines Chefs anscheinend sehr zu Herzen genommen und so lange gelauert, bis er diesen schmächtigen Bauernbuben dabei überraschen konnte, wie er mit einem Flobertgewehr nach einem Hasen schoss.

»Endlich habe ich so einen Lumpen erwischt«, sagt er mit strenger Amtsmiene.

Graf Bruggstein wölbt finster die Stirn. »Machen Sie ihm sofort die Hände los! Das ist ja noch ein halbes Kind. Was hat er denn angestellt?«

»Gewildert hat er.« Büchler wirft einen flüchtigen Blick auf Anton. Es ist ihm peinlich, sich vor dem angehenden Kollegen zu blamieren.

»Was hat er denn gewildert?«, fragt der Graf weiter.

»Auf der Murrbachwiese hat er einen Hasen geschossen.«

»Und wegen eines Hasen binden Sie so einem Buben die Hände? Büchler, Büchler! Machen Sie sich doch nicht lächerlich! Und du«, wendet er sich an den jungen Burschen, »lass es dir eine Lehre sein! Wo gehörst du denn hin?«

»Zum Heigerlechner von Moos.«

»Wo die vielen Kinder sind?«

»Sechzehn sind wir.«

»Schau, dass du heimkommst, und lass dich nicht mehr erwischen! Ein zweites Mal kommst du nicht mehr so gut davon.«

Ehe der Graf sich's versieht, umklammert der junge Kerl seine Hände und drückt sie wie in einem Schraubstock. »Vergelt's Gott, Herr Graf! Vergelt's Gott!« Und mit ein paar Sätzen ist er zwischen den Bäumen verschwunden.

»Aber Graf Bruggstein, was machen Sie denn da?«, stammelt Büchler.

»Laufen lasse ich so einen armseligen Teufel. Sie haben sich keine Lorbeeren geholt. Die großen Lumpen müssen S' fangen, Büchler! Die Kleinen lässt man laufen. Und nun machen Sie Ihren Dienst, und machen Sie ihn ordentlich! Sonst – nun ja, Sie wissen schon, was ich Ihnen beim letzten Mal gesagt habe«, schließt der Graf im Weggehen.

Büchler zittert vor Wut, und sein Gesicht spielt in allen Farben. Aber er bezwingt sich und wendet sich mit schmalziger Freundlichkeit an Anton. »Grüß dich Gott, Anton! Wollen wir gute Kollegen werden? Einer soll zum anderen halten, weißt du. Komm, schlag ein!«

Nur zögernd greift Anton nach der Hand des anderen. »Mir soll es recht sein«, sagt er, dann eilt er seinem Lehrherrn hinterher.

Büchler starrt ihm mit böser Miene nach, schlägt sich in die Büsche, nimmt kurz danach eine andere Richtung und wartet an einer verschwiegenen Stelle auf Winninger.

Über die Berge her schiebt es sich ganz dunkel heran – eine kupferrote Wetterwand. Sie verhüllt die Gipfel, verschlingt die Sonne. Der erste Blitzstrahl fährt hernieder, mitten in den stillen Wald hinein. Ihm folgt der Sturm. Die Bäume brüllen auf wie unter einem Peitschenhieb, die Almrosen am Hang liegen platt wie von einer Sense gemäht. Vom Tal herauf hört man eine Kirchenglocke läuten. Sie erstickt im Donner.

Die beiden Jäger kommen durchnässt in der Luisenhütte an.

Gegen Abend wütet das Gewitter draußen im Flachland, und die Berge brennen im Sonnenuntergangsfeuer. Da gehen Graf Bruggstein und Anton zur Jagdhütte des Weindl, der – so gibt der Graf zu dessen Freude bekannt – diesen Abend noch seinen Urlaub antritt.

Die übrigen Tage der Woche vergehen damit, dass Graf Bruggstein seinen neuen Jagd- und Forstlehrling mit allen Revieren vertraut macht. Dabei begegnet ihnen auch einmal Bert Steinmüller. Graf Bruggstein sagt zu Anton kein Wort, dass Steinmüller des Wilderns verdächtig ist. Er will den Jungen ganz auf sich allein stellen und seine Tüchtigkeit erproben. Am Freitagabend gehen sie wieder zusammen ins Dorf.

Als Anton heimkommt, empfängt ihn der Vater mit unverhohlenem Spott. »Na, Herr Jägerlehrbub«, sagt er, »was machen die Wildschützen? Laufen sie recht, wenn sie dich sehen?«

Anton blickt überrascht auf. Er kann nicht begreifen, warum der Vater spöttelt.

»Ich bin erst drei Tage in der Ausbildung. Da kann man noch nichts sagen. Dass mir aber keiner auskommt, den ich im Verdacht habe, darauf kannst du Gift nehmen!«

»Demnach wären also die anderen Jäger Idioten?«

»Das will ich damit nicht sagen.«

»Der Büchler ist schon drei Jahre im Dienst und hat bis jetzt noch keinen überführt.«

»Doch, vorgestern eine Bürschlein mit vierzehn Jahren.«

»So?« Der Vater blickt schnell auf. »Wen denn?«

»Den Heigerlechner Sepperl von Moos.«

»Geht der auch hinaus?«

»Der wird's schön bleiben lassen jetzt.«

Schweigen. Die Mutter bringt das Essen.

»In welchem Revier arbeitest du denn?«, nimmt der Vater das Gespräch wieder auf, diesmal in einem beinahe freundschaftlichen Ton.

»In dem vom Büchler, bis der Weindl vom Urlaub zurückkommt.«

»Und dann?«

»Weiß ich nicht.«

Es fällt Anton plötzlich ein, dass der Graf ihm gesagt hat, ein Jäger müsse in Dienstsachen so verschlossen sein wie ein Geldtresor.

»Meinst du, dass der Büchler sein Revier wieder kriegt?«

»Dazu kann ich gar nichts sagen.«

»Darfst du nichts sagen?«

»Kann auch möglich sein.«

Der Zaggler-Vater lächelt vor sich hin.

Am selben Abend erhält Graf Bruggstein folgenden Brief: »Lieber Vater! Seit unserer Aussprache über Liebe, Familie und Standesbewusstsein hattest du kein Wort mehr für mich übrig. Du gehst an mir vorbei, als ob ich dir fremd und gleichgültig wäre. Noch mehr: Du verachtest mich, deine Tochter, weil ich für meinen Bruder, deinen Sohn, Partei genommen und mich damit in deinen Augen erniedrigt habe. Hier scheiden sich unsere Wege, denn meine Ansicht hat sich nicht nur nicht geändert, sondern noch verstärkt. Deshalb habe ich mich entschlossen, Zeit und Raum zwischen uns zu legen, und ich wünsche von ganzem Herzen, dass sich dadurch wieder eine Brücke zwischen uns schlagen lässt. Ich gehe nach Gut Steinhagen und komme erst wieder, wenn du mich rufst. Deine Jutta.«

Im ersten aufwallenden Zorn knüllt der Graf den Brief zusammen und schleudert ihn wütend in die Ecke. »Da kann sie lange warten, bis ich sie rufe!«

Erst als er ruhiger wird, fragt er mit lauter Stimme durch die offene Tür in den Flur: »Wilhelm, wann ist meine Tochter abgereist?«

»Gestern früh, Graf.«

»Na ja, ist gut. Die Zimmer meiner Tochter werden abgeschlossen und meine auch. Am Montag gehe ich auf die Luisenhütte und werde den ganzen Sommer nicht herunterkommen. Wenn von den Jägern nicht zufällig einer hier vorbeikommt, soll der Stallhelfer jeden zweiten Tag die Post hinaufbringen. Telefonisch bin ich nicht erreichbar. So, das wäre alles.«

Ohne seiner Tochter ein Wort zu schreiben, geht Graf Bruggstein mit dem Förster und dem Anton Zaggler in die Berge.

Der Wilderer

Anton Zaggler erfüllt gewissenhaft seine Aufgabe. Täglich besucht er alle Hauptwechsel des Rotwildes, alle Salzlecken und Suhlen, zählt die Fährten der jagdbaren Hirsche, prüft den Zustand der Bäume nach dem schweren Gewitter, kritzelt alles in sein Berichtsbuch und steigt in den kahlen Wänden umher zu den Gamsrevieren.

Er hält die Luisenhütte in Ordnung, richtet das Essen her und kümmert sich um Proviantnachschub, putzt dem Grafen die Jagdstiefel und schläft auf einem schlichten Matratzenlager den gesunden Schlaf seiner Jugend.

Förster Hellweger ist ihm ein strenger, aber stets wohlwollender Lehrmeister, Josef Weindl ein zuverlässiger, ehrlicher Kamerad, Sebastian Büchler allerdings nur ein guter Kollege.

Letzterer ist Anton gegenüber immer von auffallender Freundlichkeit. Dies ändert sich aber in dem Augenblick, als der erste Schnee fällt, Graf Bruggstein wie immer um diese Zeit in die Stadt zieht und Förster Hellweger wegen seines Rheumas kaum noch draußen unterwegs ist. Jetzt spielt sich Büchler als Vorgesetzter auf, während Weindl, dem es als dem Älteren eher zugestanden hätte, die Führung zu übernehmen, mit Anton in der gleichen kameradschaftlichen Art weiterverkehrt.

Es ist in der Woche vor Weihnachten. Viel Schnee ist gefallen, und für die Jäger sind es harte Tage. Da muss Heu in alle Futterstände gebracht werden, bis hoch hinauf in die Gamsreviere.

Für Anton beginnt ein schwerer Dienst. Der Förster ist durch seinen Rheumatismus zurzeit vollständig an den Lehnstuhl gefesselt. Mit der Heulast auf dem Rücken stampft Anton mühsam die steilen Wege hinauf. Nachmittags besucht er die weiter unten gelegenen Futterstände. Hier kann er wenigstens mit den Skiern fahren. Vom ersten Morgengrauen bis zum sinkenden Abend ist er auf den Füßen, und wenn er heimkommt, nimmt er sich vor Müdigkeit oft nicht mehr Zeit, in der Luisenhütte, die er nun ganz allein bewohnt, den Ofen zu heizen. Todmüde fällt er auf das Matratzenlager in der Küche und schläft sofort ein.

Es ist ein Nachmittag mit Sturm und Schneefall. Anton ist unterwegs und prüft die gelegten Fuchseisen nach.

Von der ihm gegenüberliegenden Höhe blinkt in der Dämmerung ein Licht herüber. Das ist die Jagdhütte des Sebastian Büchler.

Ich könnte ihn eigentlich einmal besuchen!, denkt Anton und gleitet in eleganten Schwüngen den Hang hinunter. Vor der Hütte schnallt er die Skier ab und schaut durch das niedere Fenster.

Neben dem flackernden Herdfeuer sitzt Büchler auf dem Matratzenlager und liest in einem Buch. Anton blickt um sich. Soweit es die rasch hereinbrechende Dunkelheit zulässt, kann er nirgends Schritte im Schnee oder eine Skispur entdecken. Es hat den Anschein, als ob Büchler den ganzen Tag die Hütte nicht verlassen hätte. Kopfschüttelnd klopft Anton an die Tür und tritt gleich darauf ein.

Bei diesen Geräuschen legt Büchler das Buch fort und sagt: »Endlich.« Als er aber Anton über die Schwelle treten sieht, macht er ein verblüfftes Gesicht. Er fasst sich jedoch schnell und sagt freundlich: »Ah, da schau her, der Anton! Schön, dass du mich besuchst. Wo kommst du denn her?«

Anton hat sein Gewehr in die Ecke gestellt und reibt sich die Hände über dem Herd. »Gearbeitet habe ich.«

»Heute, bei dem Wetter? Geh, da jagt man doch keinen Hund hinaus. Aber wenn man natürlich so jung ist wie du, da ist man eifrig und fürchtet dabei nicht einmal den Teufel.«

»Hast du heute kein Heu in die Futterstände gebracht?«, fragt Anton.

»Doch, freilich! Ich kann doch das Wild nicht verhungern lassen.« Er bückt sich dabei und wirft ein paar Scheite ins Feuer.

Anton will ihm ins Gesicht schreien: »Lüg mich nicht an! Du bist heute noch gar nicht vom warmen Ofen weggekommen.« Aber dass er keine Spur entdecken kann vor der Hütte, ist noch kein Beweis. Bei so einem Sturm ist in einer halben Stunde alles wieder verweht.

Als Büchler sein Gesicht vom Feuer wieder wegwendet, ist es Anton, als träfe ihn ein tückischer, hasserfüllter Blick.

Draußen tobt mit unverminderter Stärke der Sturm. Büchler blickt auf die Uhr, zieht die Brauen hoch und sagt dann unvermittelt: »Fahr in die Alpenvereinshütte und hol mir ein paar Flaschen Bier!«

»Bei dem Wetter?«, fragt Anton und wendet sich zum Fenster. Die Hütte ist immerhin eine gute Wegstunde entfernt.

»Wegen dem bisschen Wind? Lass dich nicht auslachen! Da hast du das Geld. Schau, dass du weiterkommst! Bis in eineinhalb Stunden bist du wieder zurück.«

Anton steht am Fenster und rührt sich nicht.

»Was grübelst du denn so lang?«, fragt Büchler ungeduldig.

Anton dreht sich um und sagt so ruhig, wie er es in seiner kochenden Erregung noch fertig bringt: »Ich bin zu dir gekommen, um dich zu besuchen und mich ein wenig zu verschnaufen, aber nicht, damit ich dir den Hanswursten mache. Außerdem hast du gerade gesagt, dass man heute keinen Hund hinausjagt. Aber mich zum Bierholen, ja? Wenn du Bier willst, dann hol es dir selber! Mir scheint, du bist heute sowieso noch nicht hinauskommen in die frische Luft.«

Mit verzerrtem Gesicht springt Büchler auf. »Du Früchtchen, du grünes! Auf der Stelle fährst du jetzt zur Alpenvereinshütte, oder mir rutscht die Hand aus!«

Eine rote Flamme springt in Antons Gesicht. »Ich mag nicht!«, schreit er den anderen an. Büchler weicht unwillkürlich einen Schritt vor diesen drohenden Augen zurück.

Anton geht ihm nach und schleudert ihm ins Gesicht, was ihn schon lang drückt: »Auf diesen Moment habe ich gewartet! Jetzt ist er da! Und jetzt will ich dir sagen, dass ich mich nicht mehr schikanieren lasse von dir! Wenn du ein Mann wärst, vor dem man Respekt haben könnte, wär's was anderes! Aber von einem solchen Faulenzer wie du …«

Mit einem erstickten Wutschrei springt Büchler auf Anton los und versucht ihn zu fassen. Doch Anton ist flinker als er. Mit geballter Faust schlägt er ihm zwischen die Augen. Büchler taumelt in die Ecke.

Und als er sich wieder aufrichtet, nach dem Messer greift und sich auf Anton stürzen will, hat dieser bereits die Hütte verlassen und gleitet den Hang hinunter.

Büchler rennt aus der Hütte und streckt die geballte Faust mit dem Messer in Antons Richtung. »Wart nur, du Schweinehund! Das musst du mir büßen.«

Der Sturm nimmt die Worte von seinem Mund und zerreißt sie. Fluchend kehrt Büchler in die Hütte zurück und schlägt krachend die Türe hinter sich zu. Da erst merkt er, dass ihm Blut aus der Nase rinnt.

Umständlich säubert er sein rot betröpfeltes Gewand, wäscht sich Gesicht und Hände und überlegt dabei, wie er dies dem ›jungen Rotzlöffel‹ heimzahlen kann.

Kaum ist Büchler wieder einigermaßen sauber, wird die Tür aufgerissen, und auf der Schwelle steht ein baumlanger Kerl mit geschwärztem Gesicht, das Gewehr in der Hand: Bert Steinmüller.

»Mach die Tür zu!«, schreit Büchler gereizt, froh, seinen Unwillen endlich an jemandem auslassen zu können.

»Na, na, tu nur nicht gar so wild! Du wirst nicht gleich erfrieren.«

In aller Gemütsruhe legt der Wilderer sein Gewehr auf die Bank, setzt sich auf den warmen Herdrand und lässt die Beine baumeln.

»Pünktlich bist du nicht gerade, das muss ich sagen«, knurrt Büchler. »Um halb fünf wolltest du da sein, und jetzt geht's auf sechs Uhr zu.«

»Probier du es, ob du bei dem Wetter schneller raufkommst! Aber der Herr Büchler ist nicht so dumm. Der setzt sich in die warme Stube und lässt unseren Herrgott einen guten Mann sein. Im Übrigen will ich dir sagen, dass ich schon eine halbe Stunde draußen gestanden bin.«

Ein huschender Blick des Jägers streift den Geschwärzten. »Dann hast du den Anton gesehen?«

Bert Steinmüller lacht breit und zeigt seine starken Zähne. »Der Anton schreibt eine gute Handschrift, was?«

»Das zahle ich ihm schon heim, dem Bürschchen!«

»Du wirst ihm nichts heimzahlen! Im Gegenteil, du wirst gut und freundlich zu ihm sein müssen.«

»Darauf kannst du aber lang warten.«

Der Wilderer rutscht vom Herd herab und baut sich breit vor dem Jäger auf. »Willst du uns alle in Gefahr bringen?«

Auch Büchler springt auf und fuchtelt erregt mit den Armen. »Ich tu nicht mehr mit! Macht, was ihr wollt!«

»Schrei nicht so! Irgendwann hört es der Falsche. Du bist überhaupt recht unvorsichtig. Da hast du einen Wilderer in deiner Hütte und vergisst, die Fensterläden zuzumachen. Sebastian, Sebastian, du musst dich ändern! Der Winninger ist auch nicht mehr recht zufrieden mit dir. Ein Glück, dass ich für morgen ein paar Böcke habe!«

Die Hände auf dem Rücken verschränkt, geht Büchler erregt in der Hütte auf und ab. »Ihr meint vielleicht, dass ich schon ganz in euerer Hand bin. Du brauchst dir bei mir aber gar nicht mehr viel zu leisten, Bert, dann mag ich nicht mehr. Schon oft hab ich die Stunde verflucht, in der ich dich habe laufen lassen. Eine Kugel hätte ich dir aufbrennen sollen, das wäre das Beste gewesen.«

»Du hättest mich schon nicht laufen lassen, wenn die Michaela nicht gewesen wäre. Die ist dir halt in die Augen gestochen, gib's zu! Und da hast du gemeint, du solltest ihr dein gutes Herz zeigen, indem du einen armen Teufel, der sich in ihrer Hütte versteckt hat, laufen lässt. Hast du gemeint, sie beißt dann eher an? Hahaha! Da bist du einmal schön auf den Leim gegangen! Die Michaela steht auf mich mit Leib und Seele. Da kann ein anderer nichts machen.«

»Das wäre noch nicht so schlimm gewesen, wenn ich mir damals ein Herz gefasst hätte und zu meinem Chef gegangen wäre und ihm gesagt hätte: ›So und so steht es. Ich gebe es zu, dass ich mich schwer gegen meine Aufgabe und gegen die Vorschriften vergangen habe, aber ich schwöre, dass es nie mehr vorkommt.‹ Ich weiß, er hätte es mir nachgesehen und meine Schwäche entschuldigt. Heute stünde ich als ehrlicher Kerl da und könnte meinem Jagdherrn und meinen Kollegen offen ins Gesicht schauen.«

»Auf diese Weise wäre dir aber ein schöner Batzen Geld ausgekommen. Zehntausend Mark werden nicht reichen – was du so nebenbei schon eingestrichen hast.«

»Ja, das verfluchte Geld, du und der Winninger! Ihr drei habt mich zum Lumpen gemacht. Ja, ja, schau mich nur nicht so an! Ich bin ein viel größerer Lump als du! Wenn ich nicht so gemein wäre, hättet ihr – du und die anderen Schlawiner – bald ausgewildert, und der Winninger müsste aufhören, den feinen Herrn zu spielen.«

»Aber, Sebastian! Was hast du denn heute auf einmal? Ich glaube, dich hat die Ohrfeige vom Anton wirblig gemacht im Kopf. Ich weiß, morgen denkst schon wieder anders. Was hilft's dir denn auch? Du bist verschworen mit uns auf Gedeih und Verderb. Und wenn du meinst, du willst uns verraten, dann …«, der Wilderer blinzelt auf die Jagdbüchse, »du weißt, dass ich mein Ziel nicht verfehle. Und wenn nicht ich es tue, dann eben ein anderer, vielleicht der Winninger selber. Darum schlag dir die Mucken aus dem Kopf, und reden wir jetzt vom Geschäft! Also, übermorgen fährt der Rödl mit seinem Wagen wieder in die Stadt, und da muss er Wild mitnehmen. Zwei Böcke habe ich schon, und die anderen zwei hole ich mir im Revier vom Weindl. Du musst morgen schauen, dass du den Weindl aufhalten kannst, wenn du ihn auf deinem Dienstgang triffst. Am besten ist, du nimmst ihn in deine Hütte mit. So – und jetzt möchte ich was zu essen.«

Bert nimmt die Pfanne aus dem Regal und sticht einen Brocken Schmalz aus dem Topf. »Wo hast du denn das Mehl?«

Gereizt fährt der Angeredete herum. »Du tust dich ja ganz leicht mit meinen Vorräten!«

»Tu nur nicht so! Nächste Woche bringe ich dir wieder einen Rucksack voll Fressalien.«

Bert findet selber das Mehlsäckchen, er schüttet einen Teil in eine Schüssel, schlägt ein paar Eier dazu und rührt das mit Wasser an. »Der Teig wird zwar nicht so gut mit dem Wasser«, meint er. »Aber Milch wirst du ja nicht haben? Es ist halt ein Kreuz, wenn man so selten ins Tal kommt und heroben keine Alm offen ist. Meinst du, dass die in der Alpenvereinshütte zurzeit Milch verkaufen?«

Büchler gibt zu allem keine Antwort. Er sitzt auf der Matratze und starrt finster vor sich hin. Er ist in einer Stimmung, dass er den Bert am liebsten hinausgeworfen hätte. Aber dann denkt er an das schöne Geld, das er durch ihn schon verdient hat. Im Grunde genommen ist dieser Wilderer gar kein so übler Kerl. Es hat schon Zeiten gegeben, in denen die beiden zusammen harmoniert haben wie Brüder. Und dass er heute so aufgebracht ist, daran ist nur dieser Anton schuld. Eigentlich nicht schön von ihm, muss sich Büchler eingestehen, dass er seine Wut am Bert auslässt.

»Ich habe auch noch nicht gegessen«, sagt er plötzlich in versöhnlicherem Ton.

»Das reicht schon für uns zwei, was ich da anrühre.«

Vor dem Herd stehend, rührt der Wilderer mit einem eisernen Scharrlöffel in der Pfanne. »Du«, sagt er dann ganz unvermittelt, »der Schalldämpfer, den mir der Winninger besorgt hat, das ist ganz was Praktisches. Da hörst du einen Schuss kaum mehr auf hundert Meter.«

»Immer noch weit genug, wenn der Anton in der Nähe ist. Vor dem darfst du dich gehörig in Acht nehmen, Bert! Wenn der einmal etwas in der Nase hat, hört er nicht mehr auf zu schnüffeln.«

»Den Burschen fürchte ich nicht. Und dann, wenn's gar nicht mehr anders geht, kommt's immer noch darauf an, wer die schnellste Hand und das sicherste Auge hat.«

Bert stellt die dampfende Pfanne auf den Tisch und nimmt zwei Löffel aus der Schublade. Schweigsam löffeln sie eine Weile, dann sagt er nebenbei: »Rat einmal, was sich die Michaela vorige Woche in den Kopf gesetzt hat? – Heiraten will sie!«

Büchler lacht wie zu einem guten Scherz. »Das halte ich für gar nicht so dumm von ihr. Sie ist ja allmählich auch nicht mehr die Jüngste.«

»Neunundzwanzig wird sie im März.«

»Bis spätestens dreißig wollen halt die meisten Frauen unter der Haube sein.«

»Aber mir pressiert es noch nicht.«

»Vielleicht heiratest du sie ja überhaupt nicht, die schwarze Michaela?«

»Da kann man noch nichts Genaues sagen.«

»Aber einem anderen willst du sie auch nicht überlassen?«

»Vorderhand einmal noch nicht. Du würdest sie immer noch gern mögen, stimmt's?«

»Ich würde es wenigstens ehrlich meinen mit ihr.«

»Wer sagt denn, dass ich's nicht ehrlich meine?«

»Die Michaela behagt dir eben, weil sie dich den ganzen Sommer über durchfüttert. Und das Quartier hast du auch umsonst.«

»Na ja, ich werde mich schon noch dankbar erweisen – später einmal. Ich meine: Wenn ich sie heirate, kommt es doch nicht darauf an, wann ich sie heirate. Jetzt jedenfalls will ich das aufregende, freie Wildschützleben noch nicht aufgeben.«

Als die Pfanne geleert ist, macht sie Bert sauber und stellt sie wieder auf ihren Platz, er streift die schweren Schuhe von den Füßen und sagt, nachdem er die Tür verriegelt hat: »Wo hast du denn die Spielkarten? Komm, spielen wir ein bisschen Sechsundsechzig!«

Die letzte Märzwoche bringt brausenden Föhnsturm. Auf allen sonnigseitigen Hängen der Berge schmilzt der Schnee, und das Hochwild verlässt – für den Jäger das erste Frühlingszeichen – die Futterplätze, um zu den Almen hinaufzusteigen.

Anton ist den ganzen Tag auf den Füßen, um hoch in Geröll und Fels die Äsungsplätze der Gämsen zu erkunden oder tief im Bergwald die Balzplätze der Auerhähne aufzusuchen.

Eines Samstagnachmittags, als er nach etlichen freiwilligen Überstunden auf dem Weg ins Dorf ist, hört er aus einem Dickicht heraus ein jämmerliches Klagen. Er bahnt sich den Weg dorthin und findet ein junges Reh in der Schlinge. Mit einem raschen Griff befreit er das arme Tier aus der würgenden Umklammerung und steht eine Weile bis ins Innerste getroffen da. Es ist das erste Mal, dass er in seinem Revier eine solche Entdeckung macht.

Sofort beginnt er, die Spur am Boden auf das Genaueste zu untersuchen. Es sind breite, feste Bergschuhe mit kranzförmigem Stollenprofil. Aber schon im nahen Geröllfeld verliert sich die Spur.

Unschlüssig verharrt Anton eine Zeit lang und überlegt, was er tun soll. Mit Einbruch der Dunkelheit kommt sehr wahrscheinlich der Lump, um seine Beute zu holen. Also auf die Lauer legen und warten! Hinter den Haselnussstauden beim Brandl-Hof wird zwar die Monika vergeblich die Minuten zählen, bis er kommt – aber was sein muss, muss eben sein.

Also zieht sich Anton an eine vor Blicken geschützte Stelle zurück und wartet. Dunkelheit umhüllt ihn, Stunden um Stunden verrinnen, man hört vom Dorf herauf die Glocke schlagen. Wie lang doch so eine Nacht ist, wie kalt und wie unheimlich! Anton vertreibt sich die Zeit damit, auf die Geräusche der Natur zu horchen. Sie kommen aus der Tiefe des Tales, aus dem Wald, aus den Schrunden und Schluchten der Berge. Seltsam, geisterhaft tönt es überallher.

Der angehende Jäger hat seine Hände um das kühle Metall der Flintenläufe geklammert. Die Kühle tut ihm wohl, denn ihm ist trotz der kalten Nacht heiß geworden von der drängenden Erwartung auf das Ungeheuere, Aufregende, das da kommen muss.

Ganz leise sagt er sich die Worte vor, die er rufen wird: »Halt, Lump, oder es kracht!« Und dann wird er den Übeltäter vor gespanntem Gewehr in das Dorf führen, vielleicht so um neun Uhr, wenn die Kirchenglocken zum Sonntagsgottesdienst rufen und viele Leute unterwegs sind. Die können dann schauen und Zeugen sein von der ersten kühnen Tat eines jungen Jägers.

Jawohl, er wird hinter ihm gehen, das Gewehr unterm Arm, die Ärmel lässig hinaufgekrempelt, den Kragen offen. Kühles Selbstbewusstsein und scharfen Ernst wird er in seinen Blick legen und Kraft und Spannung in seinen Schritt. Vielleicht kann man den Weg am Brandl-Hof vorbei nehmen. Dann weiß Monika gleich, warum er nicht hat kommen können.

Stunden verrinnen, Anton wartet und horcht in die Stille hinein. Plötzlich hört er nichts mehr, eine Weile ist alles um ihn her versunken.

Da schreckt er aus seinem Nickerchen auf und öffnet die Augen, gerade in dem Augenblick, als oben im unendlichen Sternenhimmel sich eine Schnuppe löst und in weitem Bogen, gleich einer Feuerrute, in den dunklen Wald hineinfährt. Sich schnell besinnend, dass man sich da etwas wünschen müsse, schreit Anton laut und aufgeregt: »Monika – dass ich mit der Monika fürs ganze Leben zusammenkomme …«

Er erschrickt vor dem hellen Klang seiner Stimme und denkt sich, wie unnötig doch dieser Wunsch gewesen sei, denn sie hätten sich doch gegenseitig schon oft genug versprochen, dass sie zusammenkommen wollten. Wenn er nur erst einmal als Jagd- und Forstgehilfe fest angestellt wäre! Im Mai wird er zwanzig Jahre, bis dahin kommt der Graf auf die Jagd zurück und wird ihn sicher befördern. Bis dahin aber sollte seine Liebe zu Monika möglichst geheim bleiben.

Am östlichen Himmel bekommen die Sterne schon einen matteren Glanz. – Horch, ist da nicht eben ein Geräusch gewesen?, fragt sich der junge Jägersmann atemlos. Jeder Muskel seines Körpers ist angespannt.

Jetzt sieht er zwischen den finsteren Ästen und Zweigen eine schattenhafte Gestalt vor sich auftauchen.

»Halt!« Mit jähem Ruck reißt Anton das Gewehr an die Wange. »Keinen Schritt mehr!«

»Jesus, Maria – der Anton!«, stammelt Sebastian Büchler erschrocken. Dann versucht er ein heiseres Lachen. Seit jener Szene in der Hütte begegnen sich Büchler und Anton zum ersten Mal wieder.

Anton lässt das Gewehr sinken. »Was willst denn du in meinem Revier?« Das klingt nicht freundlich.

»Jetzt will ich nichts mehr. Ich sehe ja, dass du auf dem Posten bist. Du wirst sie schon gesehen haben, die Schlinge.«

Anton bohrt den Blick in das vom Dunkel verschleierte Gesicht des anderen. »Die Schlinge habe ich freilich gesehen, und was darin gefangen war, habe ich befreit. Aber wie kommt es, dass du so gut Bescheid weißt in meinem Bezirk – gerade du?«

»Ich ging gestern Nachmittag von der Heindlschlucht herüber und kürzte halt den Weg ab, und da sah ich die Schlinge. Ich weiß ja, dass du am Samstag meistens heimgehst, und da dachte ich mir: Schau einmal nach in aller Früh, und leg dich auf die Lauer, damit er dir nicht mehr auskommt, der Lump, der niederträchtige! Wenn einer mit dem Gewehr zum Wildern geht, da habe ich ja noch einigermaßen Achtung. Aber mit der Schlinge fangen, das ist gemein.«

Anton greift in das Dickicht und nimmt die Schlinge an sich. »Für diesmal gebe ich das Warten auf. Der Lump hat sicher schon was in der Nase.«

»Gehst du heim?«, fragt Büchler harmlos.

»Ja, jetzt gehe ich heim.« Anton schultert schwungvoll das Gewehr und eilt Richtung Hochwald davon.

Büchler bleibt zurück, nagt mit den Zähnen an der Unterlippe und nimmt dann plötzlich das Gewehr von der Achsel.

»Wie ich den Kerl hasse!«, zischt er in ohnmächtiger Wut. Er hebt das Gewehr an die Wange, nimmt den dunklen Schatten, der da über das Geröllfeld hastet, ins Visier, sein Finger krümmt sich. Da raschelt es im Gebüsch. Erschrocken lässt Büchler die Waffe sinken und starrt dem Steinmüller ins Gesicht.

»Bist du verrückt?!«, zischt der ihm zu.

»Bert? Wo kommst denn du her?«, fragt Büchler tonlos.

»Woher werde ich schon kommen? Die ganze Nacht kauerte ich hinter der Kuppe flach auf dem Boden und konnte mich nicht rühren. Der Anton passt auf wie ein Luchs.«

»Hättest du ihn halt kaltgemacht!«

»Was? So weit kommt's noch! Wenn er mir mal im offenen Kampf gegenübersteht, dann soll's knallen. Aber auf einen ahnungslosen Menschen schießen, nein …«

»Den Anton könnte ich zusammenknallen wie eine Schießbudenfigur.«

»Und ich könnte mich bei Gericht auseinander nehmen lassen wegen dir. Denn dass du auf deinen Kollegen schießt, daran denkt niemand.«

»Die Schlinge hat er auch mitgenommen, der Kerl.«

»Was kümmert mich die Schlinge! Dann muss ich mir eben den Bock holen, der am Gröllberg wechselt. Such du den Weindl auf, und schau, dass er wenigstens am Vormittag in der Hütte bleibt.«

»Ich glaube, der Weindl ist auch ins Dorf gegangen, gestern Abend.«

»Na also, dann wäre ja die Luft rein. Was willst du denn mehr? Komm, alter Spezi!«

Sie nehmen den Weg zum Gröllberg.

Unterdessen wandert Anton dem Dorf zu. Die Sterne sind schon erloschen. Schwere Nebel steigen aus den Wiesengründen und fließen mit den kreisenden Wolken am Himmel ineinander. Und Gedanken, so grau wie der Nebel, wirbeln durch Antons Kopf.

Er hegt plötzlich einen schrecklichen Verdacht gegen Sebastian Büchler. Sosehr er sich auch dagegen wehrt, er kommt nicht los davon. Seit jenem Auftritt in der Hütte hat Anton ihn immer heimlich beobachtet und dabei festgestellt, dass Büchler alles andere eher ist als ein tüchtiger, pflichtbewusster Jäger. Bei schlechter Witterung geht er überhaupt nicht aus der Hütte. Und dass nun ausgerechnet er mitten in der Nacht aufgestanden sein soll, um einem Wilderer aufzulauern, der noch dazu in einem anderen Revier Schlingen legt, das erscheint ihm höchst unglaubwürdig und verdächtig. Hätte der Büchler nicht in seinem eigenen Revier genug zu tun? Wird nicht gerade bei ihm am meisten gewildert? »Ob ich das nicht lieber dem Förster Hellweger melde?«, flüstert Anton in sich hinein.

Im selben Augenblick verwirft er den Gedanken wieder und ist wütend auf sich selbst, dass er gegen einen Kollegen einen solchen Verdacht hegen kann. Der Weindl arbeitet schon lange Jahre mit dem Büchler zusammen und hat noch nie ein abfälliges Wort über ihn verlauten lassen. Anton nimmt sich vor, zunächst zu schweigen, diesen Büchler aber umso besser zu beobachten.

Sein kleiner Traum ist zerronnen. Anton geht durch das Dorf, aber nicht, wie er gemeint hat, als junger Held mit gespanntem Gewehr hinter einem dingfest gemachten Wilderer, sondern allein. Er begegnet keinem Menschen.

Sosehr er auch späht, am Brandl-Hof kann er außer einem Landarbeiter, der in der Stalltür steht und nach dem Wetter Ausschau hält, niemanden sehen. Überall in den Ställen brennt Licht, und man hört das Surren der Melkmaschinen und das Scheppern der Milchbottiche.

Auch die Zaggler-Mutter sitzt gerade beim Melken, als Anton heimkommt. Ihr hilft keine Maschine, sie arbeitet angestrengt vor sich hin. So hört sie erst spät die Schritte ihres Sohnes auf dem Pflaster. Sofort stellt sie den Eimer beiseite und läuft ihm entgegen.

»Gott sei Dank – weil du nur da bist jetzt! Die ganze Nacht habe ich kein Auge zugemacht vor Sorge.«

»Aber Mutter, warum denn Sorge? Um mich?«

»Es kann doch sein, dass du einmal mit einem Wilderer zusammentriffst.«

Anton nickt. »Hoffentlich recht bald! Aber deswegen musst du keine Sorgen haben, Mutter. Ich passe schon auf. Keinen Schritt tu ich ohne Deckung, und das Gewehr habe ich immer schussbereit in der Hand.«

»Ja, ja, freilich, sei nur recht vorsichtig!«, sagt die Mutter, nur wenig erleichtert, und setzt sich wieder zum Melken. »Geh schon ins Haus einstweilen, ich komme gleich nach.«

Als Anton in die Stube tritt, ruft der Zaggler-Vater über die Stiege herunter: »Bist du da, Anton?«

»Ja, ich bin's. Warum?«

Keine Antwort mehr. Der Zaggler legt sich wieder hin und holt den versäumten Schlaf nach. Auch er hat unruhig geschlafen in dieser Nacht, und mehr als einmal ist er aufgestanden und hat zum Fenster hinausgehorcht, ob er keinen Schuss fallen hört.

Anton streckt sich auf das Sofa und ist, als die Mutter hereinkommt, schon in tiefem Schlaf.

Zwei Stunden, dann weckt sie ihn. Es ist bald Zeit zur Kirche. Die Mutter hat ihm schon alles hergerichtet: ein frisches Hemd, geputzte Schuhe, saubere Socken, eine aufgebügelte Hose, eine fesche Trachtenjoppe. Anton duscht sich kalt und wirft sich in Schale.

Während des Kaffeetrinkens fragt der Vater: »Hat es was gegeben heute Nacht?«

Nein, es habe so gut wie nichts gegeben, erzählt Anton, leider so gut wie nichts. Nur eine arme Rehgeiß in der Schlinge, die man im letzten Augenblick befreien konnte. Weiter nichts, keine Spur, keine Anhaltspunkte, nichts.

Die Mutter jammert und schimpft über die Gemeinheit der Menschen, die so ein armes Tier mit der Schlinge fangen.

Der Vater schweigt, steht vor dem Spiegel und bindet ein wenig umständlich seine Trachtenkrawatte. Dann knöpft er die Samtweste zu und sagt: »Wenn du einmal so einen Schlingenleger erwischst, dem brauchst du keinen Pardon geben, Bub.«

»Ich kenne bei keinem einen Pardon, der unberechtigterweise ins Revier geht. Aber einer, der mir dann mit dem Gewehr gegenübersteht, den kann ich wenigstens als Gegner achten. Da geht's Auge um Auge. Und meine Hand ist sicher.«

Der Zaggler-Vater bürstet gerade sein Sakko aus. Dabei zittern seine Hände so sehr, dass ihm die Bürste hinunterfällt. Da klopft es, und der Winninger tritt ein.

»Guten Morgen, Herr Zaggler, guten Morgen, Frau Zaggler! Ah, der junge Herr Zaggler ist auch daheim. Und sauber wächst er sich heraus. Richtig groß und stark wird er. Die Bergluft schlägt bei ihm anscheinend an. Aber was ich sagen will, Zaggler: Ich komme wegen des Papierholzes. Sie arbeiten doch zurzeit am Spieglerberg. Wie viele Kubikmeter sind denn da oben? Ich bräuchte ein paar Ladungen.«

Alfons Zaggler steht ihm mit finsterem Gesicht gegenüber und antwortet mürrisch: »Es ist nicht viel wert, das Holz da oben. Und überhaupt …« Er verstummt und wirft einen flüchtigen Blick auf Anton, der den Winninger eingehend betrachtet.

»So geh doch schon voraus, Bub!«, mahnt die Mutter. »Es hat schon drei viertel geläutet. Der Pfarrer hat's nicht gern, wenn man während der Predigt in die Kirche kommt – gerade bei jungen Leuten, die gut laufen können.«

Anton verlässt das Haus. Als er am Park von Schloss Wandeck vorübergeht, kommt ihm auf einmal Jutta in den Sinn. Wo sie wohl sein mag? Was sie treiben wird? Und ob sie wohl auch mitunter an den jungen Jäger denkt, mit dem sie ihre Kindheit verlebte und mit dem sie einmal zusammenstand in der Dämmerung eines schönen Sommerabends? Es war sehr seltsam damals: rätselhaft und sonderbar aufwühlend ihre Worte, das Streicheln ihrer weißen Hände über sein Gesicht, die stille Sprache ihrer Augen …

Und auf einmal war sie weg, ohne ein Wort des Abschieds. Es muss etwas gegeben haben zwischen ihr und ihrem Vater. Aber man weiß nichts Bestimmtes.

Auf allen Straßen, Wegen und Pfaden kommen die Kirch- und Wirtshausgänger herbeigewandert und -gefahren, sie vereinigen sich auf der Landstraße zu einer kleinen Karawane. Auch Anton bleibt nicht lang allein.

Schon an der ersten Straßenkreuzung gesellen sich die Leute vom Lechner-Hof zu ihm. Die Erika ist besonders nett und freundlich, sie freut sich offensichtlich sehr, ihn wieder einmal zu treffen. Ihr Bruder Simon dagegen ist zurückhaltend und mustert Anton heimlich mit finsteren Blicken. Er trägt sich mehr denn je mit dem Gedanken, Monika Brandl für sich zu gewinnen. Bisher ist es ihm freilich noch nicht einmal gelungen, mit der Monika in ein halbwegs vertrauliches Gespräch zu kommen. Sie weicht ihm erkennbar aus, und Simon weiß zwar nichts Genaues, aber er fühlt, dass nur der Anton daran schuld sein könne.

Da kommen von der anderen Seite die Leute vom Brandl-Hof. Monika geht neben ihrem Vater und bleibt, als sie den Anton sieht, ein paar Schritte zurück. Im Kirchenportal treffen sie zusammen und können sich in dem Gewühl flüchtig bei den Händen fassen. »Heute Abend im Buchenhölzl«, kann er ihr noch zuraunen, dann müssen sie sich trennen. Monika geht in die vorderen Reihen, während Anton die Treppe hinaufsteigt zur Empore.

Nach dem Gottesdienst sammeln sich vor dem Kirchhof die jungen Burschen zu einem gemütlichen Plausch, während fast alle Bauern und Landarbeiter dem nahen Wirtshaus zusteuern und die meisten Frauen redend und lachend heimwärts ziehen.

Unter die Burschen gesellt sich auch Anton. In einer langen Reihe stehen sie vor dem Dorfkaufhaus, und für die Mädchen ist es immer eine Art Spießrutenlaufen, daran vorbeizugehen, denn nicht selten kommt aus der Reihe ein anzügliches Wort, ein Gruß mit übertriebener Vertraulichkeit.

Als Monika Brandl mit dem Gebetbuch in der Hand die Stufen vom Kirchhof herabsteigt, tritt Simon Lechner ein wenig vor, um ja von ihr gesehen zu werden. Anton steht etwas abgewendet. Als ob er die Nähe Monikas fühlte, wendet er den Kopf. Ihre Augen treffen sich, kurz und flüchtig.

»Guten Morgen, Moni«, sagt Simon laut. »Das trifft sich aber prima! Ein Stück Weg haben wir zusammen. Weißt du, mein Vater schickt mich zu unserer Bachwiese, ich soll nachschauen, ob sie nicht zu nass ist, weil wir düngen wollen, morgen, ja …«

Monika gibt keine Antwort. Simon stelzt neben ihr her, strafft den Rücken ein wenig und schlenkert, wie es seine Art ist, die rechte Hand. Anton sieht ihm mit einem spöttischen Lächeln nach. Er vermag in Simon keinen Nebenbuhler zu sehen.

Als aber hinter seinem Rücken einer sagt: »Schau ihn an, den Simon! Er lässt nicht locker. Ich glaube, der wird doch noch Brandl-Bauer«, da dreht sich Anton um und zieht die Brauen zusammen, als müsse er einen Schmerz aushalten.

Er nickt den Burschen einen kurzen Gruß zu und sucht Förster Hellweger auf, der vor seinem Haus auf der Bank sitzt.

Nachdem Anton seinen Wochenbericht erstattet hat, unterhalten sie sich noch eingehend über das verwerfliche Handwerk des Schlingenlegens. Der Förster gibt Anton noch allerhand gute Ratschläge, dann zeichnet er mit einer lobenden Bemerkung seinen Wochenbericht und seine Überstundenaufstellung ab und drückt ihm mit einem schönen Gruß vom Grafen extra einen Hundertmarkschein in die Hand.

»Wenn der Graf zurückkommt, werden Sie bald als Jagd- und Forstgehilfe fest angestellt«, sagt er dabei.

Anton bedankt und verabschiedet sich und wünscht dem Förster gute Besserung.

»Oh je, Anton! Das wird nicht mehr viel besser werden. Das steckt mir schon zu tief in den Knochen. Es wird mir wohl nichts anderes übrig bleiben, als mich um eine Stelle im Flachland umzusehn. Das Bergkraxeln bei Wind und Wetter kann ich einfach nicht mehr machen. Also, behüte Sie Gott, Anton, und sehen Sie zu, dass Sie Ihr Revier wieder sauber bekommen, bis der Graf zurückkehrt.«

Er begleitet ihn, auf seinen Stock gestützt, bis zum Gartentürchen und raunt ihm eindringlich zu: »Und noch was, Anton: Keine Rücksicht üben! Wer es auch sei, jeden Ertappten müssen Sie zur Anzeige bringen.«

»Aber Herr Förster! Trauen Sie mir denn zu, dass ich einen Schlawiner laufen lasse?«

»Ist alles schon da gewesen, Anton. Aber ein Jäger darf keine Gefühlsduselei kennen. Vor allem: Halten Sie sich bei der Arbeit die Frauen vom Leib! Vor zwei Jahren hatten wir einen Jäger bei uns, der war die erste Zeit tüchtig und verlässlich wie kein Zweiter. Als aber die Almzeit angegangen war, hat er die ›schwarze Michaela‹ – wie sie diese dunkle, rassige Sennerin ja überall nennen – gesehen, und aus war's. Halbe Tage ist er bei ihr herumgesessen und hat seine Aufgaben vernachlässigt, obwohl er bei ihr keinerlei Erfolg hatte, wie man hörte. Der Graf schaute ihm lang und geduldig zu, aber am Ende musste er ihn doch entlassen.«

»Da brauchen Sie bei mir keine Angst zu haben, Förster Hellweger«, antwortet Anton, und sein Blick sucht den Brandl-Hof.

Zukunftsträume

Im sinkenden Abend macht sich Anton wieder zur Jagdhütte auf. Das besorgte Gejammer der Mutter schneidet er mit den Worten ab: »So hör doch auf mit deinem Getue! Dann hättst du eben gleich dagegen sein sollen, dass ich Jäger werde. Aber damals, als ich die Nachricht ins Haus gebracht habe, da warst du ganz aus dem Häuschen vor lauter Freude …«

»Da habe ich auch nicht gleich daran gedacht, an die Wilderer. Und wenn du einmal nicht zur gewohnten Zeit heimkommst, dann habe ich heillose Angst.«

»Aber, sei doch nicht so ängstlich! Ich kann doch nie sagen, wann ich heimkomme. Pflicht ist eben Pflicht. Da kann man nichts machen. Aber Angst brauchst du deswegen nicht zu haben. Ich passe schon auf und lasse mich nicht ablenken. Immer geradeaus bei der Sache und schön vorsichtig! Also, behüt dich Gott, Mutter!«

In den Augen einen stillen Glanz der Freude, geht Anton raschen Schrittes über den Wiesenpfad auf das Buchenhölzchen zu, das kaum hundert Meter hinter dem Brandl-Hof beginnt. In den Niederungen flieht schon das Licht vor der Dämmerung. Auch im Buchenhölzchen wird es dunkel. Die Vögel verstummen, Fledermäuse wachen auf und rüsten zum Flug durch die Finsternis.

Nicht lange dauert es, dann huscht sie über die Wiese her. Schlank und rank steht Monika vor dem jungen

Jäger und schlingt ihre Arme um seinen Hals. »Dass ich dich nur wieder habe, du – ach, du …«

»Du hast gewartet am Samstag, oder?«

»Ja, ewig habe ich gewartet. Ich hätte dir so viel zu sagen gehabt.«

»So sag mir's jetzt.«

»Jetzt weiß ich nichts mehr.«

Schweigen. Sie blicken einander in die Augen, tief und lange. Eine große, schwere Frage liegt in ihren Blicken. Etwas ist anders geworden, sagt der seine. Sag mir, was es ist, entgegnet der ihre.

Da sind sie zusammen in die Schule gegangen, haben all die Jahre zusammen getollt und einander geneckt. Und nun ist alles ganz anders. In wilden Wogen kommt etwas von innen her. Und auf einmal ist alles nicht mehr so leicht. Nein, schwer und gewaltig fällt es über die beiden her und macht sie für Minuten unfrei und wortlos.

Anton ist ganz benommen und fragt sich insgeheim: Was ist denn los, warum stellen wir uns so an?

Nach einer Weile hören sie es vom Kirchturm her neun Uhr schlagen. Endlich findet er seinen gewohnten Mut wieder. Wenn der letzte Schlag verklungen ist, denkt er, dann küsse ich sie.

Und als auch sie wieder ihren munteren Blick sprechen lässt, küssen sie sich stürmisch, und sie lachen herzhaft, wie von einem schweren Alptraum erwacht.

»Sag, Monika, was war denn das heute, mit uns zwei?«, fragt Anton.

Monika zuckt mit den Achseln. »Ich weiß es nicht, Anton. Aber ich glaube, wir sind jetzt erwachsen.«

»Ja, das muss es wohl gewesen sein.«

Still und nah stehen sie einander gegenüber. Sie spüren den drängenden Schlag ihrer Herzen. Das Brausen der Nacht geht traumleise über sie hin. Unten im Hof hört man eine Türe ins Schloss fallen, und manchmal schlägt der Hofhund an.

»Sag, Anton, wie wird's denn mit uns werden?«, fragt Monika leise.

Und Anton malt ihr das Bild einer schönen gemeinsamen Zukunft und eines zauberhaften häuslichen Glücks, wie es während vieler einsamer Nächte in seiner Phantasie Gestalt angenommen hat.

Monika lehnt dabei ihren Kopf an seinen Hals und sagt in seligen Schauern immer wieder nur die paar Worte: »Ach du – wie wunderschön ... wie wunderschön ...«

»Und wenn du heimkommst von der Arbeit«, sagt sie dann, »dann steht schon ein gutes Essen auf dem Tisch, und dann machen wir uns einen gemütlichen Abend – wenn's warm ist, vielleicht im Gartenhäuschen, hm?«

»Ja, recht gemütlich richten wir's uns einmal ein«, entgegnet Anton mit Ernst und Würde, als wäre es vor der ganzen Welt schon eine beschlossene Sache.

»Wie lange wird's noch dauern, Anton?«

»Leider lässt sich da noch nichts Genaues sagen. Weißt du, wir sind ja erst zwanzig. Aber bis in drei Jahren, da sind wir dann so weit.«

»Bis in drei Jahren ...«, wiederholt Monika gedankenverloren. Und dann plötzlich: »Wirst du mir auch immer treu bleiben?«

»Immer und ewig, Monika! Ich mag keine andere.«

»Sag: Auf Ehre und Gewissen!«

»Auf Ehre und Gewissen!«

»Drei Finger musst du auch noch aufs Herz legen.«

Anton lacht herzhaft auf, so dass sie erschrocken ihre Hand auf seinen Mund legt. »Wenn wer im Hof steht, muss er uns doch hören.«

»Ja, ich muss doch lachen, wenn du mir so schlecht traust und derartige Indianerschwüre abverlangst, du Schäfchen, du.«

»Schwör jetzt!«, sagt Monika energisch. »Ich möchte es ganz sicher wissen.«

»Na ja, dann lege ich sie halt hin – schau her: drei Finger aufs Herz.«

»So, jetzt bist du mir als mein lieber Mann versprochen. Aber jetzt muss ich heimgehen. Weißt du, meine Mutter kommt immer auf einen kurzen Ratsch zu mir ins Zimmer, wenn sie ins Bett geht. Nicht, dass sie was dagegen hätte, wenn wir uns treffen – glaube ich –, aber wir wollen unsere gemeinsamen Pläne doch erst einmal für uns behalten, oder?« Sie streicht mit dem Zeigefinger über seine Augenbrauen. »Was meinst du, Anton, es kann doch niemand etwas dagegen haben, dass wir uns so gern haben?«

»Dagegen? Schau, an einem Paar, wie wir zwei eines sind, hat doch sogar der liebe Gott seine Freude.«

»Und dass er seine Freude an uns haben kann, dafür wollen wir schon sorgen und stark sein, hm, Anton?«

»Recht hast du, liebe Monika. Zwischen uns lassen wir nichts kommen! Du weißt, ich habe drei Finger aufs Herz gelegt. Ich kann mich aber auch auf dich verlassen?«

»Immer, Anton, mag kommen, was will.«

Sie drückt ihm die Hand. Er aber holt sich noch einen Kuss, und zwar einen langen. »Weil er für die ganze Woche reichen muss«, sagt er.

»Gute Nacht«, sagen sie alle beide, und dann trennen sie sich.

Nur bis zum Waldrand kommt Monika, da bleibt sie stehen, bricht ein dürres Zweiglein ab und ruft verhalten zu ihm hin: »Komm gut hinauf in die Hütte!«

»Pass auch du auf dich auf!« Anton horcht noch, wie sich das Hoftor unten öffnet und schließt, dann nimmt er fröhlich den Weg durch das große Schweigen des Waldes.

Erst hoch oben, auf einem Latschenfeld, bleibt er stehen und blickt hinunter in das finstere Tal. Man kann kein Haus vom anderen unterscheiden. Nur Lichtfunken, von denen zuweilen einer erlöscht, blinken herauf. Es sieht aus, als seien Sterne vom Himmel gefallen.

Da unten, hinter den erhellten Fenstern, sitzen sie jetzt wohl alle gemütlich beisammen. Der junge Jäger kennt sie, die Abende in den Bauernhäusern, mit ihrer heimeligen Geborgenheit. Sie haben etwas Trauliches, Herzerwärmendes, gerade jetzt um die Zeit, da der Frühling schon überall anklopft mit seinen übermütigen, noch ein wenig rauen Winden.

Jetzt wird wohl auch Monika gemütlich bei den Ihren sitzen oder vielleicht schon in ihrem Zimmer sein und von ihm träumen. Anton wird bei dem Gedanken so verrückt vor Freude, dass er Bäume ausreißen könnte. Und schon fasst er tatsächlich nach einem Latschenstrauch, um ihn übermütig aus der Erde zu ziehen. Der Strauch sticht, knarrt ein wenig, rührt sich aber nicht.

»Klar, du Braver, darfst schon da bleiben!« Lachend lässt Anton los, breitet weit die Arme aus, als möchte er das ganze Land an sein Herz drücken, und sagt dabei leise, wie in Andacht: »Du lieber Herrgott, du hättest doch gar nichts Besseres tun können, als die Welt zu erschaffen.«

Dann geht er weiter und hat nach einer halben Stunde die Luisenhütte erreicht. Als er den Schlüssel aus der Tasche zerrt, ist ihm, als hätte er in der Nähe ein Geräusch gehört. Das Gewehr von der Achsel nehmend, ruft er: »Halt! Wer da?«

Keine Antwort. Nur das Schilf unten am Weiher raunt leise, und vom Wald herauf kommt das Echo seiner eigenen Worte.

Als er in der Hütte die funzelige Lampe angemacht hat, geht er zum Fenster, um die Läden zu schließen. Da ist ihm wieder, als hörte er das Fortstehlen von Schritten. Angestrengt lauscht er. Es muss doch nur Einbildung gewesen sein, denkt er, denn nichts rührt sich. Kein Laut ist in der stillen Märznacht.

Im Hochrevier

In der ersten Maiwoche kommt der Graf aus der Stadt zurück, und die Jäger erwarten ihn in der Luisenhütte. Er gibt jedem Einzelnen die Hand und lässt sich die Reviererlebnisse des Winters berichten.

Dann schickt er Büchler und Weindl in ihre Bezirke zurück und sagt zu Anton: »So, Anton, jetzt kochen Sie uns doch bitte einen ordentlichen Schmarren. Ich habe geradezu Sehnsucht nach dieser Kost. Und hernach machen wir einen Pirschgang.«

Graf Bruggstein wirft sich auf das Matratzenlager. »Wie kommen Sie denn mit dem Büchler aus?«, fragt er.

Anton schluckt ein wenig. »Gut, Graf Bruggstein. Ich kann nichts anderes sagen über ihn.«

Der Graf betrachtete ihn lange. »Sie sind, scheint mir, erwachsener und kräftiger geworden, Anton. Als ich abgereist bin im Herbst, habe ich noch immer den Lehrbuben in Ihnen gesehen, und jetzt ist ein richtiges Mannsbild aus Ihnen geworden. Und als solches haben Sie zuverlässig und engagiert Ihre Arbeit verrichtet. Ich hätte sonst noch eine Hilfskraft eingestellt, weil der

Förster den schweren Bergdienst nicht mehr machen kann. Aber Hellweger hat mir geschrieben, dass dies nicht nötig sei, weil Sie überaus tüchtig sind und Ihre Aufgabe sehr ernst nehmen. Sie sind natürlich jetzt fest angestellt als Jagd- und Forstgehilfe und haben ein Gehalt wie die anderen auch.«

Anton ist bei den Worten feuerrot geworden und stammelt einen unbeholfenen Dank.

»Lassen S' nur gut sein!«, wehrt Bruggstein ab. »Wie geht es daheim? Sind Ihre Leute gesund? Wo arbeitet Ihr Vater jetzt?«

»Ich glaube, im Koglholz, Graf.«

»So, im Koglholz. Das gehört nicht mehr zu meinem Gebiet.«

Der Teig brutzelt leise in der Pfanne. Ansonsten ist es minutenlang still. Da wagt Anton die schüchterne Frage: »Ist Komtess Jutta nicht mitgekommen?«

Graf Bruggstein fährt barsch auf. »Anton! Den Namen will ich nie mehr hören!«

Anton erschrickt so sehr, dass ihm der eiserne Scharrlöffel entgleitet. Mit verstörten Blicken verfolgt er den Grafen, der mit erregten Schritten in der Hütte hin und her wandert.

Plötzlich bleibt er vor Anton stehen. »Ich weiß, ihr wart Spielkameraden und kamt gut miteinander aus. Ich wollte, diese Zeit wäre stehen geblieben. Ich hing an dem Mädchen und glaubte immer, sie sei von meinem Schlag. Aber das war ein Irrtum. Ihre Anschauungen haben mit den meinen nichts gemeinsam. Und so soll sie eben bleiben, wo sie ist: auf Gut Steinhagen am Bodensee. Vielleicht kommt sie irgendwann zu der Einsicht, dass …« Graf Bruggstein bricht das Wort ab und hebt schnuppernd die Nase. »Umrühren, Anton! Lassen Sie ja den Schmarren nicht anbrennen! Kurzum –

eines bitte ich mir aus: Kümmern Sie sich ausschließlich um Ihre Aufgaben und fragen Sie mich so etwas nie mehr! So, und jetzt Mahlzeit!«

Das Essen verläuft schweigend. Anton hat mit einem Mal so viel zu denken, dass er sogar das Löffeln und Nachfassen vergisst. Es bleibt aber trotzdem nichts übrig in der Pfanne, und Anton denkt sich, einen Blick auf seinen Chef werfend: Den haben sie ja halb verhungern lassen in der Stadt drin!

Kurz darauf wandern sie mit ihren Gewehren in das Abendrot hinaus.

Der Frühling ist mit Macht ins Land gezogen. Alles grünt und blüht, überall ist drängendes, stürmisches Erwachen.

Bald zieht das Vieh auf die Almen. Auf der Brandl-Alm sind die Zäune schon geflickt, und soeben ist der Bauer in der Hütte, um nachzuschauen, was reparatur- oder erneuerungsbedürftig ist; denn die Winterstürme wüten hier oben viel wilder als im Tal.

Seine Tochter Monika hat ihn heraufbegleitet. Sie half der Sennerin beim Putzen und Einräumen und ruht nun auf der Bank vor der Hütte ein wenig aus.

Hier oben, sinniert sie, ist also Antons Welt. Hier lebt er, in der freien, reinen Luft der Berge. Sie blinzelt auf die schroffen Gipfel ringsum. Sie weiß es, jedem dieser thronenden Riesen hat Anton schon triumphierend seinen Fuß aufs Haupt gesetzt. Hier oben ist er jetzt zu Hause, hier ist er vom Buben zum Mann geworden, inmitten einer steinernen, feierlich anmutenden Welt. Die wuchtigen Felskolosse sind seine Freunde. Sie nehmen nur die Starken, die Lebensmutigen in ihren Kreis auf. Sie lassen sich von keinem Schwachen bezwingen, sie vernichten ihn ohne Erbarmen …

Monika lässt ihren Blick hinunterschweifen zum Kiefernsee und zur Luisenhütte. Der See scheint trunken von Licht und Sonne. Er treibt seine kleinen, vom Maienwind gekräuselten Wellen lustig umher.

Da, jetzt kommen zwei Jäger aus dem Wald und gehen auf die Luisenhütte zu! Monika springt auf, hebt die Hände wie einen Trichter vor den Mund und will einen freudigen Gruß hinunterschreien. Aber da hört sie hinter sich den Schritt des Vaters, und sie lässt, ihre heiße Freude bezwingend, die Hände lieber sinken.

»So, Monika, jetzt machen wir uns wieder auf den Heimweg«, sagt der Brandl, wendet sich zum Fenster und ruft zur Sennerin in die Hütte hinein: »Du kannst dir ruhig Zeit lassen, Kathi, kommst halt nach, wenn du fertig bist!«

Sie gehen den Hang hinunter zum See. Monika springt als erste in den Kahn und ergreift die Ruder. Sie sieht den Grafen vor der Hütte sitzen und hofft, dass sich der Vater ein wenig mit ihm unterhalten will und sie inzwischen ihrem Anton grüß Gott sagen kann.

Sie ist noch nicht über die Hälfte des Sees gerudert, da kommt Anton auch schon aus der Hütte, setzt sich auf die Bank und beginnt ein Gewehr zu putzen.

Der Graf blickt den Herankommenden entgegen, nimmt einen Schluck aus der Bierflasche, stellt sie neben sich auf die Bank zurück und sagt zu Anton: »Ist das nicht die Brandl-Tochter? Donnerwetter! Die hat sich aber herausgewachsen! Wie heißt sie gleich?«

»Monika«, antwortet Anton und beugt den Kopf tief über den glänzenden Gewehrlauf.

Mittlerweile hat das Boot angelegt, und während Monika es am Pfosten festbindet, geht der Brandl auf den Grafen zu und begrüßt ihn. »Ah, Graf Bruggstein auch wieder im Lande, grüß Gott!«

»Grüß Gott, Herr Brandl! So, wann wird denn das Vieh aufgetrieben?«

»Gleich am Montag. Das Gras steht heuer so gut wie sonst nie um die Zeit. Aber morgen ist erst einmal Maitanz, und da will man seinen Leuten ja auch nicht die Freude verderben. Sonst hätten wir wahrscheinlich in dieser Woche schon aufgetrieben.«

»Ist die Kathi noch immer bei Ihnen?«

»Ja, ja. Im Winter ist sie zwar einmal recht krank gewesen. Aber die Jugend, nicht wahr, Graf, die rappelt sich doch leicht wieder auf.«

Jetzt ist auch Monika herangekommen. Sie grüßt zuerst den Grafen und dann den Anton und knüpft an den Gruß gleich die Frage: »Was tust du denn da, Anton?«

»Gewehr putzen!«, antwortet er knapp, wirft ihr einen raschen Blick zu und beginnt wieder eifrig mit Öl und Lappen zu hantieren.

»Darf ich dir ein wenig zuschauen?«, fragt sie weiter. »Geh, rück ein bisschen.« Sie setzt sich neben ihn, verschränkt die Arme und blickt auf seine braun gebrannten, kräftigen Hände.

»Haben Sie den Stier noch immer, Brandl?«, nimmt der Graf wieder das Wort. »Wie hat er gleich geheißen?«

»Ah, den Mylord meinen Sie? Ja, den habe ich schon noch. Der hat auf der letzten Landwirtschaftsschau den ersten Preis bekommen.«

»Gratuliere, Brandl! Er ist auch ein schönes Tier, Ihr Mylord. Ich habe ihn oft lange Zeit betrachtet, wenn er drüben auf der Weide gewesen ist. Wirklich ein Prachtexemplar seiner Rasse.«

»Sag einmal, Anton, wo tut man denn da die Kugel hinein?«, fragt Monika dazwischen.

Anton erklärt ihr den Verschluss und die Bestandteile des Gewehrs mit größter Sachlichkeit. Das Mädchen unterbricht seine ernsten Erläuterungen immer wieder mit einem kurzen »So, so« oder »Aha, aha, so ist das ...«. Es hört sich jedes Mal an wie ein unterdrücktes Lachen. Er aber erklärt unbeirrt weiter, und als er damit fertig ist, schaut sie zum Fenster hinein und fragt: »Da drinnen schläfst wohl du? Sauber ist es da, das muss ich sagen. Tust du jeden Tag fleißig putzen?«

»Aber, Anton, führen Sie halt die junge Dame in die Hütte, wenn Sie doch hören, wie sie sich für alles interessiert!«

Was wäre dem Anton lieber gewesen als diese Aufforderung! Kaum sind sie in der Hütte, fasst er sie um die Taille und zieht sie an sich.

»Den ganzen Tag schon kommt es mir vor, als ob ich dich heute noch küssen könnte – und, wer sagt's?«, flüstert er ihr ins Ohr, und sie küssen sich eilig.

»Ich habe mich ja so gefreut, als der Vater am Mittag gesagt hat, ich soll mit ihm auf die Alm gehen«, erzählt Monika. »Und morgen ist Maitanz, da tanzen wir miteinander – abgemacht, Anton?«

Sie setzen den Rundgang fort, und Anton erklärt: »Und das ist das Zimmer vom Grafen. Da musst du dir erst die Schuhe abputzen, wenn du hineinwillst.«

Nach einiger Zeit kommen die beiden wieder aus der Hütte. »So«, sagt Anton, »die Führung ist hiermit beendet.«

»Da heroben möchte ich gleich wohnen«, meint Monika und zwickt den Anton verstohlen in den Arm.

»Auf Ihrem Bauernhof haust sich's gemütlicher«, neckt der Graf die junge Frau. »Aber zum Dank müssen Sie dem Anton morgen einen Tanz gewähren, nicht wahr, Vater Brandl?«

»Der Anton kommt nicht zu kurz, meine ich«, entgegnet lachend der Bauer. »Aber jetzt komm, Tochterherz! Jetzt müssen wir schauen, dass wir heimkommen. Behüt Sie Gott, Graf! Behüt dich Gott, Anton! Und Weidmannsheil!«

»Weidmannsdank! Und kommt gut heim!«

»Behüt dich Gott, Anton«, wispert Monika glückselig und springt ihrem Vater nach.

Anton blickt ihr hinterher, bis sie über den See gerudert sind und er ihr blondes Haar zwischen den Bäumen verschwinden sieht. Und auch dann steht er noch eine Weile in tiefe Gedanken versunken.

Da sagt der Graf mit gespielter Verwunderung: »Anton! Nun reicht's aber. Richten Sie lieber das Essen her!«

Auf dem Maitanz

Wenn in Sintsbach Maitanz ist, kommen die jungen Leute aus dem ganzen weiten Umkreis zusammen. Das Fest steigt beim Postwirt, weil der den größten Saal hat. Heuer wurden auf dem freien Platz zwischen Schul- und Wirtshaus sogar ein Karussell, eine Schießbude und eine Tombola aufgebaut.

Als Anton gegen zwei Uhr Nachmittag vom Berg herunterkommt, herrscht schon Hochbetrieb. An der Schießbude stehen junge Männer Schlange, das Karussell ist von Frauen und Kindern umringt, während eine ganze Horde Urlauber an der Tombola ihr Glück versucht. Aus dem Saal vom Postbräu hört man schon die neueste Tanzmusik dudeln, begleitet vom mächtigen Wummern der Bässe.

»He, Anton, schieß uns mal als Profi was vor!«, rufen ein paar Burschen vom Schießstand her.

»Ich komme gleich, muss mich nur noch schnell daheim umziehen!«

Als Anton lachend weitergeht, sich nicht um die Blicke kümmernd, die ihm die Mädchen zuwerfen, sieht er auf einmal ein großes schönes Paar daherkommen: Bert Steinmüller und die schwarze Michaela.

Ihre schwarzen Feueraugen glänzen, bleiben einen Augenblick auf dem jungen Jäger haften und wenden sich dann wieder ihrem Geliebten zu, der mit einem leisen Lächeln um die Mundwinkel an Anton vorbeigeht. Aber er scheint es zu fühlen, dass Anton ihn vom Kopf bis zu den Füßen mustert.

Und als sie außer Hörweite sind, sagt Bert spöttisch lachend: »Hast du ihn gesehen, Michaela, den Jäger, wie er meine Hirschhornknöpfe betrachtet hat?«

Anton geht in Gedanken versunken weiter. Er hat nur den einen brennenden Wunsch: mit dem Bert einmal im Revier zusammenzutreffen.

Daheim zieht er sich schnell um und eilt wieder ins Dorf, gleich an die Schießbude. Der Zufall will es, dass er neben Bert Steinmüller zu stehen kommt, der soeben einen Schuss getan hat und nun das Gesicht nach dem Jäger umwendet.

»So, Anton, probierst du es auch mal?«, sagt er respektlos, aber immerhin freundlich und zupft sich am Bärtchen. »Du wirst mir doch nicht den schönsten Preis wegschießen?«

»Schauen wir halt, wer eine sichere Hand hat«, antwortet Anton ruhig und wirft ein Fünfmarkstück auf den Tisch. »Was kostet der Schuss?«

»Drei Schuss auf die Zielscheibe fünf Mark«, sagt das Mädchen im Westernkostüm, das die Gewehre lädt. »Auf die Tonröhrchen mit den Blumen und Fähnchen ist es billiger, da kostet der Schuss eine Mark.«

»Mit der Krimskrams-Schießerei gibt sich so ein Profi wie unser Jungjäger nicht ab«, stichelt Bert. »Da werden Sie schauen, schöne Frau! Der schießt einen Zwölfer um den anderen.«

»Es kommt auf die Tagesform an. Immer trifft man nicht gleich gut.« Dann nimmt Anton den anzüglichen, respektlosen Ton, den der andere angeschlagen hat, auf und fügt hinzu: »Aber ausgesucht schöne Hirschhornknöpfe hast du da, Bert. Mein Lieber, die gibt's nicht im Kaufhaus! Wo hast du denn die her?«

»Gekauft.«

»Beste Ware – bestimmt nicht billig! Und ich habe schon gemeint, du hast sie dir auf andere Weise beschafft.«

»Du, das verbitte ich mir schärfstens!«, schreit Bert drohend.

Da stellt sich Michaela zwischen die beiden. »Komm, Bert, sei doch gescheit. Lass doch den Buben stehen.«

Anton und Bert sind gleich groß, Letzterer ist aber um zehn Jahre älter und weit und breit als Raufbold bekannt. Die Burschen hüten sich, mit ihm anzubandeln, und haben schon Angst um den Anton.

Der aber steht ganz ruhig und zuckt mit keiner Wimper. Dann nimmt er das Gewehr in die Hand, zielt und drückt ab.

»Zwölfer«, sagt die Westernlady und steckt eine neue Scheibe an.

Auch Bert schießt einen Zwölfer. Das zweite Mal aber nur einen Elfer, während sich Anton auch beim zweiten und dritten Mal einen Zwölfer holt.

»Nochmal sechs Schuss!«, schreit Bert und wirft zehn Mark hin.

Anton lächelt ganz leise und zielt bedächtig, während Bert nervöser wird, je weiter er hinter Anton zurückbleibt. Zum Schluss stampft er ärgerlich davon, gar nicht beachtend, ob Michaela ihm folgt.

»Da kannst du aber froh sein, Anton, dass es so gut abgegangen ist«, meint Benno Kreiderer. »Bald wär's zu einer Schlägerei kommen. Da hätte es dich nach keinem Tanz mehr verlangt heute.«

Anton lacht. »Oder ihn. Ihr tut gerade so, als ob den Bert die ganze Welt fürchten müsste. Bis jetzt hat er halt noch nie richtige Schläge gekriegt. Er hätte nur anfangen sollen.« Damit geht Anton weiter, einen mächtigen Fresskorb in Händen, der als erster Preis ausgesetzt war und den er einstweilen beim Wirt einstellt.

Als er den Tanzsaal betritt, kann er im ersten Augenblick gar nichts unterscheiden vor Qualm und Durcheinander. Aber da hat ihn schon ein Mädchen beim Arm und zieht ihn in das Gewühl der Tanzenden.

Anton ist momentan ein bisschen verärgert über diese gewaltsame Aufforderung, sonnt sich aber dann an der Freude, die seine Tänzerin offensichtlich an ihm hat.

»Du bist aber nicht von da?«, beginnt er das Gespräch. Die meisten Unterhaltungen auf dem ländlichen Tanzboden knüpfen sich an diese Frage.

»Nein, ich arbeite beim Rödl in Ambach.«

»Das ist doch der mit dem großen Viehlastwagen, der regelmäßig nach München fährt?«

»Ja, bei dem arbeite ich. Und du bist der Jäger Anton. Ich kenne dich schon lang. Aber an meiner Hütte bist voriges Jahr immer achtlos vorbeigangen, du Revierprotz, du.«

»Warst du auf der Alm?«

»Ja, die Bacher-Alm gehört dem Rödl. Morgen geht's wieder hinauf. Heuer wirst du aber schon mal einkehren bei mir?«

»Warum denn nicht? Wenn ich zufällig des Weges komme.«

»Da bin ich neugierig.«

In diesem Augenblick entdeckt Anton die Monika. Als der Tanz zu Ende ist, bedankt er sich eilig bei seiner neuen Bekanntschaft und geht zu Monika an den Tisch.

»Ist da noch ein Plätzchen frei?«

»Geht nicht mehr recht«, antwortet Simon Lechner und macht sich breit.

»Freilich geht's noch«, sagt Monika. »Musst dich nur du nicht so breit machen, Simon. Bleib nur da, Anton! Da neben mir ist schon noch Platz.«

Am anderen Tisch sitzt Bert Steinmüller mit seiner Geliebten. Die schwarze Michaela kommt sehr gut an bei den jungen Männern, sie reißen sich geradezu um sie und holen sie eifrig zum Tanzen.

Bert fühlt sich beneidet und sieht das nicht ungern. Aber da jetzt auch der Anton die Michaela zum Tanz auffordert, packt eine Hand wie eine Eisenklammer ihren Arm.

»Da bleibst. Du hast jetzt genug getanzt«, sagt Bert und blickt den Anton herausfordernd an.

Dem springt das Blut in die Stirn. Aber er sagt so ruhig, wie er es vorher selber kaum für möglich hielt: »Dich habe ich nicht gefragt. Und du, schöne Michaela? Willst du tanzen mit mir oder nicht?«

Michaela reißt sich von Bert los. Sie weiß nicht, warum sie es tut, weiß nicht, woher ihr plötzlich die Kraft zuwächst, dem Bert zu trotzen. An Antons Arm geht sie zu den Musikern, wo dieser in den dafür bestimmten offenen Gitarrenkasten einen Zehnmarkschein wirft und einen ziemlich fetzigen Tanzschlager bestellt.

Niemand im Saal zweifelt mehr daran, dass der Tag mit einer Rauferei enden wird. Der Anton ist aber auch ein Teufelskerl und duckt sich schon überhaupt nicht vor dem wilden Bert.

Der Wirt sagt zu einer Bedienung: »Rufen Sie bitte gleich bei der Polizei in Ambach an, und sagen Sie dem Wachtmeister, jemand soll herkommen, bei uns wird die Luft immer dicker. Sagen S' bloß, dass Bert Steinmüller wieder da ist, dann weiß er schon Bescheid.«

Die Frau hat die Nummer noch nicht gewählt, da geht es im Saal schon los. Simon reibt sich vergnügt unter dem Tisch die Hände. Er gönnt dem Anton die Prügel. Jedenfalls steht er auf Berts Seite, falls der Anton Verbündete haben sollte.

Anfangs lässt Anton Berts Sticheleien ruhig über sich ergehen. Monika hat ihn ängstlich am Hemdärmel gefasst und flüstert ihm immer wieder zu: »Sei gescheit, Anton! Gib dich nicht ab mit dem!«

Drüben am Tisch beginnt einer, den Bert zu hänseln, worauf dieser mit einer wegwerfenden Handbewegung tönt: »Wenn er mir nicht zu jung wäre, der Lausbub, würde ich ihn schon umnieten. Aber wegen Kindsmisshandlung mag ich mich nicht in den Bau setzen.«

»Die Leute, die du ›umgenietet‹ hast, laufen alle noch gesund und munter herum – warum solltest du dafür ins Kittchen?«, fragt Anton über die Schulter zurück.

Kaum hat Anton das letzte Wort gesprochen, schlägt ihm Bert von rückwärts mit geballter Faust auf den Kopf. Die Frauen am Tisch kreischen auf. Mit einer überraschenden Reaktion schnellt Anton herum, fasst den Bert am Ledergürtel seiner Hose und zerrt ihn mit einem Ruck aus der Bank.

Niemandem fällt es ein, die beiden auseinander zu reißen. Mitten im Saal stehen sie, keuchend aneinander geklammert. Anton ist der Bärenkraft des anderen nicht ganz gewachsen. Aber er ist unglaublich flink. Und auf einmal – ein Ruck seiner schnellen Arme, und Bert fliegt in weitem Bogen mitten in den Saal, dass die Dielen krachen. Ehe er dazukommt, sich wieder aufzuraffen, kniet ihm Anton schon auf der Brust und bearbeitet ihn mit den Fäusten, bis er allen Widerstand aufgibt.

Man wartet allgemein darauf, dass Bert, wenn er wieder auf den Füßen steht, von neuem angreifen würde. Auch Anton wartet darauf. Er steht ein paar Meter von ihm weg, ein wenig vorgeduckt, zum Sprung bereit. Aber das Unglaubliche geschieht: Bert verlässt unsicheren Ganges den Saal, und Michaela trägt ihm seine Jacke und den Geldbeutel nach. Anton streicht sich die Haare aus der Stirn und geht ruhig an seinen Platz zurück.

Die Musik beginnt wieder zu spielen, die Paare tanzen. Anton ist der Held des Tages. Und die Rauferei ist schon fast vergessen, als Wachtmeister Gschwändler mit einem jungen Polizisten den Saal betritt.

Mit strenger Amtsmiene erkundigt er sich nach dem Hergang der Rauferei, nimmt Antons Personalien auf und meint bedauernd: »Den Steinmüller hätte ich mir heute richtig vorgenommen. Schade, dass er schon fort ist. Jedenfalls bleiben wir hier, damit er die Sicherheit im Saal nicht etwa noch einmal gefährdet.«

Von diesem Tag an wissen die Leute, dass zwischen Anton und Monika mehr besteht als eine harmlose Freundschaft. Man hat es gemerkt während der Rauferei, wie die Monika gezittert und geweint hat vor Angst um den Anton. Man merkt es beim Tanzen, an dem selbstvergessenen Blick, mit dem sie ihm in die Augen schaut, man merkt es an hundert Kleinigkeiten, die besonders Simon Lechner mit Argusaugen verfolgt.

Die Dorfjugend hat damit ein neues Thema. Es dringt sogar hinein in die Gaststube, in der die Bauern beisammensitzen.

Der Lechner-Bauer kommt eilig in den Tanzsaal und winkt seinen Sprössling zu sich. »Tu dich ein wenig um, Simon, bei der Monika! Heute ist die beste Gelegenheit.«

»Ich meine, Vater, leider bin ich zu spät dran bei der Monika. Sie hat bloß Augen für den Anton.«

»Was? Den Anton Zaggler? Den Habenichts? Das wäre ja zum Lachen!«

Der Lechner-Bauer dreht sich um und geht wieder in die Gaststube.

Als einmal neben dem Brandl-Bauern, dem Vater von der Monika, ein Platz frei wird, nimmt der Lechner seinen Bierkrug und setzt sich zu ihm. »Ich habe gehört, Brandl, dass du den Waldspitz am Gröllberg verkaufen willst?«

»Ich habe ihn schon verkauft.«

»Dem reichen Kerber?«

»Ja, der zahlt gut und bar. Das ist was wert!«

»Die Hälfte von deinem Hof gehört eh schon dem Kerber!«, wirft quer über den Tisch der Stüwer ein, der auf den Brandl nicht gut zu sprechen ist wegen eines verlorenen Prozesses.

»So schlimm ist es nicht«, lenkt der Lechner ein. »Der Brandl kann ja auf einen reichen Schwiegersohn rechnen.«

»Aha, der meint seinen Simon«, zischelt der Mesner dem Bachschuster zu.

»Das hat noch Zeit«, antwortet der Brandl. »Meine Monika ist noch jung.«

»Recht hast du, Brandl! Und das mit dem Zaggler Anton, das wird kaum wahr sein, oder? Mein Gott, die Leute reden halt was.«

Der Brandl furcht die Stirn. »Was reden die Leute?«

»Na ja, dass die Monika den Anton gern haben soll.«

»So? Da habe ich noch gar nichts gehört. Aufs Gerede der Leute gebe ich nichts. Und überhaupt – was ist denn da schon dabei, wenn sie ein bisschen verliebt ist?«

Der Lechner hält mit beiden Händen seinen Krug umklammert und verzieht den Mund, als ob er in einen saueren Apfel gebissen hätte. Den Blick zur Decke richtend, als denke er über etwas angestrengt nach, sagt er betont und mit Würde: »Als richtiger Vater darfst aber so etwas nicht dulden. Nach so einer Liebschaft könnte es sich später ein besserer Bursche schon überlegen, ob er die Monika noch will ...«

»Der ›bessere Bursche‹ wäre wohl dein Simon«, sagt der Brandl mit herablassendem Lachen.

Es wird still in der Stube. Man rückt zusammen und horcht.

»Ich verbitte mir die Anzüglichkeit!«, schreit der Lechner wütend. »Und gar so von oben herab brauchst du nicht zu sein, Brandl! Ich kann meinem Simon bare hundertfünfzigtausend Mark und einiges Vieh mitgeben. Ich denke, das ist kein Hühnerdreck auf deinem verschuldeten Hof.«

»Du, pass auf! Von dir lasse ich mir meine finanziellen Verhältnisse nicht vorwerfen! Nein, von dir schon gleich gar nicht!« Der Brandl schlägt mit der Faust auf den Tisch, dass die Gläser klirren. »Du freilich, du hast keine Schulden, weil du keinen Erbanteil ausgezahlt hast wie ich und die meisten anderen, sondern dich fett gemacht hast an deinem Halbbruder! Du hast ihn für verrückt erklären und von heute auf morgen in eine Anstalt einweisen lassen, wo er vor lauter Kummer bald gestorben ist. So bleibt dir alles, und du brauchst nicht einmal mehr ein Pflegegeld zu zahlen, du sauberer Bruder.«

»Das ist eine Beleidigung, Brandl! Da gibt's ein ärztliches Attest und einen amtlichen Beschluss!«

»Wir haben deinen Halbbruder alle gekannt, und ich glaube, niemand hatte den Eindruck, dass er in eine geschlossene Anstalt gehört. Ich möchte nicht wissen, wie du dem armen Kerl zugesetzt hast, bis er schließlich durchdrehte, und womit die Sache vielleicht sonst noch gängig gemacht worden ist ...«

Ein beifälliges Raunen geht durch die Gaststube. Der Lechner ist puterrot im Gesicht und zieht den Kopf ein wie ein geprügelter Hund, trinkt nach einer Weile sein Bier aus und eilt fort.

Der Maitanz dauert bis in die späte Nacht hinein und verläuft nun ungestört.

Auf der Spur

Anton steht am Kiefernsee und starrt ins Wasser. Sonderbare Gedanken bewegen ihn. Seit nun das ganze Dorf weiß, wie er und Monika zueinander stehen, ist ihm manchmal, als ob dunkle Wolken über den Himmel seines Glückes zögen. Er weiß nicht, woher sie kommen, diese dunklen Gedanken. Sie kommen ungerufen und fallen über ihn her.

Eigentlich ist es unnötig, sich Sorgen zu machen! Der Brandl ist nach wie vor freundlich zu ihm. Dabei muss er doch von dem Verhältnis wissen, wenn ihm auch Anton von Monika noch nicht als ›Freund‹ oder ›Zukünftiger‹ präsentiert worden ist. Was in jedem Haus des Dorfes bekannt ist, werden doch wohl auch die Brandl-Eltern wissen. Aber nein, der Brandl sagte außer einem freundlichen Gruß kein Wort, als er am Samstagabend in der Dämmerung seine Monika bei ihm unter den Rosen im Garten sitzen sah.

Der Jäger blickt zu den rötlich ziehenden Wolken auf, nagt an der Unterlippe und denkt: Vielleicht mag die Unruhe in mir auch einen anderen Grund haben. Eine Gefahr ist da. Ich spüre sie förmlich in allen Gliedern. Ich sehe sie nicht, und doch scheint sie zum Greifen nah. Die nächste Zeit bringt eine große Entscheidung. Sie liegt schon förmlich in der Luft.

Der Abend ist still. Leise läuten die Glocken im Dorf, und Mylord, der Preisstier, steht am andern Ufer und blickt zu dem Jäger herüber.

Ein Ruf von der Hütte her lässt Anton herumfahren. Graf Bruggstein ist von der Jagd zurückgekommen.

Als Anton zu ihm in die Stube tritt, empfängt er ihn mit den Worten: »Grüß Gott, Anton! Sie, der Weindl hat mir heute erzählt, Sie hätten vor vierzehn Tagen beim Maitanz mit dem Bert Steinmüller gerauft. Wie ist denn das hergegangen?«

Anton erzählt, wie es war.

»Halten Sie die Augen offen, Anton!«, warnt der Graf. »Sie haben jetzt diesen Bert nicht mehr nur als Jäger zum Feind, sondern auch persönlich. Über kurz oder lang werden Sie doch einmal mit ihm zusammentreffen im Revier. Heute bin ich schon wieder auf Eingeweide gestoßen, am Schwarzen Joch.«

»Graf Bruggstein, ich wünsche mir nichts anderes, als so bald wie möglich mit dem Bert zusammenzutreffen.«

»Nehmen Sie's nicht zu leicht, Anton!«

»Ich weiß, Graf, was auf dem Spiel steht.«

»Ihre Ehre steht auf dem Spiel und Ihr Leben. Ihr junges Leben, Anton. Vorige Woche sind Sie einmal fort zum Reviergang und haben bloß eine Patrone im Lauf gehabt. Das darf nicht mehr vorkommen, Anton! Drei Schuss plus drei Schuss Reserve müssen immer zur Verfügung stehen. Deswegen habe ich Ihnen ja ein Drillingsgewehr gegeben.«

»Ja, ich habe mir danach selber gedacht, dass das leichtsinnig von mir war.«

Graf Bruggstein setzt sich auf die Bank und streckt den einen Fuß vor. »Kommen Sie her, Anton, ziehen Sie bitte mal an meinen Schuhen an, ich bringe sie kaum noch herunter! Heute bin ich stockmüde und werde gleich schlafen gehen. Um halb drei stehen wir auf. Wir gehen morgen zum Gröllstein. Da habe ich einen Hirsch im Visier.«

»Soll ich Ihnen nichts zu essen richten, Graf?«

»Nein danke, ich habe schon gegessen, in der Bacher-Alm.«

»Die dem Rödl von Ambach gehört?«

»Ja, dem, glaube ich, gehört sie. Gute Nacht, Anton!«

»Gute Nacht, Graf!«

Graf Bruggstein zieht sich in sein Stübchen zurück. Man hört die Matratze knarren und bald darauf regelmäßige tiefe Atemzüge.

Anton holt ein Stück Dauerwurst aus dem Keller, schneidet sich eine Scheibe Brot herunter und setzt sich damit vor die Hütte.

Ein märchenhaftes Schweigen liegt über der Bergwelt. Die höchsten Gipfel lodern im Sonnenuntergangsfeuer. Die Wände sind schon dunkel. Und auch die Almfelder.

Der Mond geht auf, es wird beinahe taghell ringsum. Scharf und gewaltig treten silberübergossen die Spitzen der Berge aus der Nacht. Das Almfeld bekommt mattgrüne Färbung, und man sieht verstreute, dunkle Buckel umherliegen.

Anton nimmt alle Bilder dieser silbernen Mondnacht in sich auf. Sie fallen ruhig in seine aufgewühlte Seele hinein, stimmen ihn friedsam und still, so dass er nach all der Unruhe, die ihn zuweilen überkommt, nichts anderes mehr ist als ein junger Jäger, der seine Aufgaben ernst nimmt und der in einem stillen Haus wohnt, an einem Hang, wo die Alpenrosen blühen, ein junger Jäger, der von einem Mädchen träumt mit blonden Haaren und zwei brennend roten Lippen.

Es ist schön, jung und ein Jäger zu sein, denkt er. Schön ist auch der Nervenkitzel. Man findet eine fremde Spur im Revier, die man verfolgt. Man nimmt das Gewehr vom Rücken, das Schloss schiebt sich mit einem bösen Laut hinter eine Patrone. Man wartet – wartet. Die Gefahr bleibt aus. Dafür kommt am Abend der Jagdherr aus dem Revier zurück und sagt, dass er wieder auf Eingeweide gestoßen sei.

Anton Zaggler erhebt sich und streckt gähnend die Arme. »Nur einmal wenn's mir vergönnt wäre, mit so einem Lumpenkerl zusammenzutreffen!«

Anton kann keinen Schlaf finden. Unruhig wälzt er sich auf der Matratze hin und her, liegt dann schließlich ganz still, mit weit geöffneten Augen. Das Mondlicht liegt auf den Dielen und wandert langsam weiter, berührt den Ofen, die Gewehre an der Wand, den jungen Jäger, der mit dem Blick dem bleichen Schimmer folgt.

Schließlich wird ihm dieses Hindösen zu dumm. Er steht auf und wandert mit bloßen Füßen die Stube leise auf und nieder, holt seine Pfeife aus der Jackentasche, zündet sie an und bläst die blauen Wölkchen in kurzen Stößen vor sich hin. Dann nimmt er das Gewehr vom Nagel und verlässt leise die Hütte.

Mit gleichmäßigen Ruderschlägen treibt er das Boot über den See und geht das mondhelle Almfeld hinauf. Auf einmal steht ein breiter, wuchtiger Koloss vor ihm: der Stier Mylord.

Der Jäger krault ihn mit der Hand im dicken Haarwulst zwischen den kurzen, stumpfen Hörnern. Der Stier hebt den Kopf. Warmer Atem kommt aus seinen geblähten Nüstern, und als der Jäger fortgeht, schickt Mylord ein dumpfes, wohliges Murren hinterher.

Anton geht an der Almhütte vorbei, die dunkel und verschwiegen daliegt, öffnet das Zaungatter, überquert ein Geröllfeld und klettert dann über eine steile Graskuppe den einsam aufstrebenden Felskegel hinauf. Dort sitzt er nun, legt die Flinte über den Schoß und blickt in das Land hinaus.

Bisher ist alles still gewesen. Aber auf einmal hört er Geräusche aus dem Tal. Es muss in Ambach sein. Es hört sich an, als ob ein großes Tor geöffnet würde. Natürlich, das muss es sein. Er hört jetzt ganz deutlich das Kreischen der Angeln. Anton schaut auf die Uhr. Es ist zwei Uhr.

Er hört das dumpfe Brummen eines Motors. Zwei grelle Lichtkegel zucken auf und ab, bewegen sich langsam vorwärts. Auch in ein paar anderen Häusern sieht man jetzt Licht aufleuchten.

Ist das die Gefahr, die unheimlich, drohend am Abend schon und die ganze Nacht vor dem Jäger gestanden hat?

Anton lächelt, sagt sich: »Wie kann ich nur so dumm sein! Das ist doch der Rödl, der jeden Mittwoch mit seinem Lastwagen das Schlachtvieh der Bauern in die Stadt bringt. – Natürlich, man hört es ja jetzt ganz deutlich, wie sie das Vieh einladen.«

Eine halbe Stunde später fährt der Viehwagen aus dem Dorf. Die Scheinwerfer dringen schon in den Waldspitz. Es sieht aus, als ob alle Wipfel in hellem Feuer stünden. Gleichmäßig hängt das Surren des Motors in der Luft. Und auf einmal, gerade als der Wagen hinter dem Wald hervorgekommen ist, setzt der Motor aus, und alles ist still. Ganz deutlich sieht der Jäger den Wagen tief unter sich stehen: ein dunkler Schatten auf der mondhellen Straße.

Da – was ist das? Gestalten huschen um den Wagen herum. Man hört ein dumpfes Gepolter: das Herablassen der hinteren Wand. Und wieder huschen Gestalten.

Der Jäger springt auf, er weiß nicht genau, was ihn antreibt, aber er hetzt in wuchtigen Sätzen schnurgerade die Graskuppe hinunter, biegt in den Wald ein und stürzt auf dem holperigen Weg dahin.

Schon hat er weit über die Hälfte des Weges bis zur Straße zurückgelegt, da fährt der Wagen wieder an.

»Verdammt!«, knirscht Anton ärgerlich. Und dann kommt es ihm auf einmal lächerlich vor, was er da tut. Weil ein Wagen irgendwo auf der Straße gehalten hat – vielleicht wegen einer Panne oder so etwas –, rennt er den weiten Weg hinunter und vergisst, dass der Graf um diese Zeit zur Hirschjagd geweckt werden möchte.

Schon will er umkehren. Da lassen ihn Schritte aufhorchen. Anton drückt sich an den Stamm eines Baumes und wartet mit klopfendem Herzen.

Stimmengemurmel dringt an sein Ohr, und gleich darauf tauchen zwei Gestalten hinter der Wegbiegung auf. Anton hält den Atem an. Lautlos gleitet seine Hand am Gewehrschaft hinab und entsichert die Waffe.

Jetzt gehen sie an ihm vorüber, bleiben auf einmal ein paar Schritte von dem Lauschenden entfernt stehen.

Anton kann nur mit Mühe einen überraschten Aufschrei unterdrücken, denn als der eine sich ein wenig wendet, erkennt er im Mondlicht Bert Steinmüller und dann auch den anderen: den Jäger Sebastian Büchler.

»Nein, Bert«, sagt Büchler, »den Hirsch am Gröllstein musst du dem Grafen überlassen. Gar zu wild darfst du es nicht treiben. Er traut mir sowieso schon nicht mehr recht, der Alte.«

»Teufel! So ein Hirsch! Der reut mich schon«, antwortet Bert. »Der Winninger hat ausrichten lassen, dass er ein paar große Stücke braucht.«

»Geh halt einmal in ein anderes Revier, zum Weindl oder zum Anton. Für heute aber geh heim. Es wird schon Tag. Stell dir vor, uns würde jemand zusammen sehen!«

Die beiden gehen auseinander. Anton ist zumute, als hätte ihm jemand mit einem Prügel über den Kopf geschlagen. Nun kann und darf er nicht mehr schweigen.

Sich umwendend, geht er ein Stück durch den Wald seitwärts und nimmt dann den kürzesten Weg über eine Geröllhalde zur Brandl-Alm.

Als er auf das freie Almfeld kommt, bleibt er einen Augenblick stehen, benommen von der Pracht und Schönheit, die sich ihm bietet.

Ein lichter Schein breitet sich über den Himmel und erstickt den Glanz der Sterne und das Leuchten des Mondes. Wolken dampfen um die Berge, die rötlich zu schimmern beginnen und heller werden, immer heller.

Die Luisenhütte liegt noch in tiefem Frieden, als Anton ankommt. Sein Erstes ist, dass er an die Tür des Grafen klopft. Es dauert kein Minute, da kommt Graf Bruggstein barfuß, nur mit Hemd und kurzer Hose bekleidet, aus dem Zimmer.

»Wie spät ist es?«

»Halb vier, Graf.«

Graf Bruggsteins Gesicht verdunkelt sich. »Was? Wohl verschlafen?« Seine Augen werden klein. »Und wie schauen denn Sie aus? Aha, da treibt sich Herr Anton Zaggler draußen herum und vergisst, dass ich um halb drei geweckt werden will.« Er zieht mit beiden Händen die Hose am Leib hoch und tritt dicht vor Anton hin. »Dreihundertvierundsechzig Hirsche hab ich in meinem Leben geschossen. Aber noch keinen wie den am Gröllstein. Mein lieber Mann, wenn mir der Hirsch auskommt, dann ist's aus mit uns zwei!«

Nun kann Anton nicht mehr länger schweigen. Das Blut war ihm bei dieser Beschuldigung ins Gesicht geschossen. Seine Gestalt reckt sich.

»Graf Bruggstein, ich …«

»Ruhe jetzt! Ich will keine Entschuldigung hören. Das ganze Jahr bezahlt man so einen Kerl, und wenn man ihn braucht, muss man warten, bis er von irgendeinem Rockzipfel wegkommt! Der Hirsch liegt mir schon lang am Herzen. Heute hätte ich ihn haben können. Aber nein, natürlich, der verehrte Herr Zaggler …« Graf Bruggstein wendet sich ab und stützt einen Fuß auf die Bank. »Wo sind meine Socken?«

Anton nimmt sie von der Herdstange, wo er sie nach dem Waschen zum Trocknen aufgehängt hat. Graf Bruggstein reißt sie ihm aus der Hand.

»Und ich habe immer gemeint, Sie sind ein richtiger Jäger. Aber man täuscht sich in den Menschen. Das sage ich Ihnen, Anton: Von mir aus gehen meine Leute in ihrer Freizeit hin, wo sie wollen. Aber sie haben da zu sein, wenn ich sie brauche und wir es vereinbart haben! Andernfalls kann ich sie nicht brauchen, und sie können gehen.«

Anton steht wie vom Donner gerührt. Seine Augen werden feucht. Zugleich aber wächst ein wilder Trotz in ihm. Seine Stimme hat einen harten Klang, als er sagt: »Soll ich das als Kündigung auffassen?«

»Habe ich nicht deutlich genug geredet?«, sagt der Graf, ohne sich umzuwenden.

»Dann möchte ich noch meinen dienstlichen Bericht machen: Heute morgen gegen drei Uhr ist Sebastian Büchler gemeinsam mit Bert Steinmüller von der Ambacher Landstraße heraufgekommen. Und …«

Graf Bruggstein fährt mit jähem Ruck herum. Sein Gesicht ist angespannt. »Sie haben die beiden gesehen?«

»Ja, ich habe sie gesehen und habe einen Teil ihres Gespräches gehört. Sie haben auch von dem Hirsch am Gröllstein geredet.«

»Warum haben Sie mir das nicht gleich gesagt?«

»Entschuldigen Sie, Sie haben mich ja nicht zu Wort kommen lassen.«

Graf Bruggstein wird von fiebernder Aufregung befallen. Augenblicklich hat er die Bergschuhe an den Füßen und schlüpft in die Jacke. Mit zitternden Händen nimmt er Fernglas und Gewehr, drückt den verwitterten Filzhut über die weißen Haare und will hinaus.

In der Türe besinnt er sich, kommt zurück und legt Anton beide Hände auf die Schultern. »Nehmen Sie mir meine Worte von vorhin bitte nicht krumm, Anton! Ich hätte es wissen müssen, dass Sie ein anständiger Kerl sind. Und jetzt Schwamm drüber, kommen Sie mit! Dem Büchler werde ich heute die Suppe versalzen. Jetzt reicht's!«

Mit langen Schritten geht Graf Bruggstein das Latschenfeld hinunter und drüben den Hang wieder hinauf. Anton kann ihm kaum folgen.

Mittendrin bleibt der Graf stehen. »So geht's eigentlich nicht, wie ich es mir im ersten Zorn vorgenommen habe. Wenn ich jetzt den Büchler auf der Stelle zum Teufel jage, geht er am Abend mit dem Bert gemeinsam zum Wildern. Wir haben dann nur noch einen Lumpen mehr im Bezirk. Passen Sie auf, Anton: Den Büchler nehme ich jetzt zu mir, und Sie übernehmen sein Revier. Ich sage zum Büchler, der Anton Zaggler hat drei Wochen Urlaub. Verstehen Sie mich?«

»Ja klar, Graf Bruggstein!«

Der Graf fasst den jungen Jäger freundschaftlich an der Schulter und blickt ihm fest in die Augen. »Sie haben völlig freie Hand, Anton. Richten Sie sich den Dienst ein, wie Sie es für richtig halten. Vielleicht schlafen Sie lieber am Tag und legen sich nachts auf die Lauer. Jeden zweiten Tag komme ich zu Ihnen. Jetzt aber los, zurück in die Hütte, holen Sie Ihre Sachen! Vergessen Sie vor allem nicht, genügend Munition einzustecken. Den Weindl können Sie von der Veränderung verständigen. Also, machen Sie's gut!«

Mit festem Druck liegen ihre Hände ineinander. Dann trennen sie sich.

Als Graf Bruggstein auf die Hütte Sebastian Büchlers zugeht, sieht er den Jäger vom Wald herüberkommen. Mühsam seine Wut verbergend, geht er ihm entgegen.

»Wo kommen Sie denn heute schon her, Büchler?«

Büchler ist sprachlos. Das plötzliche Auftauchen seines Chefs wirkt auf ihn wie die Erscheinung eines Gespensts.

Nach einer Weile stottert er verlegen: »Dem Bock habe ich aufgelauert – dem Bock, ja …, im Agerhölzl. Ein Bock, sage ich Ihnen, Herr Graf! Etwas ganz Seltenes! Der ist Ihnen sicher. Jeden Morgen wechselt er hinüber ins Schludererjoch.«

Der Graf blickt den Sprechenden scharf an. Dann sagt er: »Den Bock hole ich mir ein andermal. Jetzt müssen Sie mit mir kommen, Büchler! Am Gröllstein weiß ich einen Hirsch. Und Ihre Sachen nehmen Sie auch gleich mit. Sie übernehmen einstweilen den Dienst bei mir in der Luisenhütte, bis Anton Zaggler aus dem Urlaub zurück ist. Kommen Sie bitte!«

Büchlers erste Verblüffung wandelt sich in aufdringliche Freundlichkeit. Eiligst packt er seine Sachen und geht geschäftig plaudernd neben seinem Jagdherrn zum Gröllstein. Der Graf gibt keine Antwort, bis sie in die Nähe ihres Ziels kommen.

Da sagt er: »Den Schnabel halten jetzt! Sonst brennt uns der Hirsch durch, ehe wir ihn zu sehen kriegen.«

Schweigend steigen sie den Berg hinauf, überklettern die Kuppe und betreten dann einen schmalen Steig, der aufwärts führt.

Als sie um eine Wegbiegung kommen, zupft Büchler den Grafen am Ärmel und zischelt: »Dort steht er, Herr Graf.«

»Wo?«

Büchler deutet über eine grüne Mulde zum Waldrand hinüber. »Sehen Sie ihn nicht, Herr Graf? Dort drüben am Waldrand.«

»Ah, ja! Ich war jetzt so in Gedanken versunken, dass ich gar nicht Obacht gegeben habe. Da, halten Sie mein Gewehr!«

Er nimmt den Feldstecher und späht hinüber zu dem Hirsch. Er atmet tief. »Sebastian, Sebastian, wenn das gut ausgeht …« In diesem Augenblick hat er allen Groll gegen Büchler vergessen. »Kommen Sie, wir müssen zur anderen Seite, sonst sieht er uns.«

Sie gehen ein Stück zurück, klettern auf der Ostseite so weit hinauf, bis sie das Tier direkt gegenüber haben. Hinter einen kleinen Felskegel geduckt, beobachtet der Graf durch das Fernglas dieses Prachtexemplar.

Einmal wendet er kurz den Kopf nach dem hinter ihm kauernden Jäger und flüstert: »Schnaufen Sie doch nicht so laut, wir haben schlechten Wind.«

Dann legt er das Glas weg und greift mit der Hand nach hinten. »Das Gewehr!«

Und schon kracht der Schuss. Graf Bruggstein lässt das rauchende Gewehr sinken. Der Hirsch wankt, doch nur einen Augenblick, dann verschwindet er im Wald.

»Hab' ihn schon!«, lacht der Graf und schwenkt seinen verwitterten Filzhut. »Kommen S', Büchler!«

Anton Zaggler hört den Schuss, als er mit Sack und Pack unterwegs ist in sein neues Revier. Er blickt den Berg hinauf und sieht die beiden Jäger wie zwei kleine, dunkle Striche sich in dem Felsgewirr abwärts bewegen und dann im Wald verschwinden.

»Na also, jetzt hat er seinen Hirsch«, nickt Anton.

Am zweiten Tag besucht ihn Graf Bruggstein in seiner Hütte.

»Na, Anton, wie geht's?«

»Danke der Nachfrage, Graf! Arbeit gibt's genug hier. Drei Schlingen habe ich bisher gefunden.«

»So eine Saubande!«

»Ja, Graf Bruggstein. Es muss eine gut organisierte Bande sein.«

»Ich werde noch einen Jäger einstellen. Förster Hellweger kann den Dienst in den Bergen nicht mehr versehen und übernimmt demnächst einen Posten im Flachland.«

»Und der Büchler?«, fragt Anton scheu.

»Der bleibt vorerst bei mir. So zuwider mir der Kerl auch ist, augenblicklich kann ich nichts gegen ihn unternehmen. Damit er sich nachts nicht davonstehlen kann, habe ich mein Lager nun auch in der Küche aufgeschlagen.«

Nach einigem Überlegen sagt Anton: »Darf ich für nächste Woche um ein paar Tage Urlaub bitten?«

Graf Bruggstein hebt überrascht die Brauen. »Urlaub? – Ach ja, Sie kommen kaum mehr zum Schnaufen. Natürlich können Sie ein paar Tage haben. Und wenn der neue Jagdgehilfe da ist, können Sie mehr haben.«

Anton begleitet den Grafen bis zur Grenze seines Reviers, dann macht er sich auf den Weg zur Bacher-Alm, die dem Rödl von Ambach gehört.

Die Sennerin, die ihn damals beim Maitanz als »Revierprotz« bezeichnet hat, ändert an diesem Abend ihre Ansicht, indem sie feststellt, dass Anton Zaggler ein recht gemütlicher Gesellschafter ist. Bloß ein bisschen neugierig ist er. Sonderbar, für was Anton Zaggler sich alles interessiert.

Eine abenteuerliche Fahrt

Anton Zaggler sitzt in der Wirtschaft in Ambach und spielt mit dem Postzusteller und dem jungen Lehramtspraktikanten Tarock. Um den Ofentisch sitzen die Bauern. Auch der Rödl ist unter ihnen – ein hagerer, dunkelhaariger Mensch mit scharfen, stechenden Augen. Er führt das Wort am Tisch der Bauern und weiß über alles Bescheid.

Anton ist nur halb beim Spiel und lässt sich keines der Worte des Rödl entgehen. Gegen zehn Uhr macht er sich dann auf den Heimweg.

»Hast du heute Nachtdienst?«, fragt der Rödl.

Anton wirft das Gewehr hinter die Schulter. »Nein, ich habe ein paar Tage frei. Ist keiner unter euch, der nach Sintsbach geht? Schade! Zu zweit wäre der Weg nicht so lang.«

»Es ist ja mondhell«, sagt der Angerer, »da hast du ein gutes Gehen.«

»Und junge Füße hat er auch!«, wirft der Rödl ein und bläst den Rauch seiner Virginia gegen die Decke.

»Also, gute Nacht beieinander!« Anton verlässt die Gaststube und geht Richtung Sintsbach in die Mondnacht.

Kaum hat sich die Tür hinter ihm geschlossen, wirft der Rödl dem Angerer einen viel sagenden Blick zu. Ein Nicken ist die Antwort. Darauf verlässt der Angerer ebenfalls die Stube.

Anton wandert raschen Schrittes auf der Straße dahin, tut, als ob er nicht bemerke, dass ihm jemand folgt. So muss er notgedrungen fast bis nach Sintsbach gehen. Hinter einer Scheune bleibt er stehen und wartet. Im hellen Mondlicht kann er nach einer Weile eine Gestalt sehen, die wieder nach Ambach zurückgeht.

Anton lächelt. »Schau an, wie argwöhnisch der Rödl ist!«, sagt er zu sich. Dann kehrt er um und geht auf einem Waldweg zurück nach Ambach.

Im Wirtshaus ist es inzwischen dunkel geworden. Auch die anderen Häuser liegen still und verschwiegen da. Anton zieht seine schweren Schuhe aus und schleicht vorsichtig an das Rödl-Anwesen heran.

Teufel! Das Scheunentor ist versperrt. Aber ein Stallfenster ist offen. Eng an die Stallmauer gedrückt, verschnauft der junge Jäger. Nichts rührt sich. Dann schiebt er Schuhe und Gewehr durch das Stallfenster und klettert nach.

Nun steht er im Stall. Schräg fällt das Mondlicht durch die kleinen Fenster herein, so dass sich Anton problemlos zurechtfindet.

Eine Kuh erhebt sich schnaubend und schwerfällig, und ein Mutterschwein grunzt behaglich. Anton bleibt stehen und wirft einen Blick über die Planke. Ein idyllisches, schönes Bild, das sich ihm bietet: Zwölf kleine Ferkel liegen rund um die Mutter herum, schnarchen leise mit geöffneten Schnäuzchen.

Ganz hinten in der Ecke ist eine Tür. Wenn die jetzt in die Scheune führt, kann alles ganz gut gehen, denkt Anton und drückt behutsam die Klinke hinunter.

Die Türe öffnet sich, und Anton steht vor dem großen, blauen Lastwagen. Jetzt zieht er die Schuhe wieder an und nimmt die Taschenlampe zur Hand.

Zuerst schreibt er sich die Autonummer auf, dann leuchtet er alle Bestandteile sorgfältig ab, klopft mit dem Gewehrkolben die Wände ab und steigt dann in den Lastwagen.

Der Laderaum ist mit einer Strohschicht ausgelegt. Anton greift mit der Hand den Boden ab, kann nichts entdecken und will schon wieder umkehren, als er mit dem Fuß an etwas stößt. Es ist ein ganz kleiner Eisenriegel.

Anton hat richtig vermutet: Der Wagen hat einen doppelten Boden. Zwischen dem ersten und dem zweiten ist ein Hohlraum von ungefähr achtzig Zentimeter Höhe.

Der Jäger kriecht in den dunklen, von einem dumpfen Geruch erfüllten Raum hinein. Der Lichtkegel seiner Taschenlampe fällt auf zwei Rehe: einen kapitalen Bock und eine Geiß. Letztere musste mit der Schlinge gefangen worden sein, denn man sieht blutige Würgemale an ihrem Hals. Des Weiteren liegen da noch vier Hasen und ein kleines Gamskitz.

Anton Zaggler überlegt, was er tun soll. Den Wachtmeister Gschwändler verständigen oder seinen zuerst gefassten Plan durchführen? Er entscheidet sich für Letzteres, steigt in den oberen Laderaum und holt sich einen Bauschen Stroh, mit dem er sich in der Ecke des unteren Raumes ein Lager zurechtmacht. Dann klappt er die Öffnung über sich zu und wartet.

Um halb drei Uhr hört er, wie das Scheunentor in den Angeln kreischt. Dann springt der Motor an. Der Wagen fährt langsam los, hält aber bald wieder.

Vieh wird verladen – mit Flüchen und Schelten, wenn eines der Tiere sich widerspenstig anstellt. Alle Geräusche dringen nur undeutlich an das Ohr des Jägers. Nur den dumpfen, schweren Schritt der Tiere vernimmt er deutlich, und der Boden über ihm ächzt und zittert manchmal.

Dann geht es in rascher Fahrt dahin. Aber schon nach einer kurzen Weile hält der Wagen wieder.

In Anton spannt sich jeder Nerv. So gut es geht, richtet er sich auf und macht sein Gewehr schussbereit. Im Falle einer Entdeckung will er sofort aufs Ganze gehen.

In der Rückwand des versteckten Laderaums öffnet sich eine etwa einen Meter breite Luke. Es muss also da ein Mechanismus angebracht sein, den Anton trotz eifrigen Suchens nicht finden konnte.

Ein Stück wird hereingeworfen, ein zweites und drittes. Dann hört man Rödls Stimme. »Ist das alles?«

Die Antwort kommt von Bert Steinmüller. »Denk dir, der Graf hat den Büchler zu sich genommen, und der Anton ist in Büchlers Revier. Drei Schlingen hat er mir weggenommen, der Sauhund.«

»Der Anton hat aber ein paar Tage Urlaub. Gestern Abend war er beim Wirt in Ambach.«

»Zum Teufel! Er wird doch nichts in der Nase haben?«

»Das war auch mein erster Gedanke. Aber ich habe ihm den Angerer nachgeschickt, als er heimgegangen ist. Nicht wahr, Angerer, du bist ihm nachgegangen bis Sintsbach?«

»Ja, bis Sintsbach«, antwortet der Angeredete. »Von dem brauchen wir nichts zu befürchten. Der schläft schon lang wie ein Murmeltier.«

»Na also, Bert, dann nutze die Gelegenheit! In letzter Zeit ist er nicht mehr recht zufrieden.«

Die Öffnung schließt sich wieder, ohne jedes Geräusch, und der Wagen fährt an.

In einer der nächsten Ortschaften wird wieder angehalten und noch Vieh dazugeladen. Dann geht es ohne Aufenthalt weiter.

Anton in seinem dunklen Gefängnis denkt angestrengt darüber nach, wer dieser »er« sein könnte. Daneben stellt er sich immer wieder die verblüfften Gesichter des Rödl und des Angerer vor, wenn er plötzlich vor ihnen steht.

Endlich hält der Wagen im Hof des Schlachthauses in München. Das Vieh wird abgeladen, und es dauert über eine Stunde, bis die Fahrt weitergeht.

Anton kriecht nach vorne und stemmt sich mit dem Rücken gegen die Decke über sich. Irgendwo muss doch die Luke sein, durch die er hereingekommen ist. – Da ist sie schon!

Als er vorsichtig den Kopf hinaussteckt, sieht er durch die offenen Lüftungsklappen, dass der Wagen im inneren Stadtbereich unterwegs ist, mehrmals abbiegt und schließlich an einer Seitenstraße in einem schmalen, von hohen Häuserfronten umgebenen Hof hält.

Anton huscht blitzschnell aus seinem Versteck und springt hinten vom Wagen. Im selben Augenblick wird ein Rolltor aufgeschoben; der Winninger kommt mit zwei Männern zum Vorschein. Rödl und Angerer springen aus dem Fahrerhaus.

Rödl erblickt den Jäger zuerst und wechselt die Farbe. Dann starren fünf Augenpaare auf Anton.

Der reißt das Gewehr hoch und schreit: »Keiner rührt sich, oder es kracht!«

Winninger findet als Erster die Sprache wieder. Er tut harmlos: »Was wollen Sie eigentlich hier?«

Der Jäger gibt keine Antwort.

»Lassen Sie mit sich reden, Zaggler«, sagt der Winninger und macht ein paar Schritte auf ihn zu.

»Halt!«, schreit Anton. »Oder es kracht!«

Der Angerer ist eiligst unter den Wagen gekrochen. Da gibt Anton einen Warnschuss ab.

Augenblicklich öffnen sich fast sämtliche Fenster, und die vom Schlaf aufgeschreckten Leute starren auf das seltsame Bild da unten im Hof. Sie hören den Pfiff, den Winninger abgibt, und sehen aus einem Keller einen Mann springen, der den Jäger von hinten überwältigen will.

Anton erkennt in letzter Sekunde die Gefahr und fährt dem Angreifer mit dem Gewehrkolben mit kräftigem Schwung übers Gesicht, so dass dieser blutüberströmt zusammenknickt.

Trotzdem ist jetzt die Lage für Anton recht bedrohlich, und es bedarf eines zweiten Warnschusses, um sich die Wilderer- und Hehlerbande vom Leib zu halten. Da erscheint der von einem Hausbewohner gerufene Streifenwagen, und zwei Minuten später fährt ein weiteres Polizeiauto vor.

Winninger und Kumpane werden ins Polizeipräsidium gebracht. Auch Anton wird mitgenommen.

Rödl und Winninger halten dicht und sind zu keiner Aussage zu bewegen. Nach einiger Zeit behaupten sie lediglich, das sichergestellte Wild rechtmäßig erworben zu haben.

Da fährt Anton dazwischen: »Graf Bruggstein verkauft kein Wild an Herrn Rödl und Herrn Winninger.«

»Ich habe nicht gesagt, dass ich das Wild von Graf Bruggstein habe«, beteuert Winninger. »Es gibt noch andere Jagden. Und es gibt Jagdpächter, die an mich verkaufen.«

»Das kann schon sein«, antwortet der verhörende Polizist. »Aber könnte es nicht auch sein, dass da vielleicht ein Hirsch und dort vielleicht ein paar Rehe ordnungsgemäß gekauft werden und unterwegs das in Graf Bruggsteins Revier Gewilderte dazugeladen wird? Wozu brauchen Sie denn sonst einen Lkw mit doppeltem Boden?«

Der Rödl und der Winninger wissen für alles eine halbwegs plausible Erklärung. Zu ihrem Unglück aber widerspricht sich der Angerer ein paar Mal, als er scharf ins Verhör genommen wird. Der die Untersuchung leitende Kriminalbeamte erklärt nach einer halben Stunde Winninger und seine Freunde für dringend tatverdächtig. Der umgehend ausgestellte Haftbefehl ordnet wegen Verdunklungsgefahr die sofortige Unterbringung im Untersuchungsgefängnis an.

Als sie abgeführt werden, wirft der Winninger dem Anton einen Blick voll Hass und Wut zu.

Anton lächelt ihm kalt ins Gesicht und sagt: »Der Bert wird auch bald nachkommen.«

Der Rödl will darauf noch etwas antworten, doch der Polizist schiebt ihn unsanft über die Schwelle, und die Türe schnappt ins Schloss.

Anton aber ruft voll Stolz in Schloss Wandeck an und diktiert Wilhelm, was er dem Grafen ausrichten soll: »Winninger mit Bande verhaftet. Näheres persönlich. Bin in München, komme heute noch zurück. Es grüßt Sie Anton Zaggler.«

Und jetzt geht's dem Bert an den Kragen! Mit diesem Vorsatz steigt Anton zwei Stunden später in den Zug, der ihn wieder nach Hause bringt.

Graf Bruggstein ist mit Büchler soeben von der Pirsch zurückgekommen, als Wilhelm schwitzend den Waldweg heraufkeucht und ihm die Gesprächsnotiz überreicht.

Hastig greift der Graf nach dem Zettel, und seine erste Befürchtung ist, dass Jutta etwas zugestoßen sein könnte.

Dann springt er wie elektrisiert auf. Was war denn da geschehen? Wie ist denn Anton nach München gekommen? Wie mag er es nur zuwege gebracht haben? Er, der Jüngste von seinen Jägern!

Am liebsten wäre er in die Hütte gestürzt und hätte dem Büchler die Notiz unter die Nase gehalten und ihm gesagt: Da, schauen Sie her, was der Anton fertig gebracht hat! Aber noch sind die Zusammenhänge unklar. Er will lieber warten, bis Anton zurückkommt. Und er wartet mit Ungeduld.

Die Sonne verglüht langsam an den Felsen. Alles versinkt in wundersamen Frieden. Sebastian Büchler sitzt vor der Hütte und putzt Schuhe, Graf Bruggstein sitzt neben ihm und raucht – nur scheinbar ruhig – seine Pfeife.

Da werden vom Steig herauf Schritte hörbar. Gleich darauf taucht Anton zwischen den Büschen auf, tritt vor seinen Chef und berichtet in dienstlich knappem Ton den Verlauf seiner Aktion.

Graf Bruggstein schüttelt ihm kräftig die Hand. »Anton, Sie sind ein ganzer Kerl! Darum also haben Sie mich so plötzlich um Urlaub gebeten.«

Er wendet den Kopf zu Büchler, der in fassungslosem Schreck vor sich hin starrt. »Büchler, nehmen Sie sich ruhig ein Beispiel an dem! Ein Jahr ist er bei uns und hat mehr fertig gebracht als Sie in dreien.«

Anton wirft einen kurzen Blick auf den Kollegen. Dann sagt er: »Das ist erst der Anfang, Graf. Nachdem nun der Winninger, offenbar das Haupt der Bande, hinter Schloss und Riegel gebracht worden ist, sind die anderen leicht zu fassen. Wenn auch der Rödl und der Winninger nichts ausplaudern, so ist doch der Angerer ziemlich unsicher, wenn er ins Verhör genommen wird. Über kurz oder lang nennt er die anderen auch noch.«

Büchler steht wie gelähmt, mit aschfahlem Gesicht. Es zuckt um seine Augen und um seinen Mund.

Da sagt der Graf: »Anton, den Tag wollen wir feiern. Ist noch Bier im Keller, Büchler?«

Der nickt nur. Seine Kehle ist wie zugeschnürt.

Im dem Augenblick, als sich Graf Bruggstein zur Tür wendet, um den Biervorrat selbst in Augenschein zu nehmen, fällt oben in den Bergen ein Schuss.

Alle drei starren hinauf. Dann stürzt der Graf in die Hütte, zieht eilig die Bergschuhe an und holt das Gewehr. Ohne Jacke und Filzhut, nur das Gewehr in der Hand, eilt er davon, die beiden Jäger, ebenfalls mit ihren Gewehren, ihm nach.

Einmal dreht er sich. Seine Augen bleiben an Büchler haften. »Sie bleiben zurück, Büchler. Kommen Sie, Anton, Sie brauche ich.«

Büchler bleibt stehen, als wäre eine Sturzflut eiskalten Wassers über ihn niedergegangen. Ein wilder Hass beginnt in seinen Augen zu brennen gegen Anton Zaggler. Seine zitternden Finger umkrallen den Schaft des Gewehrs. Er zögert. Da verschwinden die anderen beiden in einer Mulde.

Mit jähem Entsetzen kommt es Büchler zu Bewusstsein, was er im Begriff war zu tun. Er schüttelt sich, wie in Ekel vor sich selber, und fährt sich mit unruhiger Hand über die Stirn. So weit bin ich schon gesunken, dass ich morden will!, geht es ihm durch den Kopf.

Anton Zaggler! So hört Büchler es immer wieder in sich rufen. Vorher war alles gut. Bis dieser Anton Zaggler kam. Und doch: Was tut Anton anderes als seine Pflicht? Er ist ein ganzer Kerl, so wie er selbst auch einmal einer gewesen ist, ehe er den Winninger kennen lernte. Und nun geht alles schief. Wenn auch der Winninger und der Rödl eisern schweigen – der Angerer wird plaudern. Dieser Kerl war nie ganz sicher und zuverlässig. Noch ist es Zeit, sich aus der Schlinge zu ziehen. – Aber vielleicht sucht die Polizei schon jetzt nach mir!, durchfährt es Büchler mit Schrecken. Da bleibt nichts als die Flucht. Erst einmal ab über die Grenze!

Mit eiligen Schritten hastet er zur Hütte zurück. Er rafft seine Habseligkeiten in einen Rucksack und geht durch die Dämmerung auf verschwiegenem Weg der nahen Grenze zu.

Anton lässt den Wilddieb laufen

Der Graf und sein Jäger eilen rasch in die Richtung, wo der Schuss gefallen ist. Keiner spricht ein Wort. Immer tiefer sinkt die Dämmerung. Vom Tal herauf klingen mit vollen Akkorden die Abendglocken, als die beiden mit schweißnassen Gesichtern über ein Latschenfeld emporsteigen.

Der Graf bleibt stehen. Nach kurzem Verschnaufen flüstert er dem Anton zu: »Da droben muss es gewesen sein. Jetzt kommt er uns nicht mehr aus. Sie steigen links hinauf, Anton, und ich rechts. Prüfen Sie das Gewehr noch einmal, damit auf keinen Fall der Schuss versagt. Sie wissen, um was es geht. Und nun, in Gottes Namen!«

Sich zur Linken wendend, steigt Anton lautlos in die Felswand ein. Im Schutz eines Steinvorsprungs lädt er das Gewehr. Die Waffe in der einen Hand, mit der anderen immer nach einem Halt tastend, klettert er hoch.

Etwa in der Mitte des Weges, wo der Aufstieg wieder leichter wird, steht ein kleines Holzkreuz mit einer verwitterten Inschrift. Hier ist einmal einer abgestürzt, der sich im Nebel verirrt hatte. Einen Augenblick verharrt Anton und spricht ein kurzes Gebet. Er weiß, dass der Weg, den er jetzt nimmt, ein Gang auf Leben und Tod ist.

Er steigt weiter. Zwei Meter noch, und er hat die Kuppe erreicht. Sein Herz klopft aufgeregt, sein Atem geht schnell. Vorsichtig hebt er den Kopf über den Rand des Gesteins, er nimmt das Gewehr in beide Hände.

In einer kleinen Senkung, vielleicht drei Meter von ihm entfernt, kauert eine graue Gestalt am Boden und hantiert mit einem Messer.

Alle Unruhe ist wie von Anton weggeflogen. Jeder Muskel in seinem Körper strafft sich. Mit einem Ruck springt er auf, macht einen mächtigen Satz und hat den Wilderer, noch ehe dieser an Gegenwehr denken kann, an der Kehle.

Der Wilderer reißt den Arm hoch, mit dem Messer in der Hand. Jäh gräbt sich maßloses Entsetzten in sein Gesicht, als er den Jäger erkennt. Dann tut er einen gurgelnden Laut und lässt wie gelähmt den Arm sinken und das Messer fallen …

Anton springt mit einem wilden Schrei zurück. Auch aus seinem Gesicht ist alle Farbe gewichen. Das Gewehr in seinen Händen zittert. Mit einem Mal ist ihm, als stürzten die Felsen über ihm zusammen. Alles hätte ihm passieren dürfen, nur das nicht.

Der Wilderer richtet sich auf, stellt sich mit seinem geschwärzten Gesicht vor den Jäger hin und sagt mit heiserer Stimme: »Da hast du mich. Gegen dich kann ich mich nicht wehren. Vor diesem Augenblick habe ich schon lange Angst gehabt. Tu deine Pflicht und führ mich ab!«

»Ich kann nicht«, stöhnt Anton und hält die Hand vor die Augen. Dann schreit er wild auf: »Warum musst du mir das antun, Vater! Weißt du, dass du dadurch mein ganzes Leben verpfuscht hast?«

Alfons Zaggler steht unbeweglich, mit hängenden Armen. Dann wendet er sich langsam ab und steigt lautlos, wie gleitend, die Felsen hinunter. Der Sohn sieht ihm nicht nach. Er steht, wie zu Stein geworden. Nur seine Lippen zucken.

Ein Geräusch, das sich von der anderen Seite her nähert, lässt ihn aufhorchen. Graf Bruggstein klettert über die Kuppe und kommt auf ihn zu. Er bückt sich nach dem Wild – einem schmächtigen Gamsbock – und blickt dann zu dem jungen Jäger auf.

»Was ist denn los, Anton? Ist er Ihnen durchgegangen? Aber ich habe gemeint, Sie reden zu hören.«

Anton gibt keine Antwort und blickt starr zu Boden.

»So reden Sie doch, Anton!«

Der Jäger hebt sein bleiches Gesicht. »Ich habe ihn gestellt, Graf, und habe ihn wieder laufen lassen.«

Schweigen. Der Wind fährt scharf über den Bergkamm. Die weißen Haare des Grafen flattern. Er bückt sich nach dem Messer, das am Boden liegt, betrachtet es nachdenklich, wiegt es spielerisch in den Fingern und tritt dann knapp vor den Jäger hin.

»Ich weiß, Anton. Sie haben nicht anders handeln können. Ich habe gewusst, dass der Tag einmal kommen wird. Lassen Sie den Kopf nicht hängen! Sie sind nach wie vor mein bester Jäger. Auf den eigenen Vater schießen, das kann keiner.«

Anton blickt seinen Arbeitgeber mit nassen Augen an. »Diese Minuten, in denen sich das alles abgespielt hat, vergesse ich in meinem ganzen Leben nicht, Graf. – Und nun muss ich Ihnen eine Frage stellen: Haben Sie gewusst, dass mein Vater …?«

»Ich habe es schon lange gewusst, Anton.«

»Und doch haben Sie mich angestellt?«

»Weil ich mir davon die beste Wirkung versprach. Ich bin mir sicher, dass Ihr Vater jetzt kuriert ist. Jedenfalls werde ich ihn morgen im Holzschlag aufsuchen und ihm ins Gewissen reden.«

»Das ist alles gut und richtig, Graf. Aber wenn mein Vater – was ich jetzt nicht mehr bezweifle – zur Winninger-Bande gehört, dann wird er eines Tages doch verhaftet, und man wird mir in meiner Familie und im Dorf den Vorwurf machen, dass ich meinen Vater ins Gefängnis gebracht habe.«

»Das lassen Sie nur meine Sorge sein! Wie ich da helfe – darüber muss ich mir selber erst schlüssig werden. Kommen Sie, wir gehen! Und kein Wort will ich mehr davon hören.«

Sie steigen abwärts zur Luisenhütte.

Bei den Waldarbeitern

Am nächsten Tag um neun Uhr verlässt Graf Bruggstein die Jagdhütte. Dem Anton gibt er noch den Auftrag, nach dem Büchler ein wenig Umschau zu halten, wobei er freilich die Vermutung äußert, dass dieser über die Grenze geflüchtet sein dürfte.

Die Nacht ist schwül gewesen, der Morgen hat schweren Regen gebracht. Jetzt sind die Wolken wieder leichter geworden, und es regnet nur gelegentlich und dann ganz sacht. Mitunter drängt die Sonne wieder durch die Wolkenfetzen, der Wald beginnt zu rauchen, und die Tropfen an den Zweigen glänzen wie Perlen.

Graf Bruggstein geht, tief in Gedanken versunken, dahin. Er geht nun einen Weg, der gar nicht leicht ist: zu einem Vater, dessen Sohn ein Jäger ist, ein guter Jäger sogar, der aber in schier unauflösliche Konflikte gestoßen werden könnte, wenn der Vater, statt mit Axt und Motorsäge im Wald zu arbeiten, ein Gewehr in die Fäuste nimmt und etwas tut, was ihm nicht zukommt. So wird er nun mit dem Mann reden, wird ihm vor Augen führen, wie das wäre, wenn ein Sohn, der geschickt und flink ist und ein sicheres Auge hat, gegen seinen Vater das Gewehr erheben müsste. Von der Kugel des Sohnes niedergestreckt zu werden: ein entsetzliches Ende für den Vater! Und für den Sohn ein nagender Gewissenswurm und ein ewig quälender Vorwurf. Die Mutter würde sich von ihm mit Schaudern abwenden, die Leute würden einen Bogen um den Vatermörder machen. Wenn der Sohn aber nicht schießt und der Vater deshalb noch dreister werden kann, ist der Sohn als Jäger nicht mehr tragbar.

So etwa will Graf Bruggstein zu dem Waldarbeiter Zaggler reden. Und dann werden sie noch ein wenig zusammensitzen und rauchen, und er wird ihm einen Vorschlag machen. Vielleicht will der Zaggler im Park arbeiten? Es gibt Arbeiten genug im Schloss und drum herum für einen Mann, der dem unvergessenen Peter Graf Bruggstein die Augen zugedrückt hat …

Und so kommt Graf Bruggstein an den Holzschlag. Aber merkwürdig still ist hier alles. Es regnet nicht mehr, und die Sonne scheint warm und golden auf die vielen Stämme, die kreuz und quer übereinander liegen. Der Graf steigt über die Stämme, vorsichtig und langsam, denn das Holz ist noch nass vom Regen, außerdem geraten manche ins Rollen, wenn man draufsteigt.

Da liegt ein Baum frisch gefällt. Die Äste sind noch alle daran. Die Waldarbeiter werden wahrscheinlich Brotzeit machen, denkt der Graf, sie werden in ihrem Arbeitszelt sitzen und nachher darangehen, den Baum auszuästen.

Graf Bruggstein steigt auf den Stamm und balanciert wie ein Schulbub auf ihm Richtung Schnittfläche. Das ist nicht einfach, denn er muss immer wieder über Astwerk steigen. Es ist ein stattlicher Baum, der gut acht Kubikmeter Holz liefert. Aber unten hat er einen tellergroßen braunen Fleck.

»Schau an«, murmelt der Graf, »so groß und stark und doch faul.«

Dann geht er zu dem Zelt und schreit aus kurzer Entfernung hinein. »Hallo, Herr Zaggler, kommen Sie doch einen Augenblick heraus!«

Keine Antwort. Niemand ist im Zelt. Er blickt um sich, geht zurück zu dem Baum. Da liegen zwei Handsägen, eine Motorsäge, Keile, ein paar Äxte, ein schwerer Hammer, ein Meterstab und ein Maßband, eine kurze Pfeife, daneben eine Blechdose, mit Tabak halb gefüllt, eine offene Zigarettenschachtel, ein Notizbuch, ein Benzinkanister. Der Graf geht mit suchenden Augen weiter, und auf einmal sieht er den Zaggler liegen, halb versteckt unter den grünen Ästen.

Aha, denkt Graf Bruggstein, da hat er mich kommen sehen und wollte sich vor mir verstecken.

Und er geht auf den Liegenden zu und ruft seinen Namen. Der Zaggler rührt sich nicht. Er hat die Augen offen, und er schließt sie auch nicht, als sich eine Fliege mitten in die Pupille setzt.

Graf Bruggstein beugt sich über ihn und weicht dann einen Schritt zurück. Alfons Zaggler ist tot. Ein dünner Blutfaden läuft aus dem fest zusammengepressten Mund über das Kinn. Über seiner Brust liegt ein armdicker Ast. Er muss auf der Stelle tot gewesen sein.

Der Graf nimmt seinen Hut ab und murmelt zutiefst erschüttert: »Alfons Zaggler, der Herr gebe dir die ewige Ruhe!«

Dann blickt er sich um und sucht nach dem Zweiten. Der liegt auf der anderen Seite, das Gesicht tief in die Erde gedrückt. Diesen Waldarbeiter kennt der Graf ebenfalls: Er ist ein Junggeselle aus Altenkirchen, der viele Jahre mit dem Zaggler zusammengearbeitet hat. Nun ist er auch im Tod mit ihm vereint.

Der Graf sucht nach einer Erklärung für das grässliche Geschehen. Die Fichte muss wohl im Fallen an der benachbarten Buche hängen geblieben sein, und während die beiden Arbeiter nachschauten und berieten, wie sie das Problem lösen könnten, muss der Buchenast plötzlich geborsten sein, und der Baum ist blitzartig niedergesaust …

Das Schweigen des Todes liegt über dem Holzschlag. Kein Wipfel rührt sich, kein Vogellaut ist zu hören.

Graf Bruggstein geht ins Dorf, verständigt die Polizei und von dort aus die Angehörigen des Waldarbeiters in Altenkirchen. Dann berichtet er dem Pfarrer. Kurz darauf läutet das Sterbeglöcklein vom Turm.

Alle horchen auf und fragen, wer gestorben sei. Auch Frau Zaggler tritt vors Haus. Als Graf Bruggstein durch das Vorgärtchen hereinkommt, starrt sie ihn, von einer dumpfen Ahnung ergriffen, mit weit geöffneten Augen an.

»Ist dem Anton was passiert?«

»Nein, Frau Zaggler, der Anton ist gesund. Gehen wir in die Stube?«

Eine Weile später hört man einen grellen, durch Mark und Bein dringenden Schrei hinter den geschlossenen Fenstern. Und dann nichts mehr. Auch die Glocke im Turm ist verstummt.

Am Grab des Vaters

Noch weiß Anton nichts. Er ist in den Bergen und tut seinen Dienst. Graf Bruggstein schickt Wilhelm mit der Botschaft hinauf, dass Anton Zaggler unverzüglich zu ihm herunterkommen solle.

Aber schon ehe Wilhelm die Jagdhütte erreicht, ist Monika Brandl bei Anton und berichtet ihm stockend und mit heißem Mitleid in den Augen von dem grausigen Geschehen.

Anton starrt sie zunächst entgeistert an. Dann nimmt er ihren Kopf sanft in die Hände: »Und warum kommst gerade du, mir das zu sagen?«

»Schau, Anton, ich habe mir halt gedacht, dass du es leichter trägst, wenn ich es dir sage, statt anderer Menschen. Ich gehöre doch zu dir, Anton, in Freud und Leid.«

»Ja, Monika. Ich danke dir, dass du zu mir gekommen bist …« Und nach einer Weile: »Es wird Arbeit warten da drunten auf mich. Die Mutter wird nicht mehr wissen, wo ihr der Kopf steht. Ich muss hinunter.«

Aber es wartet keine Arbeit auf ihn. Graf Bruggstein hat bereits alles geregelt. Auch sämtliche Kosten hat er übernommen.

Der Tote liegt aufgebahrt in der Leichenhalle des Dorffriedhofs. Zwei Kerzen flackern über seinem Kopf, und die Augen stehen weit offen. Davor erschrickt der Sohn einen Moment. Aber er weint nicht. Nein, nur innerlich spürt er einen dumpfen, grässlichen Schmerz.

Da liegt nun der Vater, still und starr, mit zusammengepressten Lippen und offenen Augen. Es ist derselbe schreckgeweitete Blick, den der Sohn an ihm sah, als sie vor zwei Tagen in der Dämmerung, hoch oben im Gamsrevier, einander erkannten. Damals war das Gesicht des Vaters geschwärzt.

Anton weint auch nicht, als sich am Beerdigungstag der Trauerzug zum Grab bewegt. Nein, still, mit gefurchter Stirne geht er neben der gebeugten Mutter. Graf Bruggstein geht auf der anderen Seite neben Frau Zaggler.

Während des Weges nimmt Anton den Blick nicht von dem braunen Sarg, den vier Waldarbeiter vor ihm hertragen. Auch am Grab blickt er nirgendwo anders hin, bis man den Sarg in die Erde senkt. Traurig schlägt die Friedhofsglocke.

Als die Beerdigung vorüber ist und die Mutter mit den meisten Trauergästen beim Leichenmahl sitzt, macht sich Anton bei der ersten Gelegenheit davon und geht still nach Hause. Daheim reißt er die Fenster auf, frische Luft macht es ihm leichter. Dann zerrt er sich den schwarzen Anzug vom Leib und verwandelt sich wieder in einen Jäger.

Schon wenige Minuten später ist er fertig und tritt mit Gewehr, Fernglas und Bergausrüstung unter die Tür.

Da steht Graf Bruggstein vor ihm. »Sie wollen auf den Berg, Anton?«

»Ja, Graf! Jetzt lasse ich nicht mehr locker, bis ich den Lumpen habe. Ich bin mir sicher, dass nur der Bert meinen Vater verführt hat. Und das zahle ich ihm heim.«

»Nein, Anton, Sie bleiben heute zu Hause.«

Anton stampft mit dem Fuß. »Ich kann nicht, Graf.«

»Und wenn ich meinem Angestellten Anton Zaggler die Anweisung gebe?«

»Dann muss ich mich fügen, Graf. Aber ich weiß, dass Bert sein Handwerk nicht aufgibt ...«

»Er soll uns nicht auskommen. Aber heute sind Sie zu aufgewühlt und würden vielleicht die nötige Vorsicht außer Acht lassen.«

Anton schiebt trotzig die Unterlippe vor. »Kann ich dann morgen ins Revier gehen?«

»Wenn Sie unbedingt wollen. Ansonsten – habe ich mir gedacht – könnten Sie jetzt ein paar Wochen Urlaub nehmen. Morgen kommt ein neuer Jagd- und Forstgehilfe, der kann inzwischen Ihr Revier übernehmen.«

»Soll der den Bert überführen? Graf Bruggstein!« Antons Stimme wird beinahe flehend. »Wie viele Nächte habe ich wegen dieses Lumpen nicht geschlafen! Tag und Nacht hatte ich keine Ruhe, immer war ich hinter ihm her. Und jetzt, da er mir in die Hände fallen muss, jetzt will mein Chef einen anderen für mich hinsetzen ...«

»Nein, Anton, das will ich nicht. Wenn Sie unbedingt hinaufwollen, ich habe nichts dagegen. Meinetwegen gleich morgen früh! Am Nachmittag komme ich dann mit dem neuen Gehilfen in die Luisenhütte. Bis dahin, behüte Sie Gott!«

Die Mutter kommt mit den Verwandten die Straße herauf. Anton geht ins Haus zurück, streift seine Dienstkleidung wieder ab und zwängt sich in den schwarzen Anzug.

Die schwarze Michaela

Über den östlichen Gipfeln beginnt sich der Himmel schon zu lichten, als Anton leise und vorsichtig, um die Mutter nicht zu wecken, das Haus verlässt.

Der Wald liegt in tiefem Schweigen. Man hört nur das Plätschern eines Bergwassers, das die Steine umspült und hurtig talwärts rinnt.

Eine Stunde ist er schon gewandert, da kommen ihm leichte Nebelschleier entgegen. In der Frühe ›rauchen‹ die Bergwasser. Das gilt als Zeichen für einen schönen Tag.

In den ziehenden Schwaden geht Anton weiter, bis er im steilen Latschenfeld einen Rasenbuckel erreicht. Da setzt er sich nieder und macht sich seinen Plan zurecht.

Die Nacht, in der er mit seinem Vater zusammengestoßen war, hat Anton zu einem anderen Menschen gemacht. Um die Mundwinkel hat sich ein tiefer Zug eingegraben, so, wie ihn das Leid in Gesichter meißelt. Sein Blick ist intensiver geworden, und zuweilen ist in seinen dunklen Augen ein seltsames Zucken und Flimmern.

Scharf bläst der Wind von den Felsen. Der Nebel kräuselt sich um die Büsche und flattert hoch. Die

Schleier reißen entzwei, und Anton sieht unter sich eine leuchtende Matte, auf der sich scheckige Kühe erheben und zu grasen beginnen. Es ist die Lerchenalm, wo die schwarze Michaela arbeitet. Die Hütte selbst liegt ein wenig versteckt hinter einem Buckel. Man sieht nur die Hälfte der vorderen Front, einen Tisch, eine Bank, auf der eine Reihe Milchkübel und einige Tücher liegen.

Nicht lange dauert es, dann klappert unten ein Riegel, und Michaela kommt heraus. Blitzschnell duckt sich Anton hinter einen Latschenbusch, nimmt das Fernglas zur Hand und beobachtet sie.

Michaela hebt die Arme und lässt sie dann langsam wieder sinken, es ist eine rätselvolle, fast unverständliche Gebärde. Es liegt eine gewisse Hilflosigkeit in der Bewegung. Jetzt wendet sie sich um und nimmt ein Tuch und einen Milchkübel von der Bank. Dann ruft sie den Kühen mit dunkler, klangvoller Stimme.

Anton lässt das Fernglas sinken und schüttelt den Kopf. Er kann es nicht verstehen, dass eine solche Frau die Geliebte eines Strolches sein kann, wie der Bert einer ist. Langsam geht er zur Hütte hinunter.

Bei seinem Eintritt steht Michaela gerade vor einem halbblinden Spiegel und richtet ihr Haar. Sie erschrickt ein wenig, schaut ihn an wie ein Tier, das viel gejagt worden ist. Es läuft eine reflexartige Bewegung über ihre dunklen Augenbrauen, nur für Sekunden, dann lacht sie.

»Schau, schau! Ein ganz seltener Besuch.«

»Wundert es dich?«

Sie blickt ihn mit ihren Feueraugen lange an, wendet sich dann ab und sagt: »Ja, von dir wundert es mich.«

»Ist's recht, wenn ich hier ein bisschen raste?«, fragt der Jäger und legt das Gewehr auf die Bank.

»Ich habe nichts dagegen. Wenn du warten willst, bis der Kaffee fertig ist? Du kannst aber auch Milch haben.«

»Nein danke, ich warte schon lieber.«

Anton streckt behaglich die Beine. Michaela setzt sich ihm gegenüber und nimmt eine altmodische Kaffeemühle in den Schoß.

Der Jäger schaut sich in der Hütte um. Alles ist blitzblank und funkelt. Kein Stäubchen sieht man. »Sauber hast du deine Behausung beieinander, das muss ich sagen«, meint er anerkennend.

Sie gibt keine Antwort und schüttet den gemahlenen Kaffee in den Filter.

Als sie sich dann, je eine große geblümte Tasse vor sich, gegenübersitzen, sagt Anton: »Warum wundert es dich, dass ich dich besuche?«

»Weil die Jäger für gewöhnlich an meiner Alm vorbeigehen.«

»Ich nicht. Ich werde in Zukunft sogar recht oft hier herumpirschen.«

Ein kaum merkliches Zucken geht um die Mundwinkel der Sennerin. Dann sagt sie unvermittelt: »Dein Vater ist im Wald verunglückt, hm?«

»Hat es dir Bert erzählt?«

»Nein!« Kurz und feindselig kommt das heraus.

Anton fährt sich mit gespreizten Fingern durch die Haare. »Ja, ja«, sagt er dann, »er war noch gar nicht alt, der Vater.«

Michaela faltet die Hände über dem Tisch und blickt ihr Gegenüber forschend an. »Du stehst wenigstens schon auf eigenen Füßen. Aber ich bin noch nicht mal in die Schule gegangen, als mir Vater und Mutter weggestorben sind.«

»So was ist bitter«, murmelt Anton.

»Meine Leute haben in Bruneck ein kleines Anwesen gehabt. Der Vater hat im Wald gearbeitet, und die Mutter ist auch oft bei ihm im Holzschlag gewesen und hat das Dürrholz zusammengeklaubt. So auch an dem Unglückstag. Eine Lawine ist niedergegangen und hat alle zwei verschüttet. Mich hat man dann herübergebracht zu Verwandten, und seit ich aus der Schule bin, arbeite ich beim Riedhammer von Dilling, dem diese Alm gehört.«

»Von Bruneck bist du? Dann bist du ja eigentlich eine Südtirolerin?«

Michaela nickt und fragt: »Magst du noch ein Haferl Kaffee?«

»Nein, danke schön.« Anton blickt sie forschend an.

»Was schaust du mich denn so an?«

»Weil ich etwas nicht begreifen kann.«

»Was zum Beispiel?«

»Dass eine junge Frau wie du von einem solchen Lumpen, wie es der Bert ist, überhaupt etwas wissen will.«

Michaela senkt den Kopf.

Anton spricht eindringlich weiter: »Schau, Michaela! Ich habe dich heute früh zufällig beobachtet, als du vor die Hütte hinausgegangen bist, und da habe ich mir gesagt: Ewig schade ist es um das Mädchen. Du kriegst doch leicht einen anderen – einen ehrlichen, rechtschaffenen Burschen, der dich wirklich mag. Der Bert nutzt dich bloß aus.« Anton fasst über den Tisch nach ihrer Hand. »Sei gescheit, Michaela, und mach Schluss mit ihm! Der ist dich nicht wert.«

Sie entzieht ihm ihre Hand und springt auf. »Du bist nicht der Erste, der mir das sagt. Und doch habe ich auch für dich keine andere Antwort: Die Liebe geht ihre eigenen Wege. Ich komme nicht los vom Bert. Und wenn einer …«, Michaela hebt jetzt den Kopf und blitzt den Jäger drohend an, »… wenn ihn einer stellen sollte beim Wildern – ich sage damit aber nicht, dass Bert das wirklich tut –, und sie brächten ihn mir daher, mit einer Kugel in der Brust, den Jäger würde ich … – ich weiß nicht, wozu ich imstande wäre!«

Anton strafft sich ebenfalls. Die beiden sind gleich groß und können einander geradeaus mit ihren dunklen Blicken messen.

Antons Stimme hat einen harten, schonungslosen Klang, als er sagt: »Dann kannst du jetzt gleich an mir ausprobieren, wozu du imstande bist. Denn ich werde nicht rasten und nicht ruhen, bis ich den Bert habe. Oder willst du von mir verlangen, dass ich meine Aufgaben nicht ernst nehme? Ich bin kein Büchler, der mit Lumpengesindel Geschäfte macht!«

»Nimm dich in Acht, Jäger!«

»Glaubst du, ich fürchte mich vor Bert?«

»Nein! Das weiß ich. Du bist stärker als er, kannst auch besser schießen.« Sie spricht plötzlich etwas weicher. »Früher war er ein ganz anständiger Kerl, der Bert. Aber seit der Wi…« Sie verstummt plötzlich, erschrocken vor ihren eigenen Worten.

»Sag es nur: Seit er den Winninger kennen gelernt hat, ist er auf die schiefe Bahn gekommen.«

Ihre Augen weiten sich in grenzenloser Verwunderung. Sie findet keine Worte.

»Der Winninger ist jetzt hinter Schloss und Riegel.«

»Hast – hast du ihn …?«

Anton nickt. »Du kannst es dem Bert sagen, wenn er es wirklich noch nicht wissen sollte. Der Rödl und der Angerer sitzen auch, der Büchler ist fort, ins Ausland, wie es scheint, und – mein Vater, der lebt nicht mehr. Jetzt geht's dem Bert an den Kragen.«

Anton nimmt sein Gewehr von der Bank. »Ich danke dir schön, Michaela, für den guten Kaffee. Und jetzt – behüte dich Gott!« Er tritt hinaus in die Sonne.

Michaela folgt ihm. Es ist ihr anzumerken, dass sie noch etwas sagen will. Aber sie bringt kein Wort heraus. Ganz still steht sie auf der Schwelle und blickt dem Jäger nach, der mit raschen Schritten das Latschenfeld hinaufsteigt. Sie drückt dabei die Augenlider zusammen und presst die Lippen aufeinander in Zorn und Schmerz.

Dann murmelt sie leise: »Nein, er darf nicht sterben! Er ist so jung und voller Leben.«

Sie wendet sich um und geht in die Hütte. Ihr Schritt hat dabei etwas von einer großen Müdigkeit, obwohl ihre tägliche Arbeit erst begonnen hat. Einen Augenblick steht sie mitten in der Stube, dann reckt sie sich und steigt die schmale Treppe zum Heuboden hinauf.

Im Heu liegt Bert Steinmüller und schnarcht. Irgendwann in der Nacht ist er zur Hütte gekommen und durch die Stallluke hereingestiegen.

Eine Weile betrachtet sie stumm den Schlafenden, dann schüttelt sie ihn: »Steh auf, du Faulpelz!«

»Lass mir meine Ruhe!«, knurrt Bert.

»Aufstehen jetzt!«, wiederholt Michaela noch etwas barscher und geht wieder hinunter.

Bert reibt sich gähnend die Augen. »Auweh, heute hat sie wieder einmal ihren schlechten Tag. Da wird es das Gescheiteste sein, wenn ich liegen bleibe.«

Er findet aber keinen Schlaf mehr, schüttelt sich das Heu von Hemd und Hose und geht in die Stube hinunter. Sein erster Blick fällt auf die zwei ausgetrunkenen Tassen auf dem Tisch.

»Ahhh!«, macht er gedehnt. »Du hast schon Besuch gehabt heute?«

Michaela räumt den Tisch ab und antwortet, ohne ihn anzublicken: »Ja, der Anton Zaggler war da.«

Bert macht ein verblüfftes Gesicht. »Da schau her! Der wird immer frecher. Hast du ihn nicht hinausgeschmissen?«

»Warum soll ich einen Menschen hinausschmeißen, der mich besucht, um ein wenig zu reden und zu rasten?«

Auweh, denkt sich Bert, die hat wirklich einen gräuslichen Humor heute!

Er setzt sich auf die Bank und trommelt mit den Fingern auf die Tischplatte. »So, so, dann war heute der Herr Jäger schon da und hat mit meiner Liebsten Kaffee getrunken. Und dein Schatz? Der kann warten, auch wenn ihm der Magen kracht. Aber natürlich, der Herr Jäger – wenn der hereinschneit, dann wird aufgetischt.«

Um Michaelas Mund legt sich ein Zug von Trotz und Zorn. »Ist das alles, was du mir zu sagen hast?«

Bert steht auf, nimmt eine Tasse aus dem Regal und schenkt sich warm gehaltenen Kaffee ein.

»Mir scheint, du bist heute mit dem linken Fuß zuerst aus dem Bett.« Er schlürft aus der Tasse.

Michaela hantiert geschäftig am Ofen. Plötzlich hält sie in der Arbeit inne und sagt: »Der Winninger ist verhaftet.«

Bert fährt herum. Sein Gesicht zeigt unverhohlenes Entsetzen. »Teufel und Kanonenrohr! Wer sagt das?«

»Der Anton hat's gesagt. Und der Rödl und der Angerer sitzen auch, hat er gesagt, und der Büchler ist fort, wahrscheinlich über die Grenze. Jetzt will er dir an den Kragen.«

Bert hat sich schon wieder in der Gewalt. Er höhnt: »Der Bub? Als wenn ich den fürchten müsste!«

»Unterschätze ihn nicht! Kannst du dich nicht mehr an den Maitanz erinnern? Weißt du nicht mehr, wie er am Schießstand einen Zwölfer um den anderen geschossen hat?«

»Am Schießstand, freilich! Da ist keine Gefahr. Aber wenn es mal ernst wird, dann fällt ihm das Herz in die Hose.«

Michaela schüttelt den Kopf. »Der Anton fürchtet nichts.«

»Du redest aber beherzt für ihn.« Bert lehnt am Tisch, hat in der einen Hand die Kaffeetasse und zwirbelt mit der anderen an seinem Bärtchen.

Michaela geht zu ihm hin, legt ihren Arm um seinen Nacken und spricht auf ihn ein: »Bert, lass dieses Herumtreiber-Leben. Es bringt kein Glück. Wie soll denn aus uns zwei jemals etwas werden, wenn du gar keinen Willen zeigst zu einer ordentlichen Existenz?«

Dem Bert wird unbehaglich zumute. »Der Winninger hat mir versprochen, dass er mir einen guten Job in der Stadt verschafft. Warten musst du natürlich schon können. Ich kann's nicht übers Knie brechen, und der Winninger auch nicht.«

Michaela seufzt: »Jetzt schon gleich gar nicht mehr, wo er hinter Schloss und Riegel sitzt.«

»Der wird bald wieder da sein. Man kann ihm schwerlich etwas beweisen.«

»Wenn ich nur daran glauben könnte. Schau, Bert, wie viele Jahre gehe ich jetzt schon mit dir? Und du vertröstest mich von einem Jahr auf das andere. Nacht für Nacht habe ich Angst und Sorgen ausgestanden, wenn ich gewusst habe, dass du um Wildbret hinausgegangen bist. Und als du dann den Büchler auf deine Seite gebracht hast, da hast du mir eingeredet, dass es jetzt keine Gefahr mehr gebe; und dass du bis in einem Jahr so viel verdient hättest, dass wir einen eigenen Hausstand gründen könnten. Ich habe aber nie etwas gesehen von dem Geld! Und ich habe gespart und habe jeden Pfennig dreimal umgedreht, weil ich sparen wollte für unser gemeinsames Glück. Ich habe mir buchstäblich die Hände blutig gearbeitet, während du auf dem Heuboden die durchwachte Nacht ausgeschlafen hast.«

»Ja, ist ja recht!«, nickt er anerkennend. »Du bist halt eine gestandene Frau. Allen Respekt!« Er schmiegt den Arm um ihre Hüfte und findet einen Ton von biederer Herzlichkeit. »So eine, wie du bist, muss man schon suchen.«

Sie macht sich ein wenig unwillig los und spricht weiter: »Und als dann der Anton vom Grafen als Jagd- und Forstgehilfe eingestellt worden ist, da hast du gelacht und gesagt: Der wird mir schon gar nicht gefährlich, weil sein Vater auch wildert. Mir graute damals vor dem Gedanken, dass sich Vater und Sohn einmal gegenüberstehen könnten, jeder mit dem Gewehr in der Hand, auf Leben und Tod. Der liebe Gott hat das aber nicht geschehen lassen und den Zaggler-Vater, wie du weißt, auf andere Weise zu sich geholt. Jetzt ist also der Zaggler nicht mehr, und der Büchler ist nicht mehr da und der Winninger auch nicht mehr. Jetzt stehst allein gegen einen Menschen, der zehn Jahre jünger ist als du und nichts anderes kennt und nach nichts anderem trachtet, als dich zu stellen. Bert, ich bitte dich ...«, mit beschwörend gehobenen Händen steht sie vor ihm, »bitte, lass ab von diesem Lebenswandel! Schau, ist es nicht wie ein Fingerzeig Gottes, dass für den Holzschlag am Spieglerberg nun dringend zwei Waldarbeiter gesucht werden? Du kannst für den Zaggler weiterarbeiten, redlich und rechtschaffen, wie du es früher auch getan hast. Ich bitte dich, Bert ...«

Bert starrt sinnend auf den Boden. Dann sagt er: »Als Holzfäller in Lohnarbeit braucht man eigenes Werkzeug. Ich habe aber keines mehr, weil ich damals alles verkauft habe in dem Glauben, dass ich es nie mehr brauche.«

»Ich gebe dir Geld, Bert.« Sie huscht in ihr kleines Schlafzimmer und kommt mit einigen Geldscheinen zurück. »Da hast du ein paar hundert Mark. Damit kannst du kaufen, was du brauchst; ich glaube, das reicht sogar für eine Motorsäge.« Michaela ist wie umgewandelt. Freude glänzt in ihren Augen.

Bert lässt das Geld gleichgültig in seine Hosentasche gleiten und sagt: »Du bist mir eine! Dir kann man nichts abschlagen.«

»Ja, ist schon recht. Geh nur jetzt und kauf dir gutes Werkzeug!«

Sie schiebt ihn förmlich zur Tür hinaus und schickt ihm, als er in einer Talsenkung verschwindet, ein befreites »Ich liebe dich« nach.

Bert erwidert es notgedrungen und stapft talwärts. Er ist sich im ersten Augenblick gar nicht schlüssig, was er tun soll. Dann denkt er sogar ernsthaft daran, sich Waldarbeiter-Werkzeug zu kaufen. Diesen Gedanken behält er auch bei, bis er ins Dorf kommt. Da begegnet ihm ein fremder Jäger, der zum Schloss Wandeck geht.

Bert pfeift durch die Zähne. »Aha«, sagt er vor sich hin, »das ist also der Nachfolger vom Büchler. Ob der wohl auch mit sich reden lässt?«

Bert wirft alle guten Vorsätze über den Haufen und setzt sich ins Wirtshaus. Als der schäumende Krug vor ihm steht, schmunzelt er vergnügt, bläst aus Jux den obersten Schaum vom Bier und lacht. »So, meine liebe Seele, jetzt duck dich! Jetzt kommt ein Wolkenbruch.«

Erst spät in der Nacht verlässt er nach unzähligen Halben, etlichen Schnäpsen und einigen Lokalrunden das Wirtshaus. Er hat sein Werkzeug vertrunken.

Auf frischer Tat

Als Anton gegen Abend zur Luisenhütte kommt, sind Graf Bruggstein und der neue Jagd- und Forstgehilfe schon da.

Markus Hornberger heißt der Neue. Ein Mann von sympathischem Äußerem, mit scharfen, grauen Augen und gebogener Nase. Ein echter Jägertyp. Er stammt aus der Tegernseer Gegend und hat bereits zehn Berufsjahre in den Revieren um Kreuth hinter sich.

Graf Bruggstein stellt die beiden einander vor und fügt dann, zu dem Neuen gewandt, hinzu: »Anton Zaggler ist mein jüngster Jäger. Ich bitte Sie, Hornberger, gute Freundschaft mit ihm zu halten.«

»An mir soll's nicht liegen«, antwortet Hornberger und schüttelt kräftig Antons rechte Hand. »Es erleichtert die Arbeit und steigert den Erfolg, wenn man gut miteinander auskommt.«

»So ist es recht!«, lobt Graf Bruggstein. »Und Sie, Anton, können vom Jäger Hornberger noch einiges lernen. Er hat zehn Jahre mehr Berufserfahrung und, wie ich festgestellt habe, bereits Respektables geleistet.«

Hornberger lacht und klopft Anton auf die Schulter. »Dir, meine ich, braucht man nicht mehr viel beizubringen. Graf Bruggstein hat mir schon erzählt, wie du den Wilddieben aufgespielt hast.«

Anton lässt seine dunklen Augen auf dem neuen Kollegen ruhen. Dann nickt er und meint gutherzig:

»Du gefällst mir. Wenn du und der Weindl und ich zusammenhalten, dann wird kein Wilderer mehr was zu lachen haben.«

Zwei Tage später, im ersten Morgengrauen, treffen Anton Zaggler und Bert Steinmüller in der Heindlschlucht aufeinander. Ein kurzer, knapper Ruf – zwei Schüsse in schneller Folge.

Berts Hand war schneller, Antons Hand sicherer. Der Wilderer stößt einen Fluch aus und greift an seinen linken Arm. Im nächsten Moment aber schnellt er auf und will flüchten. Anton ist ihm auf den Fersen und schlägt ihm die Faust ins Genick. Bert stolpert.

Mit hassverzerrtem Gesicht liegt er am Boden und hält seinen linken Arm.

Anton steht vor ihm, hat das Gewehr immer noch schussbereit in den Händen. »Siehst du, Bert, auf den Moment habe ich gewartet – ich kann dir gar nicht sagen, wie sehr.«

»Jägerhammel, verfluchter!«, knirscht Bert.

»Vorwärts jetzt, steh auf! Wir haben nicht so viel Zeit. Deine Kollegen in der Stadt werden schon sehnlichst auf dich warten.«

Als Bert immer noch keine Anstalten macht, sich zu erheben, fasst ihn Anton mit hartem Griff am rechten Arm und reißt ihn hoch. »Du gehst drei Schritte vor mir! Und keine falsche Bewegung!«

Knurrend wendet sich Bert um und folgt dem schmalen Steig. Anton geht mit schussbereitem Gewehr drei Schritte hinter ihm. Berts linker Arm blutet.

Als sie an eine Quelle kommen, sagt Anton: »Warte, Bert! Ich will dir deinen Arm verbinden. Lass einmal schauen, wie weit es fehlt!«

Es ist eine tiefe Fleischwunde im Oberarm.

»Gib mir dein Taschentuch!«, sagt Anton.

»Ich habe keines«, knirscht Bert.

»Dann gebe ich dir meines.« Mit diesen Worten steigt Anton die paar Meter zur Quelle hinunter, lässt aber den Wilderer keine Sekunde aus den Augen.

Um ihm das nasse Tuch um den Arm zu binden, will er erst das Gewehr auf den Boden legen. Er besinnt sich aber schnell und hängt es am Riemen über die Schulter.

Noch ehe er einen weiteren Gedanken fassen kann, schlägt ihm Bert mit geballter Faust und voller Wucht ins Gesicht. Anton fällt um wie ein Mehlsack.

Als er sich eine oder zwei Minuten später taumelnd erhebt, hört er tief unten auf dem Steig die eiligen Schritte des flüchtigen Wilderers.

Der Jäger blickt sich um, schaut auf seine Uhr, versichert sich, dass er nur für ein paar Augenblicke ohne Bewusstsein war. Wie ist es dann aber möglich, dass Bert in dieser kurzen Zeit einen solchen Vorsprung haben kann? Ist er wirklich über die steile Wand auf den Steig hinuntergesprungen?

Anton zögert eine Sekunde. Seine Muskeln straffen sich, dann wagt auch er den Sprung. Auf dem Steig glücklich angekommen, beginnt er zu rennen.

Der Flüchtige ist schon etwa hundert Meter voraus und nur manchmal für einen Husch sichtbar, weil der Steig sich in kurzen Windungen immer wieder um Felskanten schmiegt.

Der Jäger weiß genau: Gelingt es Bert, den schützenden Wald zu erreichen, dann kann er unter Umständen entkommen und über die grüne Grenze flüchten. Zugleich stellt Anton mit Erleichterung fest, dass die Entfernung zwischen ihm und dem Wilddieb immer geringer wird. Knatternd und pfeifend sausen die von seinen Schritten losgetretenen Steine in die Tiefe.

Jetzt zieht sich der Steig ein längeres Stück weit gerade hin.

»Halt!«, brüllt der Jäger und hebt das Gewehr. Im selben Moment erscheint vorne an der nächsten Biegung der Jagdgehilfe Markus Hornberger.

In ratloser Verzweiflung taumelt Bert an die Felswand, sucht einen Ausweg und findet keinen mehr. Mit starrem Lächeln sieht er die beiden Jäger auf sich zukommen und lässt sich dann geduldig abführen. An eine Flucht ist jetzt nicht mehr zu denken, denn vor und hinter ihm geht jeweils ein Jäger mit entsichertem Gewehr, zur Rechten gähnt die tiefe Schlucht, und zur Linken erhebt sich senkrecht die kahle Felswand.

Als der Weg dann breiter wird und in ein Geröllfeld mündet, bleibt Hornberger zurück. Anton, durch den fast gelungenen Fluchtversuch gewarnt, bindet dem Bert die Hände am Gürtel zusammen. So lässt er ihn weiter vor sich hergehen.

Am Abzweig zur Bacher-Alm will der Vorausgehende die andere Richtung nehmen.

»Nein!«, sagt Anton. »Wir gehen zur Michaela. Die kann dir deinen Arm richtig auswaschen und verbinden.«

Michaela steht gerade auf der Bank vor der Hütte und hängt die Tücher zum Trocknen auf, als die beiden ankommen.

»Bert!«

Klanglos kommt es von ihren Lippen. Das letzte Tuch fällt ihr aus der Hand. Sie springt von der Bank und tritt mit funkelnden Augen vor die beiden.

»Ist dir jetzt wohler, Jäger, weil du ihn hast?«

»Es ist alles nach Recht und Ordnung gegangen, Michaela. Ich habe einen Warnruf an ihn gerichtet, da hat sein Gewehr schon gekracht.«

Jetzt wendet sie sich an den Gefesselten. »Bert, du hast mir versprochen, dass du nicht mehr …« Da entdeckt sie das Blut und tastet erblassend nach seinem Arm.

»Ist nur ein Streifschuss«, sagt Anton. »Deswegen sind wir zu dir gekommen. Du sollst den Arm sauber machen und verbinden.«

Als Michaela die Stufen der Hütte emporsteigt, sieht es einen Augenblick aus, als wankten ihre Knie.

Auf der Schwelle dreht sie sich aber kraftvoll um. Sie strafft sich und sagt mit gebietender Stimme: »Bind ihm die Hände los! Er ist doch kein Schwerverbrecher.«

»Daraus wird nichts, Michaela! Ich lasse mich nicht noch einmal niederschlagen. Und jetzt mach bitte vorwärts! Wir haben nicht so viel Zeit.«

Anton setzt sich auf den Rand des großen Waschbeckens vor der Hütte und beobachtet die beiden. Als Michaela zu ihm herkommt, um Wasser zu holen, trifft ihn aus ihren tiefschwarz funkelnden Augen ein Blick voll Hass und Zorn.

»Das musst du büßen, Jäger!«, zischt sie ihm zu.

»Michaela, ich kann dich überhaupt nicht verstehen! Ich habe nur meine Pflicht getan und mich meiner Haut gewehrt. Es könnte doch leicht sein, dass ich droben läge, mit seiner Kugel in der Brust – wenn seine Hand sicherer gewesen wäre. Kannst du dir vorstellen, was das für meine Mutter für ein Schlag wäre? Vor acht Tagen erst der Vater – und heute schon ich?«

»Jaja, und ich? Nach mir fragt niemand. Der Bert hat mir versprochen, dass er anständig wird. Er hat mit der Waldarbeit schon angefangen.«

»Die Waldarbeit vom Bert kennen wir schon. Und jetzt mach, dass du fertig wirst!«

Nach einer Viertelstunde können die beiden dann weitergehen.

Michaelas Gesicht ist wie versteinert. Sie verabschiedet sich von Bert auf eine seltsame, ja wunderliche Art. Zuerst hat es den Anschien, als wollte sie ihn um den Hals nehmen und küssen. Aber ihre Hände bleiben nur auf seinen Schultern liegen, sie küsst ihn nicht, blickt ihm nur in die Augen und sagt mit dunkler, leiser Stimme: »Ich warte auf dich, Bert. So lange werden sie dich nicht behalten. Dann fangen wir unser Leben von vorn an, aber ein ordentliches!«

Ohne den Jäger noch eines Blickes zu würdigen, geht sie in die Hütte.

Der Prozess gegen Winninger und Komplizen findet in der letzten Novemberwoche statt.

Es werden zum Teil ganz empfindliche Strafen verhängt. Winninger bekommt acht Monate Gefängnis – von denen er noch drei Monate absitzen muss – und vierzigtausend Mark Geldstrafe; außerdem muss er als Anstifter und Hauptnutznießer den nachgewiesenen Schaden ersetzen. Rödl und Angerer bekommen jeweils fünf Monate, die durch die Untersuchungshaft bereits verbüßt sind; zusätzlich wird dem Rödl der Führerschein für zwei Jahre entzogen. Bert Steinmüller erhält ein Jahr und drei Monate Gefängnis ohne Bewährung.

Anton Zaggler, der Hauptzeuge, und Markus Hornberger kommen etwa um drei Uhr aus dem Gerichtsgebäude. Sie schweigen unter dem Eindruck der Verhandlung.

Nach einer Weile meint Anton: »So viel hätte er nicht aufgebrummt bekommen, der Bert, wenn ihn die anderen nicht so hineingetaucht hätten. Saubere Freunde sind das! Die ganze Schuld wollten sie auf den Bert abwälzen. Pfui Teufel!«

»Aber ein eiskalter Brocken ist er, der Bert!«, antwortet Markus Hornberger. »Hast du sein höhnisches Lächeln beobachtet, als das Urteil verkündet worden ist? Du wirst sehen, Anton, der kommt raus und fängt das Wildern gleich wieder an.«

Anton zuckt die Schultern. In diesem Augenblick denkt er an Michaela. Wenn es ihr nicht gelingt, den Bert auf bessere Wege zu führen, dann muss man allerdings schwarz sehen! Sonderbar: Alles an dieser Frau ist Wille und Kraft. In ihrer Liebe zu Bert aber ist sie hilflos wie ein Kind. Es muss eine große Liebe sein, die sie klein und demütig macht ...

Schon nachmittags sinkt die Nacht über die Stadt. Die beiden schlendern an den hell erleuchteten Schaufenstern vorüber, die weihnachtlich geschmückt sind.

Vor einem Uhren-, Schmuck- und Silberladen bleibt Anton stehen. »Wart ein bisschen, Markus! Ich komme gleich wieder.«

Der Ladenbesitzer versucht gleich den Wunsch seines Kunden zu erraten: »Grüß Gott, der Herr! Sie suchen was Rustikales, was Schönes zur Tracht? Silberne Knöpfe, Westenkettchen oder einen goldgefassten Taler? Da habe ich ganz neu einen Marientaler. Schaun Sie! Ein sehr schönes Einzelstück ...«

Anton schüttelt den Kopf und deutet mit dem Finger auf ein kleines, goldenes Kreuz mit einem blutroten Rubin in der Mitte. Dazu ersteht er noch eine feingliedrige Kette, zahlt und tritt wieder auf die Straße.

Mittlerweile ist es Zeit geworden für die Abfahrt.

Es ist ein Winter mit viel Schnee und strengem Frost. Man sieht die Gartenzäune kaum mehr, und an vielen Fenstern blühen die Eisblumen unermüdlich.

Gleich nach den Weihnachtstagen begegnet Anton der schwarzen Michaela im Gemischtwarenladen. Er steckt den gerade gekauften Tabak in die Tasche und grüßt sie freundschaftlich.

Sie erwidert den Gruß nur flüchtig und wendet sich gleich an die Verkäuferin. »Drei Knäuel Wolle hätte ich gern, und zwar von der …«

Anton verlässt den Laden und wartet auf der Straße.

Als Michaela aus dem Laden kommt und ihn stehen sieht, stutzt sie einen Augenblick. Dann will sie mit abweisendem Gesicht an ihm vorbeigehen.

Anton aber bleibt an ihrer Seite. »Michaela, bist immer noch böse auf mich?«

»Ich soll wohl auch noch recht freundlich sein zu dir?«

»Kann ich etwas dafür, Michaela, dass dein Bert gewildert hat? Hätte nicht ich ihn gestellt, hätte es ein anderer getan. Und wenn er rauskommt, fürchte ich, wird er wieder anfangen. Michaela, du musst mit allen Mitteln versuchen, dass du ihn davon abbringst! Sonst nimmt es einmal ein schlechtes Ende mit ihm.«

Sie gibt keine Antwort, und sie gehen schweigend eine Weile nebeneinanderher.

»Bleibst du weiter beim Riedhammer?«, bricht Anton die Stille.

»Ja, ich bleibe. Warum?«

»Am allerbesten wär's eigentlich für dich, wenn du fortgehen und den Bert nicht mehr treffen würdest. Du bist viel zu gut für den.«

»Ich habe ihm versprochen, dass ich auf ihn warte, bis er rauskommt. Bestimmt hat er sich gebessert.«

»Meinst du? Ich würde es dir wünschen, Michaela. Aber ich glaube nicht daran. Und so gehen deine schönsten Jahre dahin, in Kummer und Sorge um einen Menschen, der es nicht wert ist. Und einem anderen, der dich wirklich gern hat, schwindet die letzte Hoffnung.«

»Mich gern haben? Ein anderer? Da müsste ich schon auch etwas wissen davon!«

»Wenn ich es dir sage: Einer hat dich gern.«

»Kennst ihn du?«

»Ja, ein guter Kollege von mir ist es: der Hornberger.«

»Der?« Ein kurzes, gereiztes Lachen.

»Warum, Michaela? Der Markus hat sich mir in seinem Kummer anvertraut. Sag, warum bist du denn immer so kurz angebunden und abweisend zu ihm, wenn er in deine Hütte kommt?«

Mit einem Ruck bleibt Michaela stehen. »Weil ich Jäger nicht leiden kann! Dich nicht, den anderen nicht, keinen! Es hat einmal eine Zeit gegeben, wo ich dir gegenüber anders gesinnt war. Aber von der Stunde an, als du mir den Bert genommen hast, hasse ich dich und alle, die deinesgleichen sind. Und dein lieber Kollege kann sich von mir aus bei dir beklagen, dass ich ihn ungut behandle. Im Übrigen sag ihm, er soll mir meine Ruhe lassen! Und du auch!« Mit diesen Worten geht sie schnell von ihm weg.

Anton starrt ihr lange nach und denkt: Schade um sie!

Daheim wartet die Mutter schon mit dem Essen auf ihn. »Heute bleibst du doch einmal bei mir da?«, hofft sie.

»Nein, Mutter. Heute geht's nicht. Ich habe der Monika versprochen, dass ich mit ihr Ski fahre.«

Die Mutter schweigt. So ist das Leben, denkt sie. Eine Mutter hat nur noch wenig Anteil an den Kindern, wenn sie groß geworden sind. Da gehen sie ihre eigenen Wege, und sie müssen es auch tun. Die Mutter kann nur beten und hoffen, dass diese Wege zu Glück und Segen führen mögen. Schön und unendlich gut müsste es sein, von diesen jungen, starken Armen gehalten und gestützt zu werden. Aber sie sind nicht für die Mutter bestimmt. Freilich, ihr streicht der Sohn zuweilen behutsam übers graue Haar, eine Gebärde der Dankbarkeit. Doch das, was sein Herz bewegt, gehört einer anderen.

»Still sein! Das Leben will es so«, sagt sie leise, als sie wieder allein ist.

Manch andere Mädchen beneiden Monika Brandl sehr um ihre Sportlichkeit. Wenn sie zügig und elegant die steilsten Hänge hinunterschwingt und leichtfüßig die ärgsten Buckel wegfedert, als ob es nichts wäre, erntet sie viel Bewunderung, vor allem von den jungen Männern. Der Brandl meint zwar manchmal, der Pistenrummel passe nicht zu einer Bauerntochter. Aber seine Frau hält zur sportlich-aktiven Jugend. Am liebsten würde sie heute noch selber mitfahren. Aber die jungen Leute sind am liebsten unter sich. Das weiß sie aus ihrer Jugend.

Mit verschränkten Armen steht sie unter der Tür und blickt Monika und Anton nach, wie sie mit angeschnallten Skiern zum Schlepplift hinüberrutschen.

Ja, ja, der Anton! Ein Kerl ist das schon! Die ganze Umgebung spricht von ihm, und die Mädchen schauen sich die Augen nach ihm aus. Doch aus keiner macht er sich etwas. Nur ihre Monika hat er gern. Aber auch die

Monika wird von allen Seiten umworben. Doch sie mag nur den Anton.

Die Brandl-Mutter ist ganz erfüllt von Stolz und Freude. Mit feuchten Augen sieht sie verschwommen, wie die beiden nun langsam zwischen den verschneiten Bäumen hinaufgezogen werden. Welch eine Wonne ist es, denkt sie, jung und verliebt durch das weiße, winterliche Land zu gleiten.

Auf dem Brandl-Hof

Zur gleichen Stunde, da Anton und Monika lachend und in seligem Übermut über die verschneiten Hänge sausen und nicht müde werden, von ihrem Glück und ihrer Zukunft zu reden, sitzt Klaus Brandl in der kleinen Stube, die er sich als Büro eingerichtet hat, hinter den Wirtschaftsbüchern. Er rechnet und rechnet, und immer tiefer werden die Falten auf seiner Stirn.

Seine Frau kommt herein und schaut ihm über die Schulter, als er das Abrechnungsbuch zuschlägt mit dem Seufzer: »Dreitausend Mark haben wir wieder draufgezahlt in dem Jahr.«

»Na ja! Was tun denn dreitausend Mark einem Hof wie dem unseren?«

»Die dreitausend Mark täten ihm nichts, wenn nicht schon eine ganz andere Zahl davor stehen würde. Der Kerber braucht bloß einmal ungemütlich zu werden, dann gnade uns Gott!«

»Du tust gerade so, als wenn uns schon gar nichts mehr gehören würde.«

»Wie viel ist es denn noch? Der halbe Hof gehört schon dem anderen.«

»Der Herr Kerber wird aber nicht ungemütlich. Er ist ein netter und gemütlicher Mensch, der Herr Kerber.«

»In Geldsachen, wenn's einmal ernst wird, hört sich die Gemütlichkeit schnell auf. Der junge Kerber, der unsere Monika gern sieht, ist durch die dumme Affäre mit dem Anton Zaggler sowieso schon kopfscheu gemacht worden.«

Betty Brandl hält die Zeit für gekommen, ein energisches Wort zu reden. »So!«, sagt sie, die Arme in die Hüfte stemmend. »Glaubst du, dass es dem jungen Kerber ernst ist? Ich glaube nicht daran! Aber dem Anton ist es ernst. Und da möchte ich schon fragen: Ist der Anton vielleicht ein Unrechter?«

»Habe ich über den Anton schon einmal geschimpft? Ich tu ihm gar nichts weg. Aber er ist kein Bauer!«

»Das hat er auch nicht nötig! Der Anton wird Förster, und unser Kind bekommt's einmal schön. Wir verkaufen den Hof, sind mit einem Schlag die Schulden los und haben zum Leben nicht nur unsere kleine Rente, sondern auch noch das restliche Geld aus dem Verkauf. Vielleicht können wir bei Monika und Anton im Forsthaus einziehen und ein bisschen mithelfen. Auf dem Hof hast du sowieso nichts als Ärger und Verdruss.«

Der Brandl strafft sich mit einem Ruck. Seine Augen verdunkeln sich. Dann donnert er los: »Was? Den Hof soll ich verkaufen? Vierhundert Jahre sind wir Brandl jetzt drauf! Und auf einmal soll er in andere Hände kommen? Das schlag dir nur gleich aus dem Kopf! Die Monika heiratet einen Bauernsohn, der Geld mitbringt und den festen Willen, den Betrieb finanziell wieder hochzubringen!«

»So, so! Du hast mich aus Liebe geheiratet, wie du mir oft genug gesagt hast. Und dein Kind? Das willst du meistbietend an den Mann bringen! Da habe ich schon auch noch ein Wort mitzureden! Und wegen der Geldsorgen: Können wir was dafür, dass kein Testament da war und hohe Erbanteile ausgezahlt werden mussten und außerdem noch schlechte Zeiten für die Landwirtschaft gewesen sind?«

»Dafür können wir nichts. Aber ich habe als Bauer Fehler gemacht, die nicht mehr gutzumachen sind. Ich bin zu weich gewesen und habe den Leuten auf meinem Hof, vor allem dir, zu viel nachgegeben. Darum ist es immer weiter abwärts gegangen!«

»Jetzt ist's recht! Ich soll den Sündenbock machen!« Sie beginnt laut zu weinen und erreicht damit, was sie will.

Der Bauer legt den Arm um sie und streicht ihr übers Haar. »Nimm's nicht so persönlich! Ich habe doch nicht dir Vorwürfe gemacht, sondern mir. Schau, ich will ja auch nur das Beste für unsere Monika! Unser Hof und unsere Tochter – beide sollen in beste Hände kommen.«

Langsam und ohne ein Wort geht sie aus dem Zimmer. Er sinniert weiter: Was das noch werden soll? Der Hof verschuldet, auf dem Acker und im Stall kein rechtes Glück mehr, die Preise für Holz und viele andere Landwirtschaftsprodukte fallen und fallen! Um mit den erfolgreicheren Konkurrenten mitzuhalten, müsste man rationalisieren, billiger produzieren, gleichzeitig die Qualität steigern – aber wie? Mit noch mehr Geld vom Kerber? Nein! Aber seit Monaten ist es deutlich zu spüren, dass es mit dem Betrieb in Riesenschritten abwärts geht. Und jetzt noch die unglückselige Geschichte mit dem Anton! Gewiss, Monika ist, seit sie mit dem Anton geht, förmlich aufgeblüht. Und er, der Vater, würde ihr natürlich alles Glück der Welt gönnen. Aber der Hof verträgt es nicht! Sie muss einen Bauern heiraten, einen von den schwerreichen Bauernsöhnen, wie sie in Dilling oder in Altenkirchen daheim sind. Ja, das muss sie …

Der Brandl will es morgen seiner Tochter sagen. Jetzt geht er noch in den Stall hinaus, wie jeden Abend vor dem Schlafengehen.

In zwei langen Reihen ruhen die Tiere. Früher sind sie dicht beisammen gelegen. Heute sind Lücken zwischen ihnen. Immer wieder muss eine Kuh zu Geld gemacht werden.

Der Brandl steht vor dem Stier, betrachtet ihn lange und lächelt bitter und wehmütig. Wie lange wird es noch dauern, bis auch Mylord dran ist? Der Zuchtviehverband hat ihm bereits eine anständige Summe geboten …

Kerber und Sohn

Der Unternehmer Walther Kerber durchmisst mit erregten Schritten sein Büro, als sein Sohn eintritt.

»Guten Morgen, Vater …« Er stutzt. »Schlechte Nachrichten, Vater?«

Walther Kerber blickt missmutig auf die Uhr. »Deine verfluchte Bummelei kann ich jetzt bald nicht mehr mit ansehen, Rudolf! Was sollen die Angestellten denken, wenn du dir immer diese Extratouren erlaubst?«

»Verzeihung, Vater …«

»Ich will keine Entschuldigung! Ich brauche dir nur ins Gesicht zu schauen, das sagt mir genug. Du hast wieder gefeiert und gelottert heute Nacht! Das Geschäft ist bei dir Nebensache. Dafür ist ja der Alte zuständig! Der kann sich auf seine alten Tage abschinden und grün und blau ärgern über den schlechten Geschäftsgang.« Damit wirft Walther Kerber die Tür hinter sich zu.

Rudolf lächelt kaum merklich. Er kennt seinen Vater. Floriert das Geschäft einmal ein paar Tage nicht, dann malt der Alte gleich alles schwarz in schwarz. Was aber die Frauengeschichten angeht, die ihm der Vater gern zum Vorwurf macht, wird er dem alten Herrn bald mit einer großen Überraschung aufwarten können.

Er denkt dabei an seine starke Zuneigung zu Monika Brandl, die ihm seit langem ernsthaft zu schaffen macht. Anfangs war es nur das übliche Verliebtsein. Aber dann merkte er plötzlich: Diesmal sitzt es tiefer! Und gerade die Zurückhaltung des Mädchens ihm gegenüber bringt sein Blut in Wallung. Sie muss es doch längst gemerkt haben, dass er sie liebt! – Liebt? Ja, wirklich. Rudolf Kerber, der bisher fast jede Nacht in der Schickeria unterwegs war und es mit der Liebe nicht so genau nahm, beginnt für Monika Brandl Tieferes zu empfinden. Oder er sagt es sich wenigstens so vor.

Zu einer Aussprache mit Monika ist es allerdings noch nicht gekommen. Eine unbestimmte Scheu, die er sonst Frauen gegenüber nicht kennt, hält ihn davor zurück, sich ihr zu offenbaren. Eine lächerliche Hemmung, sagt er sich, für einen begehrten jungen Mann, den einzigen Sohn eines wohl situierten Vaters …

Nachdem Rudolf etwa eine halbe Stunde vor sich hin geträumt hat, kommt plötzlich sein Vater wieder herein, eine dicke Zigarre zwischen den Fingern, mit strahlendem Lächeln und froh gelaunt.

»Die Kammlacher AG hat soeben überwiesen. Solche potenten Kunden sollten wir mehr haben! Interessante Aufträge haben sie auch wieder übermittelt. Und einen Gruß an dich!«

»Danke«, sagt Rudolf und zieht die Unterlippe ein wenig herunter – ein Lächeln, das er fast immer bereithat und das ihm einen hässlichen Ausdruck verleiht.

Schweigen. Innerlich sondiert der alte Herr unbarmherzig weiter. Er möchte zu gern wissen, wie Rudolf heute zu Kammlachers Tochter Angela steht.

Also platzt er heraus: »Triffst du dich noch immer mit Angela?«

»Nein, wir haben eingesehen, dass wir nicht zusammenpassen.«

»Aha, wie gewöhnlich.« Der Alte dreht sich um. »Sag mal, denkst du überhaupt nicht daran, zu heiraten?«

»Doch, Vater! Gegenwärtig beschäftigt mich dieser Gedanke sogar sehr.«

»Wirklich? Na, das ist interessant! Du machst mich neugierig. Darf man wissen …?«

»Ich weiß nicht, Vater, ob du damit einverstanden sein wirst.«

»Wenn sie Geld hat, warum nicht? Also schieß los!«

Rudolf betrachtet seine Fingernägel. »Ich habe …, ich meine – Monika Brandl.«

Walther Kerber lacht dröhnend auf. »Soll das dein Ernst sein?«

»Ja, Vater! Und ich würde es sehr bedauern, wenn du meine Wahl nicht billigen würdest.«

»Na ja, warte mal, ich muss mich erst einmal hinsetzen! Das kommt mir denn doch zu plötzlich. Aber von den Dümmsten scheinst du keiner zu sein. Du weißt, dass das Mädchen Alleinerbin des Hofes ist, der Millionen wert sein kann, wenn die Landwirtschaft auf Vordermann gebracht wird und sich ein Teil der

Immobilien für den Fremdenverkehr nutzen lässt. Natürlich gehört uns einiges davon in Wirklichkeit sowieso schon. Dennoch, der Gedanke ist gar nicht so übel. Die Monika ist, nebenbei bemerkt, eine sehr schöne Frau und zugleich eine, die keine großen Ansprüche an das Leben stellt. Und eine gesunde, sportliche Natur …«

Rudolf ist maßlos verblüfft. Er hat bei seinem Vater mit starkem Widerstand gerechnet.

»Was sagt denn der Brandl dazu?«, fragt der Senior.

Rudolf zuckt die Schultern. »Ich weiß es nicht. Bisher habe ich weder mit dem Mädchen noch mit ihren Eltern etwas Konkretes besprochen.«

»Klaus Brandl ist zwar ein vernünftiger Mann. Aber immerhin – es könnte sein, dass er gegen eine solche Verbindung ist. Was dann?«

Rudolf meint etwas unsicher: »Wir hätten allerdings die Möglichkeit, ihn dazu zu zwingen.«

»Ganz richtig, mein Junge! Ich habe gar nicht gewusst, dass du so praktisch denken kannst. Also, versuch einmal dein Glück! Und wenn du auf geradem Wege nichts erreichst, dann muss man eben Druck dahinter setzen.«

Die beiden lachen – der Alte dröhnend und laut, wie es seine Art ist; der Junge zieht nur den linken Mundwinkel herab.

Der fernen Monika, über die hier verhandelt wird, singen die Ohren. Es wird sicher der Anton sein, der jetzt an sie denkt, mutmaßt sie freudig erschrocken …

Werbung um Monika

Klaus Brandl und Walther Kerber gehen vom Holzschlag ins Tal hinunter.

Wieder hat ein schönes Stück Wald daran glauben müssen. Dem Brandl blutet das Herz dabei. Aber es hilft nichts. Er braucht bares Geld. Mit den Steuern ist er im Rückstand, und der Stall bedarf der Renovierung.

Es ist ein milder Vorfrühlingstag. An den Bäumen stehen die Knospen prall und bereit, sich jeden Augenblick zu entfalten. Auf den Wiesen recken sich schüchtern die ersten Blumen in der jungen Sonne. Schweigend gehen die Männer nebeneinanderher.

»Immer noch nicht überlegt?«, fragt Kerber, als sie vom Wald heraus in einen Feldweg einbiegen.

»Herr Kerber, was habe ich dabei zu überlegen? Ihr Antrag ehrt uns natürlich. Aber es ist Monikas Sache, darüber zu entscheiden. Drängen tu ich sie auf keinen Fall.«

»Das sollen Sie auch gar nicht. Absolut nicht drängen!«

»Die Monika ist noch jung«, wehrt Brandl ab.

»Was heißt jung? Ich habe meine Frau geheiratet, als sie achtzehn war! Und wie gesagt: Es braucht ja auch nicht Hals über Kopf zu gehen. Die Hauptsache ist vorerst, dass die jungen Leute sich einig werden.«

Während die zwei langsam Richtung Sintsbach wandern, steht Kerber junior bei Monika im Garten.

»Können Sie mir denn immer noch kein Wort sagen, das mich hoffen ließe?«

Monika richtet sich aus ihrer gebückten Haltung auf, stützt die eine Hand auf den Spaten und schiebt mit der anderen den weißen Arbeitshut in den Nacken.

»Ich habe Ihnen doch das letzte Mal schon gesagt, dass Sie sich keine Hoffnungen machen sollen.«

»Warum denn nicht? Ist mir vielleicht schon ein anderer zuvorgekommen?«

Monika blickt nachdenklich über ihn hinweg. Wenn sie ihm jetzt sagt, dass dies der Fall sei, dann hätte sie vielleicht Ruhe vor dem zudringlichen Verehrer.

Aber etwas in ihr sträubt sich dagegen, und sie sagt: »Nein.«

»Na also!«, sagt Rudolf, wieder ermutigt. »Wenn das nicht der Fall ist, warum sind Sie dann so abweisend? Sieh einmal, Monika …« Er sagt plötzlich ›du‹ zu ihr: »Was hast du hier, wenn du einmal einen Bauern nimmst? Du hast Arbeit, Sorgen und Pflichten. Bei mir hast du ein sorgenfreies Leben, du kannst dir jeden Wunsch erfüllen. Überlege dir das einmal ganz genau, Monika!«

Er fasst nach ihrer Hand, die immer noch auf dem Spaten liegt. »Ich liebe dich, Monika. Ich liebe dich wie nichts sonst auf der Welt.«

Monika blickt in seine Augen und erschrickt fast vor der heißen Flamme, die ihr daraus entgegenlodert.

»Darf ich offen mit Ihnen reden, Rudolf?«

»Sag nur ›du‹ zu mir! Bitte, sag's!«

»Also gut. Du sagst, du liebst mich. Das kann schon sein. Was aber nützt das alles, wenn ich dich nicht liebe?«

Rudolf ist in seiner Eitelkeit empfindlich getroffen. Aber er lächelt. »Ich habe keine Liebe verlangt. Du sollst mich erst kennen lernen, dann wirst du mich auch lieben.«

Monika schüttelt seine Hand ab. Ihr Blick sucht Wald und Berge. Dann sagt sie fest: »Nein, das kann ich nie. Das weiß ich bestimmt.«

»Man täuscht sich manchmal, gerade in Herzensangelegenheiten. Nichts ist so unberechenbar wie das Herz.«

»Ich täusche mich nicht«, sagt Monika kurz und stößt den Spaten von neuem tief in die weiche Erde.

Rudolf wendet sich beleidigt ab und geht auf das Haus zu.

In der Stube wartet Mutter Brandl schon auf ihn. Die unverhoffte Aussicht, demnächst tatsächlich zur Industriellenfamilie Kerber zu gehören, lässt sie ihre Sympathie für Anton schnell vergessen, und sie fragt voller Ungeduld: »Und? Was sagt sie jetzt, die Monika?«

»Sie will einfach nicht!«, stößt Rudolf ärgerlich heraus.

»Aber, Herr Kerber! Sie dürfen sich bloß nicht entmutigen lassen. So ein Glück für unsere Tochter! Das hätte ich mir nie träumen lassen. Haben Sie nur ein bisschen Geduld, Herr Kerber! Was ich als Mutter tun kann, das tu ich gerne. Auf mich können Sie sich verlassen! – Was sagt denn Ihr verehrter Herr Vater dazu? Weiß er es schon?«

»Natürlich weiß er es. Er drängt mich sogar zum Heiraten. Es muss eine Frau in unser Haus! Schon siebzehn Jahre, seit meine Mutter tot ist, schalten und walten in unserem Haushalt nur fremde Leute.«

Rudolf starrt zum Fenster hinaus auf Monika: Ein Bild weiblicher Anmut und unverbrauchter Kraft! Mit solch einer jugendfrischen Schönheit könnte er sich in der Stadt schon sehen lassen! Den fehlenden gesellschaftlichen Schliff würde er ihr bald beibringen. Nein, er wird die Monika nicht mehr auslassen!

So wendet er sich an Monikas Mutter: »Ich wäre Ihnen natürlich sehr verbunden, Frau Brandl, wenn

Sie mir behilflich sein könnten, Ihre Tochter umzustimmen.«

»Ich habe es Ihnen ja gesagt: Nur Geduld müssen Sie haben. Ein klein wenig Geduld bitte! Wenn Sie das nächste Mal kommen, sieht die Sache schon anders aus. Ich kenne meine Tochter. Die hat meinen praktischen Sinn. Und ich habe ja schon immer gesagt: Meine Monika ist zu fein für einen Bauern. Die ist zu Besserem geboren …«

Das Gespräch verstummt, als Klaus Brandl und Walther Kerber hereinkommen. Es werden noch einige Belanglosigkeiten ausgetauscht, und kurz darauf fahren die beiden Besucher in ihrem Luxusauto aus dem Hof.

Als Monika bei Einbruch der Dämmerung die Gartengeräte aufräumt und ins Haus geht, empfängt die Mutter sie mit der Frage: »Was hat denn der junge Herr Kerber gesagt?«

»Ach, der!« Monika winkt ab und trocknet sich die nassen Hände.

»Kind! Du wirst doch nicht unfreundlich zu ihm gewesen sein?«, erschrickt die Mutter.

»Was hätte ich für einen Grund, zu ihm unfreundlich zu sein?«

»Das wäre auch ganz verkehrt. So eine Partie darfst du dir nicht entgehen lassen!«

Monika geht an den Schalter und knipst das Licht an. »Was für eine Partie? Ich mag ihn doch nicht!«

»Das kommt schon noch. Verlass dich darauf! Als ich deinen Vater geheiratet habe, da habe ich ihn auch nicht so gern gehabt wie heute.«

Monika ist es einen Augenblick, als setze ihr Herzschlag aus. Ihre Augen bekommen einen harten Glanz.

»Du hast ihn nur wegen des großen Hofs genommen?«, fragt sie scharf und beinahe verletzend. »Hättest du meinen Vater auch gemocht, wenn er ein armer Waldarbeiter gewesen wäre?«

»Ja«, sagt die Mutter nach einer Weile.

Die Tochter senkt den Kopf, denn sie hat an der zögernden Antwort erkannt, dass die Mutter nicht die Wahrheit spricht. Es wird für eine Weile ganz still. Nur die große Standuhr tickt dazwischen.

»Schau, was hättest du denn an dem Anton?«, nimmt die Bäuerin wieder das Wort. Sie vergisst dabei, dass sie vor kurzem noch gegenüber ihrem Mann ganz anders über Anton geredet hat. »Passiert ihm einmal etwas auf der Jagd, dann stehst du da. Ich habe es erst diese Woche in der Zeitung gelesen, dass wieder ein paar Forstleute ihr Leben lassen mussten im Kampf mit Wilderern und Schmugglern. Also, sei gescheit, Mädel! Mit Rudolf Kerber hast du eine gesicherte Zukunft. Und gern hat er dich auch! Ich weiß es von ihm selber. Der würde dir jeden Wunsch von den Augen ablesen. Den kannst du um den kleinen Finger wickeln, wenn du nicht dumm bist …«

»Ich – mag – ihn – aber – nicht!«, unterbricht Monika wütend den Wortschwall der Mutter. »Und damit ein für alle Mal Schluss ist mit dem Unsinn, sage ich dir: Ich verlasse Anton nicht – mag kommen, was will! Ich habe ihm Liebe und Treue versprochen, und ich werde sie ihm halten!« Und schon ist sie mit lautem Türknall in ihrem Zimmer verschwunden.

Fürs Erste ist Betty Brandl mit ihren Verheiratungsplänen abgeblitzt. Nun versucht sie ihrem Mann die Partie schmackhaft zu machen. Über eine Stunde redet sie an dem Abend noch auf ihn ein. Der Bauer unterbricht sie kaum mit einem Wort und raucht seine Pfeife.

Als sie dann endlich still ist, sagt er: »Reden kannst du wie ein Rechtsverdreher. Aber überzeugen kannst du mich nicht! Was soll unsere Monika bei dem feinen Pinkel in der Stadt? Das ist geradeso, als wenn ich im Bergwald einen jungen Baum ausreiße und ihn als Alleebaum in der Stadt wieder einpflanze. Nach spätestens einem Jahr ist er krank und stirbt ab. Genauso macht das Stadtleben uns Bauern krank. Na ja, wenn wir noch einen Sohn hätten, der den Hof übernehmen könnte, wäre die Sache vielleicht ... – und überhaupt brauchen wir zwei uns darum nicht zu streiten! Wen sie heiratet und wen nicht, ist Monikas Sache.«

»Wenn du so daherredest, kann's freilich nichts werden. Damit unterstützt du bloß die Starrköpfigkeit deiner Tochter! Wir müssen sie davon überzeugen, dass es ihr Glück ist, wenn sie Rudolf Kerber heiratet.«

»Das kann ich nicht«, sagt der Bauer ruhig und klopft seine Pfeife aus. »Wer sagt dir denn überhaupt, dass das für das Mädchen ein Glück wäre? Ich kenne mich schon aus: Du hast einen Narren gefressen an dem feinen Millionenerben und meinst, jetzt muss ich in das gleiche Horn blasen. Ich mag aber nicht! Wenn sich die Monika von sich aus entschließt, dann ist es was anderes. Überreden oder gar zwingen tu ich sie auf keinen Fall.«

Damit geht der Bauer aus dem Zimmer und macht seinen abendlichen Rundgang durch den Stall.

Als er auf dem Rückweg durch den Hausflur geht, zögert er einen Augenblick vor Monikas Tür. Dann drückt er behutsam die Klinke nieder und tritt ein.

»Wer ist da?«, fragt die Stimme aus dem Dunkel.

»Ich bin's, Monika«, antwortet er und tastet an der Wand nach dem Lichtschalter.

Sie zeigt kein Erschrecken und kein Verwundern über den späten Besuch des Vaters. Es ist, als hätte sie darauf gewartet.

Der Brandl setzt sich auf die Bettkante, sagt vorerst gar nichts und blickt nur auf das kleine, goldene Kreuz mit dem blutroten Rubin in der Mitte, das Monika am Hals trägt.

»Wo hast du denn das Kreuz her?«, fragt er dann.

»Der Anton hat es mir zu Weihnachten geschenkt.«

»Der Anton? So, der Anton.«

Der Brandl stützt die Ellbogen auf die Knie und schaut sich im Zimmer um. Da hängt unter anderem auch ein Bild von Monikas Großeltern, seinen Eltern. Entbehrung und Ernst sprechen aus den harten Gesichtern. Er steht auf und stellt sich vor das Bild, um die Einzelheiten zu studieren.

Monika betrachtet den breiten Rücken des Vaters. Sind die Schultern nicht schon ein wenig vornüber geneigt? Und wie grau das Haar hinter den Schläfen schon ist! Der alte Michel, der schon seit über fünfzig Jahren auf dem Hof arbeitet, hat noch pechschwarzes Haar.

Ein heißes Gefühl des Mitleids quillt in Monika auf. Sie sieht auf einmal ihrem Vater ins Herz, sieht die große Einsamkeit und Leere in seinem Innern und denkt verzweifelt darüber nach, wie sie ihm helfen könnte.

Da dreht sich der Bauer um und kommt wieder ans Bett. »Ich wollte dich eigentlich etwas fragen, Monika. Wegen dem jungen Kerber. Du wirst ihn wohl nicht mögen, oder?«

»Nein, Vater! Den mag ich nicht.«

»Hab ich mir's gedacht! Aber die Mutter, weißt du – die hat mir heute Abend den Kopf so voll geredet, dass ich mir gedacht habe, ich muss dich selber fragen. Wenn du ihn also nicht magst, ist die Sache schon entschieden. Mir wär's sowieso nicht recht gewesen, denn du musst ja einmal den Hof übernehmen. Du sollst mir nicht in die Stadt! Freilich, ich habe schon mal gemeint, ich müsste dir den Anton ausreden, weil er nun mal kein Bauer ist und weil – ich will ehrlich sagen, wie es ist – einer auf den Hof sollte, der viel Geld mitbringt. Aber ich möchte dir dein Glück nicht zerstören. Nimm ihn, den Anton, wenn ihr meint, dass es Zeit ist zu heiraten. Was dann den Hof anbelangt, so bleibe ich darauf der Bauer, bis vielleicht ein Enkel herangewachsen ist, der ihn übernehmen kann. Aber vieles wird anders werden müssen in Zukunft. Und du hilfst mir dabei, Monika?«

Monika greift nach seiner schweren Arbeitshand und streicht sanft darüber. Als sie dem Vater jetzt in die Augen sieht, bemerkt sie einen feuchten Glanz darin. Da weiß sie, dass ihr Vater sie gern hat und bereit ist, ihrem Glück zuliebe ein schweres Opfer zu bringen. Und sie verbirgt ihr Gesicht im Kissen und weint.

Da geht der Brandl still hinaus, hinunter an seinen Schreibtisch, kramt Briefpapier und Kugelschreiber hervor und schreibt an Walther Kerber.

Die Monika habe keine Lust, teilt er ihm in knappen Sätzen mit, in die Stadt zu gehen. Im Übrigen liebe sie den Rudolf nicht. Dieser möge deshalb auch nicht mehr auf sie eindringen. Als Vater werde der Angeschriebene wohl begreifen, dass man sein Kind zu so etwas nicht zwingen dürfe. Denn das Leben sei lang und werde zur Hölle, wenn zwei Menschen miteinander leben müssten, die nicht zueinander passten. Echte Bauersleute müssten da bleiben, wohin sie gehörten, nämlich bei Wiese und Acker und Wald.

Tief aufatmend, steckt Klaus Brandl den Brief ins Kuvert und schreibt Adresse und Absender darauf. Damit die Sache endgültig ist, frankiert er den Brief sofort und trägt ihn noch in der Nacht zum Postkasten.

Was ist mit Jutta?

Graf Bruggstein ist seit einigen Tagen von seinem Stadtaufenthalt und seiner Winterreise zurück.

Anton sitzt neben ihm am Ufer des Kiefernsees und betrachtet ihn von der Seite. Das Gesicht des Grafen sieht grau und eingefallen aus. Aber die Bergluft wird ihm schon gut tun und ihm wieder Farbe geben, sagt sich Anton, es ist noch jedes Jahr so gewesen.

Der Graf seinerseits schaut immer wieder auf Anton: Eigentlich hat sich dieses junge Gesicht gar nicht viel verändert. Etwas härter ist es vielleicht geworden. Es hat den Ausdruck eines bis in den letzten Winkel seiner Seele sauberen Menschen. Der Blick aus diesen dunklen Augen ist der Blick eines Mannes, der mit sich, mit der Welt und mit allem, was dahinter steht, im Reinen ist ...

Es ist ganz still um die beiden. Sie sitzen unter der milden, warmen Maisonne, die schon langsam zu sinken beginnt, jeder mit seinen Gedanken beschäftigt.

Das Wasser spielt plätschernd zu ihren Füßen. Zuweilen schnellt weiter draußen eine Forelle auf. Ihr silberner Leib blitzt einen Moment in der roten Sonne, dann ist sie wieder in ihrem Element verschwunden.

Plötzlich fällt der Name »Jutta« in die Stille.

Graf Bruggstein hat ihn ausgesprochen, und Anton ist darüber aufs Höchste verwundert. Hat ihm doch damals der Graf strikt verboten, den Namen zu nennen! Und nun spricht er selber von ihr. Ja, den Blick über das Wasser zu den Bergen gehoben, spricht Graf Bruggstein von seiner Tochter.

»Sie soll ich auch grüßen, Anton«, sagt er so nebenbei.

»Danke schön!«, antwortet Anton. »Wie geht's ihr denn?«

Graf Bruggstein lacht ein sonderbares Lachen. »Sie sieht gut aus, hat sich aber eine verrückte Idee in den Kopf gesetzt: Sie will nicht heiraten.«

»Nicht heiraten?«, wiederholt Anton verdutzt, und seine Gedanken machen einen großen Sprung rückwärts, bis zu jenem Abend, als sie mit zitternden Fingern seine Wange gestreichelt hat.

»Nein, sie will nicht heiraten«, wiederholt der Graf und wendet das Gesicht seinem Jäger zu, als wollte er von diesem einen Rat hören. Es ist erstaunlich genug, dass ein Mann wie Graf Bruggstein seinem jungen Angestellten solche Dinge erzählt.

Und er fragt ihn auch wirklich: »Was sagen Sie dazu, Anton?«

»Ja, was kann man da sagen, Graf? Sie wird schon ihre Gründe haben.«

»Sie haben doch Jutta schon gekannt, als sie noch ein Kind war. Gerannt und gesprungen ist sie den ganzen Tag wie ein Lausbub. Und jetzt ist sie so still geworden. Aus Schloss Wandeck will sie ein Kinderheim machen. Zuerst habe ich gemeint, ich kann es ihr ausreden. Aber sie bleibt fest bei ihrer Absicht. Arme, elternlose, behinderte Kinder will sie um sich scharen ...«

Graf Bruggstein schüttelt ungläubig den weißen Kopf und schweigt.

Auch Anton kann sich mit Juttas Idee nicht zurechtfinden. Was mag nur in dieses lebensfrohe Mädchen geschossen sein? Wenn man mit ihr reden könnte!, denkt er.

Unwillkürlich wendet er den Kopf und blickt in die Tiefe. Da unten liegen Frühlingswiesen, weiter rechts ein dunkler Fichtenwald, hinter dem die Zinnen von Schloss Wandeck in den Abendhimmel ragen. Dort in diesem Park liegt ein Stück der Kinderzeit. Ein Lachen klingt da herauf aus tiefer Versunkenheit. Zehn, fünfzehn Jahre sollen nun schon dazwischen liegen? Anton meint, es sei erst gestern gewesen. Und drei Jahre sollen es nun schon sein, dass Jutta fort ist?

Grüße hat sie ihm sagen lassen. – Sie denkt noch an ihn! Plötzlich spürt er das Verlangen, mit ihr wieder einmal einen Nachmittag zu verleben. Was gäbe es da nicht alles zu erzählen! Von seinem Beruf allein schon, und erst von seinem Glück mit Monika! Er wendet sich wieder um und will fragen, ob Jutta unten im Schloss sei. Aber Graf Bruggstein hat sich inzwischen vor die Hütte begeben. Regungslos steht er vor der Tür und blickt zum Schloss Wandeck hinunter. Dann ein Atemzug, so tief, dass ihn Anton trotz der Entfernung hört.

Graf Bruggstein geht zurück in die Hütte. Bekümmert folgt ihm Anton, er richtet eine bescheidene Brotzeit her und macht die Nachtlager zurecht.

Als sie am nächsten Vormittag von der Morgenpirsch heimkehren, erfüllt melodisches Herdengeläut die kleine Talsenkung um den Kiefernsee. Die Sennerin vom Brandl bringt soeben ihre Herde vom Tal herauf.

Allen voran trottet der Preisstier Mylord. An der Jagdhütte rastet er einen Augenblick und reibt sich seinen wuchtigen Schädel an den Balken.

Scherzhaft nimmt Graf Bruggstein einen Kiesel und wirft nach ihm. »Renn mir nur die Hütte nicht um«, sagt er dabei lachend.

Der Stein ist nicht groß und wurde nicht fest geworfen, aber er trifft den Stier anscheinend an einer empfindlichen Stelle. Mit einem dumpfen Laut macht er einen erschrockenen Sprung zur Seite, steht dann mit gesenktem Kopf und schaut den Grafen schnaubend an. Dann aber wendet er sich um, als ob er den Scherz verstanden hätte, und trollt sich mit bimmelnder Schelle.

Schicksalsschläge

Der Mai ist in diesem Jahr ein gewitterreicher Monat. Blitz- und Hagelschlag halten die Bauern in Aufregung.

Beim Brandl hat auch ein Blitz eingeschlagen, aber nicht aus finsteren Wolken, sondern in Form eines Schreibens, worin Walther Kerber dem Brandl die Darlehen kündigt. Extrem kurzfristig kündigt er sie, nämlich bis zum ersten Juni. Finanzielle Engpässe im Unternehmen zwingen ihn dazu, schreibt er, und in diesem Fall sei laut Vertragsbedingungen eine Kündigung innerhalb weniger Tage möglich.

Klaus Brandl kennt aber den Grund besser. Und es trifft ihn wie ein Urgewitter. Seine Frau schreit es ihm aus voller Kehle ins Gesicht, dass er und Monika ganz allein die Schuld trügen, wenn es zur Versteigerung käme.

Er antwortet in sachlichem Ton: »Statt mir Vorwürfe zu machen, solltest du lieber mit mir beraten, wo wir das Geld herbringen, um dem Kerber die Darlehen zurückzuzahlen.«

»Du brauchst bloß den Eigensinn deiner Tochter zu brechen! Noch steht sie nicht auf eigenen Füßen, und wenn du hart bleibst, wird sie sich fügen. Wenn sie den jungen Kerber heiratet, ist alles gut. Ich kann gar nicht verstehen, Klaus, was du auf einmal hast!«

»Was ich habe? Eingesehen habe ich, dass ich es dir zu leicht gemacht habe. Ich hätte dich zu besserem Wirtschaften anhalten und nicht zuschauen sollen, wie du das Geld zum Fenster hinauswirfst!«

»Hätte ich vielleicht knausern und sparen sollen? Dazu hätte ich dich nicht zu heiraten brauchen.«

Klaus Brandl steht da mit aschfahlem Gesicht. Aber dann fliegt eine Blutwelle über Wangen und Stirn. Mit zwei wuchtigen Schritten tritt er vor seine Frau hin.

»Jetzt fehlt bloß noch, dass du überhaupt nicht mich, sondern den Hof geheiratet hast! Sag mir die Wahrheit!«

Unwillkürlich duckt sich die Bäuerin vor diesen zornfunkelnden Augen. Sie wendet den Blick zur Seite.

»Eine Antwort will ich!«, schreit er wie von Sinnen und umklammert mit eisernem Griff ihr Handgelenk.

Da reißt sie sich mit einem Ruck los und schleudert ihm ins Gesicht: »Ja, wenn du es unbedingt wissen willst: Nicht dich habe ich geheiratet, sondern den Hof! Bäuerin habe ich werden wollen – die reichste Bäuerin im Tal. Leben habe ich einmal wollen, wie es mir passt …«

Der Brandl ist kalkweiß. Langsam wendet er sich ab und geht mit müden Schritten hinaus. Vor dem Zimmer presst er die Fäuste an die hämmernden Schläfen. Von allem, was er bisher im Leben erfahren musste, trifft ihn dies am schwersten. Er hat bis vor einer Minute seine Frau noch genauso geliebt wie vor zwanzig Jahren, als er ihr den Heiratsantrag gemacht hat. Und er hat an ihre Liebe geglaubt, blindlings, unerschütterlich und ahnungslos. Nun ist alles vorbei, es gibt kein Zurück mehr zu ihr.

Er bohrt seinen Blick in die dunkelste Ecke des Hausflurs. Da ist ihm, als stünden seine Ahnen dort, stumm, mit ernsten, vorwurfsvollen Augen. Jetzt bewegen sie sich. Langsam, mit schwerem Schritt kommen sie auf ihn zu. Er sieht sie ganz deutlich: den Großvater mit dem weißen Haar, dem schmalen Mund und der scharfen Adlernase darüber; den Vater, breit und wuchtig und noch gar nicht alt ...

Klaus Brandl wischt sich mit der Hand über die Augen. Da ist die Vision weg.

Er geht hinaus in den Garten. Dort blühen weiß und ein bisschen rosa die Bäume, wie geschmückte Bräute stehen sie im Grünen. Gleich einem Träumer wandelt der Bauer unter ihnen dahin. Sonst ist er immer vor jedem Baum stehen geblieben, hat ihn bewundert und für seine Blütenpracht leise gelobt. Heute hat er für nichts Augen, alles erscheint ihm bedeutungslos.

Auf der Hub – das ist ein großer Buchenwald, der Richtung Dilling liegt und zum Brandl-Hof gehört – sind Landfrauen mit dem Laubrechen beschäftigt. Auch Monika ist dabei. Dorthin geht der Bauer. Lachen und Reden dringt schon von weitem an sein Ohr. Aber sie arbeiten dabei, das sieht der Bauer von der Höhe aus, auf der er stehen bleibt. Sie arbeiten sogar sehr fleißig, haben den ganzen Hang schon hinuntergerecht und türmen nun unten am Fahrweg das Laub zu großen Haufen.

Als der Bauer zu ihnen kommt, verstummt das Lachen und Reden.

»Lacht nur weiter!«, sagt der Bauer. »Es kommt die Zeit noch früh genug, wo uns das Lachen vergeht.«

Monika blickt ihren Vater groß an und erschrickt vor seinem vergrämten Gesicht. Was ist denn?, will sie fragen.

Aber da sagt der Vater schon: »Komm mit mir, Monika!«

Sie gehen eine Weile still nebeneinander bis zu einer Bank, wo sie sich niedersetzen.

Da sagt der Vater mit dumpfer Stimme in das Schweigen hinein: »Der Kerber hat mir die Darlehen gekündigt.«

Monika zuckt wohl ein wenig zusammen, aber sie sagt ganz ruhig: »Damit habe ich gerechnet.«

»Wenn ich nicht zahlen kann, wird der Hof versteigert.«

»Es muss einen Ausweg geben«, sagt Monika fest.

»Wo soll ich denn überhaupt Geld herkriegen, und dann auch noch so viel?«

»Nirgends. Wir müssen uns selber helfen!«

Über das Gesicht des Brandl-Bauern zuckt es wie ein Sonnenstrahl. ›Wir müssen uns selber helfen!‹, klingt es in ihm hundertfach nach. Wir! Er ist also nicht mehr allein. Jemand will mit ihm zusammenhelfen: seine Tochter. Seine Hand fasst nach der ihren.

»Ich danke dir, Monika, für deine Worte. Hätte deine Mutter auch so geredet, dann wäre ich jetzt vielleicht gar nicht zu dir gekommen. Es darf dich nicht wundern, wenn ich mit der Mutter gänzlich überworfen bin. Sie hat mir heute ins Gesicht gesagt, dass sie in Wirklichkeit nur den Hof und nicht mich geheiratet hat …«

»Armer Vater«, sagt Monika leise und streichelt seine Hand.

»Arm, ja, arm bin ich geworden heute – da drin im Herzen. Aber das ist jetzt nicht so wichtig. Es geht um den Hof, Monika!«

»Opfer werden wir bringen müssen, Vater, da hilft alles nichts.«

»Ich habe schon daran gedacht, den Mylord zu verkaufen und vielleicht auch noch die Hub.«

»Und die zwei Fuchshengste, Vater, die könntest du auch verkaufen.«

»Die Dreijährigen?«

»Ja, Vater. Wir haben dann ja noch vier Pferde, die reichen für die Sommergäste vom Hotel. Freilich, die zwei sind die schönsten, dafür nimmst du für sie aber auch was ein.«

Der Brandl schaut hinüber zur Koppel, auf der die Fuchshengste von seinem Landarbeiter Michel ein wenig geritten und am Zügel herumgeführt werden, um sie für die Sommergäste zu trainieren. Es sind schon Prachtpferde! Hell glänzen ihre vollen Mähnen in der Sonne. Ihr Schritt ist kraftvoll und stolz. Solche Rösser gibt in der ganzen Gemeinde nicht noch einmal.

»Reuen tun sie mich schon, die zwei«, sagt der Vater gedankenschwer. »Aber du hast Recht, Monika. Ich werde sie halt dann hergeben müssen.«

Und kaum hat er das gesagt, da passiert etwas Grauenhaftes. Über den Wald kommt mit heiserem Schrei ein Habicht geflogen. Jetzt steht er mit regungslosen Schwingen über der Koppel. Nach einem langen Augenblick schießt er plötzlich mit scharfem Stoß herunter.

Darüber erschrecken die beiden Pferde und steigen wiehernd in die Höhe. Michel bekommt die Hand nicht aus der Schlaufe und wird am Zügel emporgerissen, schlägt im Niederfallen dem Pferd, das er gerade führte, in die Fersen, und schon geht es in wildem Galopp dahin.

Der Brandl springt entsetzt auf: »Um Gottes ...«

Der Michel hängt verzweifelt am Zügel und versucht abwechselnd, den Hengst zum Stehen oder die Hand aus der Schlaufe zu bringen. Aber immer wieder reißt ihn das in Panik geratene Tier mit sich, bis er sich überschlägt, irgendwie aus der Schlaufe fällt und auf dem Acker liegen bleibt. Nach kurzem Verschnaufen aber rappelt sich der Landarbeiter auf, klopft sich das Gewand sauber, stößt einen derben Fluch aus und quält sich, gottlob nur leicht blessiert, durchs nahe Gatter hinaus.

Wie von Sinnen rennen die Pferde jetzt gemeinsam weiter. Der Brandl hetzt den Hang hinunter. Er will ihnen den Weg abschneiden und sie zur Ruhe bringen, bevor sie sich verletzen. Aber die scheuenden Tiere schlagen bei seinem Anblick einen Haken auf die andere Seite. Die Zügel wehen hinter ihnen her. Die Pferde drohen über das Gatter zu setzen und in die nahe Kiesgrube zu stürzen oder auf die Autostraße zu laufen. Da kommen von der gegenüberliegenden Seite Landarbeiter gerannt, und vorne am Feldweg steht ein Düngewagen.

Jetzt können sie nicht mehr aus!, beruhigt sich der Brandl. Im selben Augenblick aber setzen die Pferde über die Wagendeichsel. Da wirft es den einen Hengst zu Boden, und der andere fällt darüber. Im Stürzen geraten die Tiere in eine beim Düngewagen liegende Egge, die nach oben schnellt, einen halben Salto schlägt und sich in ihre Leiber bohrt.

Als der Brandl und die Arbeiter hinzukommen, finden sie ein blutiges, wirres Durcheinander. Schnaubend und schäumend liegen die Tiere in ihrem Schmerz.

Nur mehr einen Hengst können sie schließlich vorsichtig heimführen; der andere verendet schon in den Zinken der Egge. Noch hofft der Brandl, wenigstens diesen einen Gaul durchzubringen, aber auch der landet bald auf der Freibank.

Der Brandl glaubt, diesen Schlag schier nicht verwinden zu können. Da rechnet, sinnt und denkt der Mensch und meint, es müsse alles nach seinen Plänen gehen. Und dann genügt ein winziger Zufall, den man nicht in Rechnung gestellt hat, und alles Rechnen und Planen wird über den Haufen geworfen.

Was kann er jetzt noch verkaufen, ohne sich dadurch die Existenzgrundlage zu entziehen? Die Hub und den Stier Mylord. Hunderttausend ist die Hub locker wert, und einiges über zehntausend hat ihm der Zuchtverband für den Stier schon geboten. Vielleicht kann man den Rest von jemandem zu leihen bekommen, der nicht zuerst die Vermögensverhältnisse bis zum letzten Hosenknopf prüft? Der Annreiner hat über eine Million auf der Sparkasse liegen, sagt man. Vielleicht hilft der aus?

Der Brandl macht sich schon am nächsten Morgen auf den Weg zum Annreiner, dessen Hof ein Stück außerhalb auf einer Anhöhe liegt.

Er kennt den Annreiner als Eigenbrötler und Geizhals, der normalerweise nicht einmal das elektrische Licht einschaltet, weil man mit Talgkerzen viel billiger wegkommt. Wer mit der Sammelbüchse unterwegs ist, macht um den Hof einen weiten Bogen, weil man dort sehr wohl einen guten Hofhund, aber kein gutes Herz hat.

Den Brandl aber schreckt dies nicht. Ihn treibt die Sorge um seinen Betrieb und seine Monika, und der

Morgen ist so frühlingsschön und so voll Vogelgesang, dass ihm fast froh und leicht zumute wird.

Eine alte, grantige Haushälterin empfängt den unerwarteten Gast im Flur und deutet nach der Stubentür, als dieser nach dem Annreiner fragt.

Der Raum ist fast leer und befindet sich in demselben unfreundlichen Zustand wie der ganze Hof. Auf dem Tisch stehen einige unsaubere Schalen. Aus ihnen haben wohl die Landarbeiter vorhin ihr dünnes Frühstücksmus gelöffelt. Kein einziges Bild hängt an den Wänden. Dafür auf der Ofenstange eine Menge alter Kleidungsstücke und im Winkel über dem Tisch ein Plastik-Christus ohne jeden Schmuck.

Der Brandl räuspert sich ein paar Mal.

Daraufhin kommt der Annreiner aus dem angrenzenden Verlies und mustert nicht wenig neugierig den frühen Gast. Er ist in Filzpantoffeln, mit Hemd und Hose bekleidet. Letztere wird von einem halben Hosenträger gehalten, dessen fehlende Hälfte ein Strick ersetzt, den er soeben durch ein Loch im Hosenbund fädelt.

»Guten Morgen, Annreiner«, tut der Brandl freundlich.

Der andere macht ein paar Schritte zu ihm hin. »Ah, der Brandl ist's. Was führt denn dich heute schon zu mir?«

»Was Wichtiges, Annreiner. Ganz was Wichtiges. Du erlaubst schon, dass ich mich hinsetze?«

Der Brandl setzt sich, der andere bleibt stehen. Nun wird es dem Brandl doch ein bisschen schwer, sein Anliegen vorzubringen. Aber als es dann endlich heraus ist, erschrickt er vor den teilnahmslosen, kalten Augen des anderen.

Eine peinliche Stille entsteht.

Der Brandl will die Sache kurz machen und fragt geradeheraus: »Willst du mir jetzt helfen oder nicht?«

Der andere hat nun endlich den Strick an seiner Hose befestigt und hebt den Kopf: »Nein, ich mag nicht.«

Wie ein Peitschenhieb trifft es den Brandl.

Aber es kommt noch dicker, indem der Annreiner jetzt vom Leder zieht: »Du bist nie ein gescheiter Bauer gewesen und hast dein Elend selber verschuldet. Du hast deine Arbeit vergessen und bist lieber mit deiner Frau, die von der Landwirtschaft nicht das Geringste versteht, spazieren gefahren zu feinen Leuten. Du lässt es zu, dass deine Tochter mit einem Jäger ein Verhältnis hat, bei dem für euch nichts rausschaut. Warum nimmt sie keinen Bauern? Weil keiner hineinwill in deine verschuldete Hütte ...«

Verschuldete Hütte! Das ist dem Brandl zu viel, das trifft seinen Bauernstolz.

Erregt springt er auf: »Hilfe habe ich mir erhofft von dir, aber keine Vorwürfe! Ich weiß selber, dass ich nicht immer ganz richtig gewirtschaftet habe. Aber fürs Unglück kann ich nichts: Zuerst der frühe Tod meiner Eltern, ohne Testament, ich habe Unsummen an meine jüngeren Geschwister ausgezahlt. Und ausgerechnet da kam eine schlechte Zeit für die Landwirtschaft! Im Stall und auf dem Acker habe ich schon lange kein Glück mehr – ein Kalb kommt tot auf die Welt, ins Getreide fällt der Pilz und so weiter –, und gestern sind mir meine zwei schönen Fuchshengste draufgangen, gerade als ich mich entschlossen hatte, sie zu verkaufen.« Noch einmal setzt er sich der Demütigung aus und sagt drängend: »Du kannst mir doch helfen, Annreiner! Du hast Geld wie Heu auf der Sparkasse. Bloß hunderttausend Mark – die merkst du ja kaum –, wenn du mir damit aushilfst, ist mir schon sehr geholfen. Und du kriegst es, sobald ich kann, mit Zinsen zurück! Was tust du denn mit deinem vielen Geld auf dem Konto? Mitnehmen kannst es doch nicht!«

Der Alte kichert. »Ja, ja, mitnehmen ..., mitnehmen tu ich es. Gerade mit Fleiß! Meine Verwandten warten schon darauf, dass ich absegle. Die werden schauen! Keinen Pfennig kriegen sie von mir. Ich lasse mir meinen Sarg mit lauter Geldstücken beschlagen und mit Hundertmarkscheinen auspolstern. Darin wird ein schönes Liegen sein. Und die Würmer kommen nicht so leicht heran an mich.«

Er lacht leise, und seine wimpernlosen Augen kneifen sich zu einem ganz kleinen Spalt zusammen.

Der Brandl greift nach seinem Hut. »Den Weg hätte ich mir sparen können. Dich reitet der Geizteufel!«

Krachend schlägt er die Tür hinter sich zu und geht mit langen Schritten nach Sintsbach zurück.

Bei weitem nicht mehr so zuversichtlich klopft er beim Bürgermeister an. Dieser verhandelt gerade mit einem kleinen, dicken Herrn. Es ist ein Fremder, den der Brandl nicht kennt.

Der Gemeindevorstand unterbricht das Gespräch. »Was willst du, Brandl?«

Der macht eine abwehrende Handbewegung. »Ich kann warten«, sagt er, setzt sich auf eine kleine Bank vor dem Amtszimmer und wartet, bis der Bürgermeister mit dem kleinen Dicken – es ist der Direktor einer Zirkustruppe – fertig ist.

»Also, Brandl, was hast du für einen Schmerz?«, fragt jetzt der Bürgermeister.

»Wegen der Hub komme ich. Du wolltest doch den Wald einmal kaufen. Heute würde ich ihn hergeben. Was ist er dir wert?«

»Nicht mehr die Hälfte von dem, was ich damals bezahlt hätte.«

»Hoho, Bürgermeister! Warum denn auf einmal?«

»Weil das Holz nichts mehr wert ist!«

»Du kannst aber nicht verlangen, dass ich um einen Pappenstiel den schönen Wald hergebe.«

»Das verlange ich auch nicht. Du kannst ja warten, bis die Holzpreise wieder steigen. Bei dir ist es ja nicht so, dass du auf das Geld angewiesen wärst ...«

Der Brandl spürt den leisen Spott in diesen Worten, und das Blut schießt ihm in die Stirn.

Aber er beherrscht sich und sagt: »Es ist auch gut so, dass ich nicht angewiesen bin darauf. Ich kann leicht warten, bis ich mehr kriege dafür. Nichts für ungut, dass ich dich aufgehalten habe!«

»Du hast mich doch nicht aufgehalten, Brandl! Ein Bürgermeister muss immer ein offenes Ohr haben.«

»Also, behüt dich Gott!«

»Behüt dich Gott, Brandl!«

Aufrecht und stolz verlässt Klaus Brandl das Rathaus. Aber draußen ist ihm plötzlich zumute, als sei ihm Blei in alle Glieder gefahren. Den Kopf gesenkt, geht er gedankenschwer seines Weges und hebt erst den Blick, als er beim Postbräu vorbeikommt. Einen tiefen Schnaufer lang überlegt der Bauer, dann betritt er die Gaststube. Und er, der eigentlich nie ein Trinker gewesen ist, bleibt sitzen bis in die späte Nacht.

Der Wirt und sein Schankkellner müssen ihn nach Hause bringen.

Und nun auch noch Mylord!

Der nächste Morgen kündet von schlechtem Wetter. Graf Bruggstein steht unter der Hüttentür und schaut sich den Himmel an.

»Was meinen Sie, Anton? Wird das Wetter noch halten bis morgen?«

Anton schüttelt den Kopf. »Die Sonne scheint mir zu wässrig. Wahrscheinlich regnet es am Nachmittag schon. Und wenn Sie den Gamsbock heute noch wollen, dann müssen wir gleich aufbrechen.«

»Ich wollte jetzt eigentlich ins Tal hinunter. Vermutlich wird Jutta heute ankommen. – Ach was! Das Mädel läuft mir nicht davon, aber der Bock könnte bis morgen in ein anderes Revier wechseln. Kommen Sie, Anton!«

Sie steigen in den Kahn und rudern über den See. Der Stier Mylord steht bei den drei Kiefern und glotzt den Ankommenden entgegen.

Anton befestigt den Kahn, nimmt sein Gewehr und geht weiter. Der Graf bleibt noch einen Augenblick stehen und tätschelt dem Stier den Hals. Unbeweglich steht der Bulle, und Graf Bruggstein merkt nicht, wie ein böser, tückischer Glanz in dessen Augen tritt. Auf einmal senkt der Stier den Kopf und stößt mit dem Horn gegen die Brust des Grafen.

Der Anprall ist kurz, aber so heftig, dass Graf Bruggstein gegen eine Kiefer taumelt. Sofort presst er die Hand auf die Herzgegend. Es ist ein wahnsinniger Schmerz, und er muss für einen Moment die Augen schließen.

Der Stier weicht ein paar Schritte zurück. Hörner und Stirn senken sich, heißer Atem dampft aus den Nüstern. Ein heiseres Gebrüll, und Mylord setzt zum

Angriff auf den Menschen an, der mit geschlossenen Augen an der Kiefer lehnt.

Da kracht der Schuss.

Anton hatte sich zufällig umgedreht und die Gefahr erkannt.

Der Bulle torkelt benommen hin und her, dann knicken ihm die Vorderfüße ein, und der schwere Körper sackt zusammen.

Anton ist schon bei seinem Jagdherrn. »Was ist denn passiert, Graf? So reden Sie doch bitte! Haben Sie Schmerzen?«

Es scheint, als ob der Graf nicht antworten könnte. Er beißt die Zähne zusammen und starrt auf den toten Stier.

»So ein Biest«, sagt er dann plötzlich. »Ich habe ihn nur ein wenig gekrault, und er gibt mir dafür einen Stoß, dass ich gemeint habe, mir bleibt für immer die Luft weg.«

Er entblößt die linke Brustseite. Aber da ist nichts zu sehen. Dann hebt er die Augen zu Anton. »Das war Hilfe in höchster Not. Ich danke Ihnen, Anton.«

Graf Bruggstein knöpft das Hemd wieder zu, wirft das Gewehr hinter die Achsel und macht ein paar Schritte. Einen Augenblick verfärbt sich sein Gesicht, und er presst die Hand an die Herzgegend.

»Graf, ich meine, wir verzichten heute lieber auf die Pirsch und bleiben daheim«, rät Anton und wirft einen besorgten Blick in das Gesicht seines Chefs.

»Gehen Sie nur voraus und sagen Sie der Sennerin, was passiert ist. Für den Schaden muss ich natürlich aufkommen.«

Jetzt erst kommt es Anton zu Bewusstsein, was er angerichtet hat. Der Stier war der größte Stolz vom Brandl, und es wird schwere Vorwürfe geben.

Und während er überlegt, was der Bulle wert sein könnte, sagt Graf Bruggstein: »Sagen Sie bitte der Sennerin, dass sie es dem Brandl-Bauern ausrichten lassen solle und dass ich morgen hinunterkäme und selber mit ihm reden würde. Nur zu jetzt, Anton! Ich komme langsam nach.«

Der Sennerin verschlägt es vor Schreck erst einmal die Sprache, als Anton ihr zögernd berichtet, was passiert ist. Dann fängt sie laut zu jammern an.

»Da gehe ich am besten gleich selber hinunter«, meint sie schließlich.

Anton wendet sich zum Gehen, besinnt sich aber und sagt: »Wenn du die Monika zuerst verständigen könntest, wär's mir lieber.«

»Mir selber schon auch!«, antwortet die junge Frau, während sie sich vor dem Spiegel schnell ein bisschen zurechtmacht.

Sie ist erst eine halbe Stunde unterwegs, da begegnet ihr der Brandl, der auf die Alm will, um der Sennerin zu sagen, dass sie den Stier hinunterbringen solle, weil er an den Zuchtverband verkauft sei.

Der Bauer traut seinen Ohren nicht bei der neuen Hiobsbotschaft. Sein Gesicht färbt sich dunkelrot vor Zorn, und ohne noch ein Wort zu sprechen, rennt er hinauf zu dem toten Stier. Und dann hinüber zur Brandl-Alm. Dort warten schon Anton und sein Jagdherr.

Anton öffnet den Hemdkragen. Ihm wird plötzlich fürchterlich heiß, als er den Brandl kommen sieht – so schnell hat er mit dessen Auftritt gar nicht gerechnet.

»Da, schau hinüber!«, schreit der Brandl wie von Sinnen. »Schau es dir an, was du angerichtet hast!«

Der Brandl plärrt derartig, dass er sein Gegenüber um den Rest seiner Fassung bringt. Anton bewegt die

Lippen, wie um zu sprechen, bringt aber keinen Ton heraus.

Graf Bruggstein kommt ihm zu Hilfe: »Der Stier hat mich angefallen, und Anton hat nur getan, was jeder andere verantwortungsbewusste Jäger auch getan hätte. Es soll Ihnen kein Schaden daraus entstehen, Herr Brandl. Stellen Sie Ihre Forderung! Ich werde zahlen, was verlangt wird. Außerdem werden Sie ja wohl auch versichert sein.«

Der Brandl lacht schrill auf. »Der Stier hat noch niemandem etwas getan. Da wird man ihn eben gereizt haben! Und wenn sich ein Tier dagegen wehrt, jagt man ihm einfach eine Kugel ins Herz! So hohe Herren können sich den Spaß schon erlauben! Da blecht man ein paar Tausender, und die Sache ist erledigt! Das war der Spaß wert!«

»Den Grafen beleidigst du mir nicht, Brandl!«, schreit Anton.

Worauf der erboste Brandl höhnt: »Rechnest du dich auch schon zu der noblen Sippschaft? Und da bildest du dir noch ein, du kämst in mein Haus? Lass dich ja nicht mehr blicken auf meinem Hof! Und Sie, allerwertester Graf, Sie müssen blechen für den Stier, das sag' ich Ihnen, sonst gibt's ein Unglück!«

Graf Bruggstein antwortet kalt und abweisend: »Ich habe gesagt, ich werde zahlen. Aber ich muss nicht. Für das Nötigste ist die Versicherung da, die Sie hoffentlich abgeschlossen haben. Wenn ich extra noch eine Entschädigung gegeben hätte, so wäre das mein freier Wille gewesen. Ihre unverschämten Äußerungen entbinden mich von meiner anfänglichen Zusage. Ich behalte mir im Gegenteil vor, für meine Verletzung durch Ihren Stier gegebenenfalls Schmerzensgeld zu fordern.«

Das klingt sehr von oben herab und bringt den Brandl vollends aus dem Häuschen.

Er tobt weiter: »Da schießt man dem rechtschaffenen Bauern das wertvollste Stück Vieh zusammen, und der Herr Graf greift in sein Westentäschchen und zieht gnädig ein paar Tausender heraus, und ich soll dafür noch einen Buckel machen und ›Vergelt's Gott!‹ sagen. Fällt mir ein! Der Stier ist mir ein Vermögen wert! Und der Herr Graf deutet vielleicht gar noch wehleidig auf ein paar blaue Flecken! Sonst was! Wenn ich nicht zu meinem Recht komme, dann fange ich einen Prozess an!«

Mit dieser Drohung wendet der Bauer den beiden den Rücken und geht davon.

Anton sieht ihm nach, bis er hinter einer Kuppe verschwunden ist. Es ist ihm zumute, als laste ein schwerer Druck auf seiner Seele. Noch nie hat er darüber nachgedacht, wie es wäre, wenn er sich von Monika trennen müsste. Jetzt auf einmal steht diese Frage groß und drohend vor ihm.

Gewaltsam versucht er, alles in ein helleres Licht zu rücken: Der Brandl war aufgeregt, bereut vielleicht jetzt schon seine unüberlegten Worte, und wenn er, Anton, am Samstag ins Dorf kommt, will er versuchen, im Guten mit ihm zu reden; und wenn es nichts nützen sollte, wird Monika bestimmt trotzdem zu ihm halten …

Zu allem Überfluss fragt jetzt auch noch der Graf: »Was hat denn der Brandl gemeint, als er gesagt hat, Sie kämen nicht in sein Haus?«

Anton ist sichtlich verlegen und wird ein wenig rot.

»Also doch!«, sagt Graf Bruggstein, noch ehe Anton den Mund aufgebracht hat. »Ich habe es mir fast gedacht! Da sind Sie natürlich in eine böse Suppe gekommen. Aber die junge Dame wird wohl vernünftiger sein als ihr fuchtiger Vater. Lassen Sie nur den Kopf nicht hängen! Wenn sie Sie gern hat, wird sie auch trotz dieser dummen Geschichte zu Ihnen halten.«

Jutta ist wieder da

Am nächsten Morgen kann Anton im Vorbeigehen Monika zuflüstern, dass er sie am Nachmittag im Buchenwäldchen erwarte. Mehr kann er nicht sagen, denn Simon Lechner ist plötzlich neben ihm. Er grüßt Anton mit auffallender Freundlichkeit und stelzt dann hinter Monika her.

Monika runzelt die Brauen und sagt unwillig: »Was läufst du mir denn schon wieder nach, Simon? Wenn du mir etwas zu sagen hast, dann komm einmal zu uns auf Besuch, aber verfolg mich nicht dauernd auf der Straße!«

»Sei doch nicht gar so kurz angebunden zu mir«, sagt Simon mit der aufdringlichen Ruhe eines Menschen, der sich nicht abweisen lässt.

»An jeder Ecke wartest du auf mich und tust, als ob du mir wer weiß was zu sagen hättest, aber dann sagst du nichts anderes als immer nur den alten Schmarren. Plag mich endlich nicht mehr mit deinen Annäherungsversuchen! Ich habe dir doch schon oft genug gesagt, dass ich mich nicht für dich interessiere.«

Simon lässt sich durch diese schonungslosen Worte keineswegs beirren. »Heute weiß ich aber etwas, das dich interessiert«, sagt er mit einem schmalen Lächeln um den Mund.

»Dann sag's halt einfach!«

»Vom Anton weiß ich was. Vom braven Anton und seiner Jutta ...«

Simon sagt das mit großer Schadenfreude, ohne sie anzublicken. Jetzt bleibt sie stehen, und er hört geradezu, wie schnell ihr Herz klopft.

»Du lügst, Simon! Die Jutta ist seit vielen Jahren fort ...«

Er hebt die Augen. »Ich habe sie gesehen! Die Jutta vom Schloss ist wieder da und streicht um deinen Anton herum. Sie wird ihn halt einmal mitnehmen wollen, ihren Schürzen-Jäger. Das gibt ein sauberes Pärchen ...«

Alle Farbe weicht aus Monikas Gesicht. Ihr ist in diesem Augenblick zumute, als habe ihr jemand an die Seele gegriffen. Sie hätte aufschreien mögen, zwingt sich aber mit aller Kraft zur Ruhe: Nur diesen widerlichen Menschen hier nicht merken lassen, wie der Gifttropfen, den er ihr eingeträufelt hat, wirkt!

»Ich lasse mir den Anton nicht schlecht machen. Er hat nichts mit der Jutta.«

Aber der Zweifel sitzt ihr doch im Herzen. Und als sie daheim das Gartentürchen aufstößt und hinter sich wieder zuschlägt, ist ihr, als sei auch hinter ihrem bisherigen Leben eine Tür zugeschlagen. Ein dumpfer Ton ist es gewesen, dieses Zuschlagen. Es gibt kein Hinüber mehr in das andere Leben, das so schön gewesen ist dank Anton Zagglers Liebe.

Monika meint wenigstens im Augenblick, dass nun alles aus sei. Als aber die Stunde kommt, zu der sie im Buchenwäldchen verabredet sind, hält sie es daheim nicht mehr aus. Sie wirft sich rasch eine helle Jacke um die Schultern und eilt zu ihm.

Nur einen Blick tut sie in seine Augen. Rein und klar ist sein Blick, nichts von Falschheit oder schlechtem

Gewissen ist darin zu lesen. Monika schämt sich für ihre Zweifel und schlingt leidenschaftlich ihre Arme um ihn.

»Du darfst mir nicht verloren gehen«, sagt sie zitternd.

»Ach, du! Was redest du denn da? Hat dein Vater dir verboten ...?«

»Nichts hat er gesagt!«, unterbricht sie ihn. »Du darfst es ihm nicht übel nehmen, wenn er dich mit harten Worten bedacht hat. Du weißt ja, der Stier war sein ganzer Stolz.«

»Ich trage ihm auch nichts nach. Aber es ist nun mal so, dass er dem Grafen Dinge an den Kopf geschmissen hat, die der bestimmt nicht mehr vergisst.«

»Der Vater hat halt Sorgen, weißt du. Schwere Sorgen! Es steht nicht gut um unseren Hof.«

Antons Gesicht verdüstert sich. »Dann ist also doch wahr, was die Leute reden. Monika, ich habe Angst um uns zwei. Dein Vater wird einen auf den Hof holen wollen, der Geld mitbringt.«

Sie schüttelt heftig den Kopf. »Ich nehme keinen anderen, Anton! Ich halte zu dir, mag kommen, was will. Und um mich selber ist mir nicht angst – ich arbeite bei irgendeinem Bauern als Aushilfe im Stall oder auf dem Acker, bis du mich als deine Frau nach Hause holst.«

»Lang wird's nicht mehr dauern!«, antwortet er. »Vielleicht können wir es uns nächstes Jahr schon leisten. Aber dass du bis dahin irgendwo für einen Hungerlohn die Dreckarbeit machst, das muss nun wirklich nicht sein! Du könntest doch notfalls zu meiner Mutter gehen. Die nimmt dich mit Freuden auf.«

»Nein, das will ich nicht, Anton! Ich möchte arbeiten und etwas verdienen, damit ich nicht mit ganz leeren Händen zu dir komme.«

Und die beiden sind wieder froh und glücklich wie immer.

Mittendrin fragt Monika: »Ist es wahr, dass die Jutta wieder da ist?«

Ihr Herzschlag setzt einen Augenblick aus, als sie auf die Antwort wartet.

Ganz harmlos sagt er: »Ja, der Graf hat's mir gesagt. Aber gesehen habe ich sie noch nicht. Wird mich wohl nicht mehr kennen wollen, die Jutta.«

»Nicht mehr kennen wollen?« Das kommt spitz und spöttisch.

Antons Züge verhärten sich. »Monika? Was soll des heißen? Glaubst du mir nicht?«

Sie blickt ihn lange an, dann nickt sie. »Doch, Anton, ich glaube dir.« Sie drängt sich an ihn. »Bitte, sei mir nicht böse, dass ich an dir gezweifelt habe! Ich tu es nicht mehr. Ganz gewiss tu ich es nicht mehr.«

»Ja«, sagt er und senkt seinen Blick über ihren Kopf hinweg in das weiche, grüne Dunkel des Waldes. »Glauben und vertrauen muss man, sonst steht die Liebe auf schwachen Beinen.«

Es wird für eine Weile sehr still bei den beiden. Dann nimmt Anton ihr Gesicht zwischen seine Hände und küsst ihr die letzten Zweifel aus den feuchten Augen.

Aus der Jugendzeit ...

Ein Hang im Abendgold. Steinnelken bewegen sich schaukelnd auf ihren dünnen Stängeln im leisen Bergwind, und ganz von ferne hört man friedvolle Kuhglocken und die hellen Rufe einer Sennerin.

Jutta Komtess Bruggstein sitzt am Rande des Waldes und schaut mit ruhigem Blick in die Runde der Berge. In frühen Kinderjahren ist sie unzählige Male hier gewesen und hat das Verlöschen eines Tages bestaunt. Hier an diesem Hang saß sie einmal mit Anton, und er pflückte rote Steinnelken und steckte sie ihr ins Haar.

Ach, wie lange ist das schon her! Eine Ewigkeit scheint dazwischen zu liegen. Und doch ist es nicht vergessen. Sie wird es vielleicht nie vergessen, auch wenn sich nun ihr Leben anders geformt hat. Die Kindheitserinnerungen sind wach geblieben und leuchten in ihr jetzigen Leben wie ein kleines, freundliches Licht ...

Da fährt sie erschrocken zusammen. Ein Mann – groß und schlank hebt er sich gegen das Abendrot ab – kommt den Weg von der Brandl-Alm herunter. Das Gewehr hinter seinem Rücken blitzt im letzten Sonnenlicht. Plötzlich sieht er sie, und da geschieht das Seltsame: Anton Zaggler kennt seine Jugendfreundin nicht mehr!

Freilich, sie ist ja auch nicht mehr die Jutta von früher. Herber, strenger ist ihr Gesicht geworden. Ihr Mund ist fest zusammengepresst. Nur die Augen sind dieselben geblieben. Groß liegen sie unter der weißen Stirn, die nun auch höher erscheint, weil Jutta das Haar straff zurückgekämmt und am Hinterkopf hochgesteckt hat.

Einen Herzschlag lang lässt Jutta den fragenden Blick des Jägers auf sich ruhen. Dann steht sie auf und streckt ihm freundschaftlich die Hand hin.

»Grüß Gott, Anton!«

Auch ihre Stimme hat sich verändert, ist tiefer geworden. Nur an ihrem lächelnden Blick erkennt der Jäger sie wieder. Er nimmt diese Hand, drückt sie, stammelt ein paar Worte in großer Verlegenheit und setzt dann treuherzig hinzu: »Ich hätte Sie nicht mehr erkannt.«

»Aber, Anton!«, sagt Jutta vorwurfsvoll. »Warum sagst du denn zu mir ›Sie‹? Sind wir denn nicht alte Freunde und gute Bekannte?«

»Freilich, ja! Aber Sie – du bist, scheint mir, größer geworden und so fein ...«

»Etwas größer bin ich noch geworden, ja. Schau her: Ich reiche dir nun bis zur Stirn. Aber sonst hat sich zwischen uns doch nichts verändert, oder? Du bist und bleibst für mich der Anton, und ich bin und bleibe für dich die Jutta. Ich freue mich, dass wir uns getroffen haben. Komm, wir gehen weiter den Hang hinauf, dort ist noch Sonne.«

Dann sitzen sie oben auf der Kuppe, und alles scheint zu sein, wie es vor Jahren war.

»Erzähl mir was von deinem Leben«, sagt Jutta.

»Bei mir ist alles beim Alten. Aber bei dir hat sich viel verändert, habe ich gehört. Ist es wahr, dass du ein Heim für mittellose, behinderte Kinder aufmachen willst?«

»Ja, Anton, für arme, blinde Kinder. Das will ich.« Und als Anton sie fragend ansieht, fährt sie fort: »So ist es im Leben. Der eine findet sein Glück in Liebe und Ehe. Der andere muss auf dieses Glück verzichten und sich eine Aufgabe suchen, die sein Leben ausfüllt. Ich hoffe, meine Berufung darin zu finden, Hunderte der Ärmsten glücklich zu machen.«

»Deswegen kannst du immer noch heiraten«, meint Anton nachdenklich.

Die Antwort lässt ein wenig auf sich warten. Und dann ist es ein schroffes »Nein!«.

Anton zerrt eine schon gestopfte Pfeife aus der Tasche und zündet sie an. Er sagt nichts und raucht.

»Schau, Anton«, nimmt Jutta nach einer Weile wieder das Wort und bückt sich dabei nach einer abgeknickten Steinnelke, die sie langsam zerzupft. »Einst habe ich auch geglaubt, ich müsste es meinem Bruder nachtun und ohne den Segen des Vaters heiraten. Aber dann habe ich mir das vorgestellt und immer meinen Vater gesehen, alt und einsam. Ich weiß, wie sehr er an mir hängt, und ich habe ihm schon genug angetan, als ich von ihm weggegangen bin. Lange schwankte ich und war ohne rechtes Ziel, bis man mir den Weg wies. Leicht war er nicht, der Weg, denn ich liebte einen Menschen über alles. Ich hätte alles geopfert für ihn, Titel und Vermögen. Aber er hatte mich ja nicht lieb.«

»So ein Hornochse!«, entfährt es Anton. »Hat denn das Mannsbild keine Augen im Kopf gehabt?«

Ganz leise lächelt Jutta. »Doch, Anton. Sogar schöne und gute Augen. Der Junge, dem mein Herz gehörte, ist inzwischen ein Mann geworden. Ich hab ihn wieder gesehen, und er hat noch immer dieselben guten Augen.«

»Den würde ich nicht mehr anschauen!«, antwortet Anton zornig und drückt mit dem bloßen Daumen energisch die Glut in seiner Pfeife nieder.

»Doch, ich schaue ihn gerne an. Und ich bin ihm so unendlich dankbar, denn er hat mir die schönsten Stunden meiner Kindheit geschenkt. Der Junge von einst, Anton, das – bist du ...«

Antons Gesicht ist wie zu Stein erstarrt. Die Pfeife in seiner Hand zittert.

»Das kann doch nicht dein Ernst sein?«

Ihre Hand streicht ihm übers Haar, bleibt dann auf seiner Schulter liegen.

»Doch, Anton. Du bist mir immer ein lieber Mensch gewesen, dem von Jugend auf mein Herz gehörte. Ich hatte dich einmal sehr lieb. Aber vielleicht war es ein Glück, dass du nichts von dieser heimlichen Jugendliebe wusstest. Sie hätte nur Probleme gebracht für dich und mich. Nun bin ich darüber hinweg und habe mir ein eigenes Leben aufgebaut. Schau, Anton, wie die Sonne noch einmal alles Land vergoldet, wie sie die Berge entflammt. Wie reich sind wir, die wir dies alles sehen dürfen! Und wie arm sind jene, denen keine Blume blüht und keine Sonne leuchtet: die Blinden. Diesen Armen will ich meine Liebe schenken. Und dir, Anton, wünsche ich alles Glück auf deinem Weg. Glück und Segen! Ja, ich will beten für dein Glück. Und wenn dich irgendwie einmal etwas bedrückt, dann komm zu mir. Bei der Jutta wirst du immer ein offenes Ohr, eine helfende Hand und ein mitfühlendes Herz finden.«

Jutta Komtess Bruggstein hat sich erhoben. Der Jäger sitzt regungslos, die erkaltete Pfeife in den verschlungenen Händen. Sie bückt sich zu ihm nieder, blickt ihm in die Augen und sagt leise: »Gute Nacht, Anton.« Und ehe er sich's versieht, hat die Wegbiegung sie schon seinen Blicken entzogen.

Der Jäger horcht auf die sich entfernenden Schritte. Er hört sie lange, denn sein Gehör ist scharf, schärfer als in früheren Tagen, als er nichts gehört hat von der Liebe der Jutta Komtess Bruggstein, die nun, nach dem, was sie sagte, den Weg zur höheren Menschenliebe gefunden hat.

›Ich hatte dich einmal sehr lieb.‹ – Wie seltsam ihre Stimme dabei geklungen hat! Glück hat darin gezittert und – Tränen.

Dass der junge Jäger das nun weiß, ist nicht gut für ihn. Wie soll er ihr denn künftig gegenübertreten? Wenn Jutta sich auch den Anschein gibt, als hätte sie diese Liebe überwunden, so belügt sie sich entweder selbst damit, oder es ist nicht die wahre Liebe gewesen. Er zum Beispiel könnte ja Monika auch nie vergessen …

Anton erhebt sich. Er kann nicht recht fertig werden mit Juttas Worten. Schwer fallen die Schatten der Tannen über ihn. Die Dämmerung breitet sich aus.

Das Opfer der Tochter

Der Zahlungstermin für den Brandl rückt näher, zum Verzweifeln näher.

Es treibt den Bauern von Hof zu Hof, zu Verwandten und Bekannten, bei denen er die erforderlichen Mittel vermutet. Aber keiner will helfen, mancher kann auch nicht, niemand steht für ihn ein. Man hat nur ein Schulterzucken für ihn und zuweilen auch spöttische Bemerkungen, die auf seine Frau abzielen, deren anspruchsvoller Lebenswandel in der ganzen Gegend bekannt ist.

Schwer trägt Klaus Brandl unter dieser Last. Zumal er eine Bank oder Sparkasse, das weiß er, in seiner Lage gar nicht erst zu fragen braucht. Je näher der Tag herankommt, desto schweigsamer wird er. Bisher hat er sich wenigstens noch mit Monika besprechen können. Jetzt geht er, wie einem inneren Zwang folgend, auch an ihr vorbei, als sehe er sie nicht. Nur manchmal betrachtet er sie lange und schweigend, und es ist, als sei es ihm auf die Stirn geschrieben, was er denkt: Du könntest helfen!

Aber er spricht es nicht aus, nickt nur immer vor sich hin, verlässt zu früher Morgenstunde den Hof und kommt erst mit dem Dunkelwerden wieder heim.

Klaus Brandl hat die Hoffnung schließlich aufgegeben, dass ihm jemand unter die Arme greifen könnte. Nirgends mehr wird er vorstellig. Er geht den Menschen aus dem Weg und verbringt den Tag irgendwo im Wald und grübelt über sein Schicksal nach.

Und so hängt eines Tages an dem verglasten Anschlagbrett vor dem Sintsbacher Rathaus eine amtliche Bekanntmachung, wonach der Hof des Klaus Brandl an den Meistbietenden versteigert wird. Termin ist der sechsundzwanzigste Juni, zehn Uhr.

Klaus Brandl lacht grell auf, als Monika ihm die Botschaft überbringt. Betty Brandl dagegen überschüttet die Tochter mit einer Flut von Beschimpfungen, weil sie mit ihrer eigensinnigen Liebschaft die Familie um Haus und Hof gebracht habe. Ob denn der Anton schon einen Finger gerührt habe für sie? Oder ob gar der noble Herr Graf Hilfe wisse …?

Unter den endlosen, schweren Vorwürfen hält es Monika nicht mehr zu Hause aus. Heute noch will sie Anton aufsuchen.

Vielleicht weiß er doch einen Ausweg in letzter Minute? Und sei es auch nur, dass er beim Grafen Bruggstein ein gutes Wort für ihre Eltern einlegt! Dem überaus begüterten Mann müsste es ja ein Leichtes sein, die Versteigerung irgendwie zu verhindern …

Allerdings: Graf Bruggstein wird es noch nicht vergessen haben, wie ihn ihr Vater mit Schmähungen überhäuft hat. Aber Monika will sich ihm, wenn es sein muss und sich die Gelegenheit dazu ergibt, vor die Füße werfen. ›Um meiner Liebe zu Anton willen flehe ich Sie an, vergessen Sie bitte, was war, und helfen Sie meinen Eltern!‹ Ja, das will Monika sagen, und wenn der Graf keinen Stein in der Brust hat, wird er ihr helfen.

Mit solchen Überlegungen tritt Monika ihren abendlichen Gang an, hinauf zu Antons Jagdhütte. Es ist eben jener Abend, an dem Jutta zum ersten Mal wieder mit Anton auf der Kuppe am Waldrand zusammensitzt. Und weil Monika denselben Weg bergwärts geht, den Anton zuvor heruntergekommen ist, geschieht es, dass sie zur unfreiwilligen Augenzeugin der Wiederbegegnung der Jugendfreunde wird.

Gerade als Monika um den Waldrand biegt, sieht sie Jutta und Anton auf der Kuppe sitzen und bleibt betroffen stehen. Ganz nahe ist sie den beiden und wird von ihnen doch nicht gesehen. Jutta streicht ihm soeben zärtlich mit der Hand übers Haar und lässt sie dann vertraulich auf seiner Schulter liegen. Die Abendluft trägt ihr die Worte zu: »... bist mir immer ein lieber Mensch gewesen, dem von Jugend auf mein Herz gehörte ...«

Der Monika ist es, als wenn der Boden unter ihren Füßen schwände. Vor wenigen Tagen noch hatte Anton ihr versichert, dass zwischen ihm und Jutta nichts sei. Und jetzt sitzt er ganz vertraulich an ihrer Seite und empfängt ihre Liebkosungen ...

Monika glaubt, sie müsse laut schreien vor Schmerz und Enttäuschung. Nun ist alles zu Ende! Mit der stummen Gebärde unsäglicher Qual wendet sie sich ab und nimmt den Weg zurück ins Dorf.

An der Kirchhofmauer bricht sie hilflos zusammen. Grausamer kann ein liebendes Herz nicht verraten werden. Im dem Augenblick, da sie ihre Not dem Geliebten ans Herz legen wollte und sie den ersten Beweis seiner fürsorglichen Treue erwartete, tritt dieser ihr Herz mit Füßen und wirft sich einer anderen in die Arme ...

Wo kann sie jetzt überhaupt noch hin? Zurück nach Hause und sich den Eltern offenbaren? Dem verzweifelten Vater? Der verständnislosen Mutter, die ohnehin nur Hohn und Spott für ihre Tochter hat? Nein! Auch dieser Weg scheint ihr versperrt. Es gibt keine Zuflucht mehr zur Elternliebe. Verlorene Heimat!

Ihr gehetzter Blick geht noch einmal zurück, die Berge hinauf: Da droben gäbe es vielleicht noch Ruhe und Vergessen ... man müsste nur den Mut aufbringen zur letzten Tat ... man müsste hinaufsteigen, bis man nicht mehr kann ... man müsste sich loslassen, fallen lassen, in die Tiefe stürzen ... alles wäre vorbei ...

Ihre brennenden Augen hängen an Scharten und dunklen Schluchten, als suchte sie den Weg, den sie gehen muss. Und sie malt sich aus, wie alles sein wird: Zuerst wird man sie vielleicht Tage oder Wochen lang gar nicht finden, und dann glaubt schließlich niemand mehr an einen Selbstmord. Das Grausen, das sie im ersten Augenblick vor einem solchen Ende empfunden hat, ist schon im Schwinden. »So schlimm kann es ja gar nicht sein!«, sagt sie sich vor. »Der Gröllstein zum Beispiel fällt an der Ostseite an die dreihundert Meter senkrecht ab. Da wirst du beim Aufschlag nichts spüren und sofort tot sein. Zuerst musst du freilich loslassen und dreihundert Meter fallen ...«

Monika schüttelt sich nun doch bei diesen Gedanken. Aber scheinbar übermächtig tritt die Versuchung an sie heran, still und einsam aus dieser Welt zu gehen, die kein Erbarmen für sie kennt. Schon sieht sie sich um, auf dass niemand sie beobachte, belausche. Nein, da ist niemand! Oder doch?

Monikas Blick fällt auf die Erlösergestalt am hohen Friedhofskreuz, das aus dem Meer der Grabkreuze heraus zum Himmel ragt. Und er geht ihr durch den Sinn: jener, der alles Leid der Welt mit auf seinen schweren Gang nach Golgatha genommen hat. Er weiß auch um ihre Not. Und auf einmal fühlt die Verzagte den Blick des Erlösers segnend und gütig auf sich ruhen.

Voller Ergriffenheit schlägt Monika die Hände vors Gesicht, Tränen quellen ihr aus den Augen. Zaghaft hebt sie die Arme empor.

»Ich tu es nicht«, stammelt sie leise. »Ganz gewiss, ich tu es nicht. – Aber helfen musst du mir, ja?«

»Gell, du hilfst mir?«, fragt Monika nach einer Pause noch einmal hinauf und wendet sich dann zum Gehen.

Bevor sie um die Ecke biegt, schaut sie zurück und spricht wie ein einsichtig gewordenes Kind zu seinem Vater: »Du brauchst keine Angst zu haben. Ich gehe schon heim. Ich tu es nicht. Und jetzt weiß ich auch, dass es der Anton gar nicht wert ist, dass ich mich seinetwegen aus der Welt stehle.«

Und dann reckt sie sich unwillkürlich. Ein neuer Lebenswille ist in ihr erwacht, und sie kann gar nicht begreifen, wie sie so kleinmütig und schwach hat werden können.

Als sie auf den elterlichen Hof zukommt, bleibt sie erschrocken stehen. Was soll denn das nun wieder sein? Die Uhr hat längst Mitternacht geschlagen, und der Vater kommt aus dem Haus, streichelt in langsamem Gehen mit beiden Händen die Hauswand, bleibt vor dem alten Spalierbaum stehen und schlingt seine Arme um den grauen Stamm, als möchte er ihn umarmen.

Einen Augenblick verharrt er so, dann geht er am Stall entlang und verschwindet hinter den Wirtschaftsgebäuden. Monika folgt ihm, und da sieht sie, wie sich der Vater an der alten Eiche zu schaffen macht. Sie sieht ihn freilich nicht genau, weil es dunkel ist und sie hinter den Haselnussstauden steht. Plötzlich bemächtigt sich ihrer eine unerklärliche Angst. Mit einem raschen Ausbreiten der Arme teilt sie die Büsche und steht vor dem Vater.

»Was tust du da?«, fragt sie.

Der Vater fährt zusammen wie ein ertappter Sünder und lässt die Hände sinken. Er gibt keine Antwort. Aber Monika gewahrt im selben Augenblick einen Strick, der an einem Ast des Baumes befestigt ist.

Eine Weile stehen sie schweigend voreinander, dann sagt Monika hart: »Den Strick tust du wieder runter!« Sie streckt die Hand danach und zieht die leere Schlinge zu.

Der Vater fasst sie am Arm. »Lass nur! Sein muss es ja doch! Und wenn es nicht heute ist, dann ist es morgen oder übermorgen. Verstehst du, Monika – die Versteigerung will ich nicht erleben.«

»Es kommt nicht so weit!« Monika zerrt an dem Strick.

»Weißt du einen Ausweg? Ich nicht.«

»Ja, ich weiß einen Ausweg.« Ihre Stimme klingt ganz ruhig. »Ich heirate den Rudolf Kerber.«

»Du heiratst den …?«

»Ja, ich habe es gesagt, und dabei bleibt es. Du musst in aller Frühe nach München fahren und es dem alten Kerber persönlich sagen. Auf diese Weise ist die Zusage sofort da, wo sie zuerst hinmuss, und ihr könnt euch auch gleich versöhnen.«

»Du darfst mir glauben, Monika, das ist ein schwerer Weg.«

»Schwerer wird er auch nicht sein als der, den du gerade gehen wolltest.«

»Was ist denn dann mit dem Anton?«

»Das war noch nie etwas Gescheites«, lügt Monika sich und dem Vater vor. »Jung war ich halt, weißt du.

Jung und dumm! Aber heute Nacht bin ich vernünftig geworden. Jetzt denke ich anders.«

»Hast du ihn denn gern, den jungen Kerber?«

»So darfst du jetzt nicht fragen, Vater! Es geht um Haus und Hof.«

»In Gottes Namen!«, seufzt der Vater, immer noch ein wenig unsicher, und bindet den Strick los. »Dann kann alles noch gut werden.«

»Ja, alles wird gut!«, versichert Monika.

Sie gehen nebeneinander ins Haus zurück, und der Vater bemerkt nicht, dass Monika still vor sich hin weint.

Auf der Treppe sagt sie noch, ohne das Gesicht zu wenden: »Versäum den Zug nicht!«

Dann fällt oben leise die Tür ins Schloss, und Klaus Brandl faltet dankbar die Hände.

Zu spät!

Am sechsundzwanzigsten Juni soll Versteigerung sein beim Brandl-Bauern. Die Nachricht verbreitet sich schnell im ganzen Tal.

Arme Monika!, ist Antons erster Gedanke, als er davon hört. Aber warum muss er die Hiobsbotschaft aus fremdem Mund erfahren? Warum hat es Monika nicht der Mühe wert gefunden, ihn selber zu verständigen? Sie wird sich halt geschämt haben!, schließt er seine Überlegungen kurzerhand und macht sich gleich auf den Weg zum Brandl-Hof. Er will der Monika auch von seinem Zusammentreffen mit Jutta erzählen – nicht, dass ihr wieder von interessierter Seite weiß Gott was zugetragen wird!

Schon steht er vor dem Brandl-Hof. Im dunklen Anzug und, wie es scheint, reisefertig kommt der Bauer soeben aus der Tür. Dann kommt Monika und spricht noch mit ihm, sie hat dem Vater anscheinend etwas Dringendes zu sagen. Plötzlich erblickt sie Anton, wendet sich rasch um und geht ins Haus.

Hoppla, denkt Anton verblüfft, da ist etwas nicht in Ordnung. Er wartet bei den Haselnussstauden, bis der Bauer hinter den nächsten Häusern verschwindet, und geht dann wieder vor bis zum Gartenzaun.

Es dauert nicht lange, und Monika kommt wieder aus dem Haus, um irgendetwas aus dem Schuppen zu holen.

Auf den leisen Zuruf des Jägers zuckt sie leicht zusammen. Aber dann kommt sie doch an den Zaun und steht vor ihm, mit hängenden Armen und todblassem Gesicht.

Anton erschrickt über ihr Aussehen: Dass sie es sich so zu Herzen nimmt!

»Was ist denn los, Monika? Bist du krank?«, fragt er dann möglichst undramatisch.

Sie hebt die Augen, schaut ihn kurz an und dann an ihm vorbei. »Ich bin nicht krank. Nur geschlafen habe ich nicht, diese Nacht.«

»Das glaube ich dir gern, wenn es so steht um den Hof«, erwidert er. »Aber vielleicht kann ich euch noch einen Nothelfer bringen, Monika – also, dass die Versteigerung doch abgesagt wird.«

Eifrig beginnt Anton seinen Plan zu entwickeln: Wie er den Grafen heute noch bitten werde, für den Brandl-Hof einzuspringen, und wie der ganz gewiss …

Da schneidet sie ihm das Wort ab, und ihre Stimme klingt todtraurig: »Du hast ja eine gute Fürsprecherin beim Grafen, die Jutta.«

Anton horcht verwundert auf. »Wie meinst du denn das?«

»Ich habe nichts Besonderes gemeint damit.«

»Monika, du hast was. Bist du mir böse?«

Sie hätte aufschreien mögen bei dem weichen Klang seiner Stimme. Mit übermenschlicher Kraft zwingt sie sich zu einem Lächeln.

Ihre Augen bekommen einen feuchten Glanz, als sie erwidert: »Nein, ich bin dir nicht böse. Es hat alles so kommen müssen. Deinen Bittgang zum Grafen kannst du dir sparen. Dazu ist es jetzt zu spät. Und ich will von dieser Seite auch keine Hilfe!«

Einen Augenblick zögert sie, als wollte sie noch etwas sagen, dann streift sie sein Gesicht mit einem eigentümlichen Blick und geht ins Haus.

Verdutzt sieht Anton ihr nach. Aber dann beruhigt er sich damit, dass der ewige Kummer sie verwirrt haben müsse. Sonst hätte sie sein Angebot sicher mit Freuden angenommen. Unangenehm ist ihm nur, dass er Monika von der Jutta nichts erzählen konnte. Aber das kann er ja spätestens am Sonntag nachholen.

Damit macht sich Anton schleunigst auf den Weg zur Luisenhütte. Der Graf soll nicht warten müssen auf ihn.

Vom Kiefernsee sieht er die Nebel aufsteigen. Wie helle Schleier wehen sie im Morgenwind und flattern empor zu den Wolken, die über der Bergkette lagern.

»Es gibt schlechtes Wetter«, sagt der Jäger zu sich und prüft den Wind.

Dann legt er die letzten paar hundert Meter des Wegs zurück.

Vorm Eingang der Luisenhütte steht Graf Bruggstein in Hemdsärmeln und hat die Hände tief in den Hosentaschen vergraben.

»Na endlich«, sagt er, als er den Jäger zwischen den Latschen auftauchen sieht. »Machen Sie sich gleich fertig! Wir müssen zum Gröllstein.«

Das Hinaufsteigen geht etwas langsam beim Grafen, und Anton fragt, ob vielleicht von dem Angriff etwas zurückgeblieben sei.

»Sie meinen, von dem Stoß des Stiers? Ach, das ist nicht so schlimm! Ich werde auch den Brandl deswegen nicht behelligen. Die Ärzte sehen meistens schwärzer, als es ist. Denken Sie sich, da hat mir der Esel von einem Doktor glatt vorgeschrieben, ich solle auf keinen Berg mehr steigen. Aber da müsste ich doch irgendwas spüren, nicht wahr, Anton? Laufen S' nicht so narrisch! So arg pressiert es uns nicht.«

Immer wieder greift Graf Bruggstein verstohlen an seine linke Brustseite. In geheimer Sorge betrachtet Anton das Gesicht seines Jagdherrn. Es will ihm gar nicht gefallen.

»Nein!«, nimmt der Graf wieder das Wort. »Das ist ja ein Rezept für alte Spitalweiber: Schonen soll ich mich! Kleine Spaziergänge machen! Keine Erhitzung! Keine alkoholischen Getränke, keinen Tabak …!« Graf Bruggstein lacht. »Seit ich das gehört habe, schmeckt mir mein Pfeifchen erst richtig! Wenn ich das alles befolgen wollte, was mir der Doktor geraten hat, dann wüsste ich überhaupt nicht mehr, ob ich noch lebe. Ich muss meine Jagd haben, meine Gämsen und meine Hirsche. Und wenn ich nicht mehr gehen kann, dann lasse ich mich zum Wildwechsel tragen. Meine Jäger machen mir das Wild schon ausfindig. Nicht wahr, Anton?«

Graf Bruggstein klopft seinem Jäger lachend auf die Schulter. Gleich darauf aber presst er wieder die Hand an dic Brust.

»Wir laufen doch zu schnell, meine ich«, sagt er und wischt sich den Schweiß von der Stirn. »Sie freilich, Sie junger Hüpfer, Sie merken gar nicht, wie Sie rennen.«

Aber ich gehe doch wirklich nicht schnell!, will Anton einwenden. Er verschluckt es aber lieber und sucht einen weniger steilen Weg zum Gröllstein.

»Und, wie schaut es drunten aus?«, fragt der Graf nach einer Weile. »Was spricht der Brandl? Sind Sie ihm schon einmal begegnet seit der dummen Geschichte?«

»Nein, ich habe ihn nur von weitem gesehen.«

»Der Sturkopf! Die ganze Gegend ist er abgelaufen um Geld. Niemand hat ihm helfen können, oder vielmehr helfen wollen. Aber dass er zu mir gekommen wäre, dazu trägt er die Nase zu hoch und ist sein Schädel zu hart.«

Anton durchzuckt ein freudiger Schreck. »Sie hätten dem Brandl geholfen, Graf?«

»Natürlich! Ich habe noch nie einen Menschen von mir gewiesen, der Hilfe verdient hat. Aber soll ich vielleicht dem Brandl auch noch nachlaufen und sagen: ›Bitte, bitte, Herr Brandl, darf ich Ihnen Geld leihen?‹ Aber ich verbiete Ihnen, Anton, dass Sie hingehen und sagen: ›Der Bruggstein leiht dir was!‹ Wenn der Brandl meine Hilfe will, soll er selber und aus eigenem Antrieb zu mir kommen.«

»Selbst…, selbstverständlich«, stottert Anton. Für sich aber denkt er: Ist schon geregelt! Das muss ich am Sonntag gleich der Monika sagen.

»Es haben sich versprochen ...«

Die Glocken rufen schon zum Gottesdienst, als Anton diesmal erst am Sonntag vom Berg kommt. In fliegender Hast zieht er sich um und läuft zur Kirche. Er will eben nie und nirgends zu spät kommen, außerdem sehnt er sich nach Monika.

Er sucht sich einen Platz auf der Empore, wo er sich über die Brüstung lehnt und mit den Augen zu suchen beginnt. Lange braucht er nicht zu schauen, bis er Monika findet. Neben ihrer Mutter sitzt sie in der fünften Reihe und hat den blonden Kopf gesenkt.

Anton hört heute nur mit halbem Ohr auf die Sonntagspredigt. Immer ist er mit seinen Gedanken bei Monika. Was sie wohl für ein Gesicht machen wird, wenn er ihr erzählt, dass der Graf Bruggstein helfen will! Immer wieder blickt er zu ihr hinunter. Regungslos sitzt sie im Kirchenstuhl, das tief geneigte Gesicht halb in ihr seidenes Tuch vergraben.

Da spricht der Pfarrer das Amen seiner Predigt und zieht aus dem Brevier ein kleines Zettelchen. Dann räuspert er sich, macht ein kurze Pause und beginnt, die in traditionelle Worte gefasste Wochenverkündung zu lesen.

»Es haben sich versprochen zum heiligen Sakrament der Ehe der Jüngling Rudolf Kerber aus München und die Jungfrau Monika Brandl von hier. Das ist die erste Verkündung ...«

Droben auf der Empore will einer hochschnellen. Aber nur halb führt er diese Bewegung aus. Dann springt ein starres Lächeln in sein Gesicht, das mauerbleich und wie zu Stein verwandelt ist.

Unten im Kirchenschiff stecken sie die Köpfe zusammen und schielen nach der Braut. Diese Neuigkeit können die Leute nicht so rasch verdauen: Die Monika! Ja, da schau her, die Brandl Monika! So eine Heimlichtuerin! Niemand hat etwas gemerkt, dass sie es mit dem jungen Kerber hat! Was wird der Anton zu der Neuigkeit sagen …

Der Anton? – Oben auf der Empore steht er und klammert sich mit seinen harten Arbeitshänden an die Brüstung. Noch kann er die Botschaft nicht fassen. Und doch muss es wahr sein, denn der Pfarrer verkündet keine Scherze und es gibt nur eine Monika Brandl im Dorf.

Hinter seinem Rücken hört er Tuscheln. Da dreht er das entfärbte Gesicht zu den Schwätzern, und augenblicklich ist es still.

In seinem Innern zittern die Worte des Geistlichen nach: ›… und die Jungfrau Monika Brandl von hier‹. Einen Augenblick sieht es aus, als wollte er das Gesicht in die Hände vergraben. Aber er fährt sich nur über die Stirn und presst die Lippen zusammen.

Von einer Sekunde auf die andere schämt er sich seiner Schwachheit. Und allmählich ordnen sich seine wirren Empfindungen zu einem klaren, festen Entschluss: Es muss ein Leben geben auch ohne Monika. Aber ein Mal will er noch vor ihr stehen und ihr schonungslos ins Gesicht sagen, was sie ihm angetan hat. Und dann will er einen Schlussstrich ziehen und seine Jugendliebe für immer begraben.

Am liebsten wäre er davongerannt. Aber dann hätten die anderen sagen können: ›Den Anton hat es schwer getroffen. Ganz klein ist er geworden.‹

Diese Freude will er niemandem machen. Die vielen Menschen um ihn mit ihren neugierigen, schadenfrohen Gesichtern lassen ihn nicht weich werden. Als einer der Letzten steigt er die schmale Treppe herunter und tritt ins Freie.

Es ist ein richtiges Spießrutenlaufen durch die gaffende Menge. Er bemüht sich, ein gleichmütiges Gesicht zu zeigen, aber sein Ohr kann er doch nicht verschließen. Aus jeder Gruppe, an der er vorbeigeht, hört er von Monika Brandl reden. Bei seinem Anblick verstummen sie für einen Atemzug, um dann die Sensation gleich wieder breitzutreten.

Vorne gehen Frau Brandl und Monika auf ihrem Heimweg gerade beim Postbräu vorbei. Anton beschleunigt seine Schritte. Er gäbe viel, wenn er ihr jetzt nur einen Augenblick ins Gesicht sehen könnte.

Sie sind kurz vor dem Brandl-Hof, da schaut Monika einen Augenblick zu ihm herüber. Einen winzigen Moment zögert sie, dann folgt sie ihrer Mutter durch den Garten. Auch Anton eilt nach Hause, mit langen Schritten.

Daheim spricht er kein Wort. Beim Essen fragt ihn die Mutter: »Was ist denn heute los mit dir, Bub?«

»Du wirst es ja schon wissen: Die Monika heiratet diesen Industriellen-Sohn aus München.«

»Jesus, Maria! Soll das wirklich wahr sein? Der Kaufmann hat mir dieser Tage so was erzählt, aber ich hab's nicht glauben können und gar nicht richtig zugehört.«

»Es ist aber so«, antwortet Anton und würgt an einem Bissen.

Und dann legt er plötzlich Messer und Gabel weg und geht hinaus. Die Mutter folgt ihm und beginnt zu jammern.

Anton wehrt mit einer ungeduldigen Handbewegung ab. »Lass nur gut sein! Um mich brauchst du keine Angst zu haben. Ich werde schon fertig damit. Ich muss mir eben immer wieder klar machen, dass es nie etwas geworden wäre zwischen mir und Monika. Und wenn ich sie sehe, dann schaue ich auf die Seite.

Denn wenn ich mich auf sie einließe, müsste ich ihr ein paar Wörtchen sagen, die sie ihr ganzes Leben lang nicht vergisst.«

Damit geht er ins Haus, nimmt seine Jacke und geht fort. Er weiß nicht, wohin er will. Nur von zu Hause weg will er jetzt, nur fort und mit sich allein sein.

Jetzt, da er Monika für immer verloren weiß, merkt er erst, wie lieb er sie hat. Und die Sehnsucht nach ihr wird immer in ihm bleiben. Das fühlt er am deutlichsten jetzt in diesen Minuten. Alle Hoffnung auf Glück ist in ihm zerbrochen.

An der Parkmauer von Schloss Wandeck bleibt er stehen. Helles Kinderlachen dringt an sein Ohr. Er blickt durch die Gitterstäbe eines Tores in den Park. Dort sitzt Jutta inmitten einer Schar kleiner Mädchen. Und er hört ihre Stimme, wie sie erzählt von Schneewittchen und den sieben Zwergen. Märchen erzählt sie den kleinen Blinden, dieselben Märchen, die sie ihm einst erzählt hat, vor vielen, vielen Jahren.

Jetzt erblickt ihn Jutta. Sie ruft: »Komm herein, Anton!«

Er schüttelt den Kopf und geht weiter, irrt ziellos herum, verlässt schließlich den Weg und wandert durch den Wald aufwärts.

Tiefe Stille ist um ihn. Als er einmal zurückblickt, liegt das Dorf weit unter ihm. Schwer atmend kauert er sich zwischen die Wurzeln einer mächtigen Tanne und schaut mit brennenden Augen auf die Häuser hinunter. Sonnenglanz liegt auf den Höfen und in den Gärten. Alles flimmert vor Licht und Wärme.

Da schließt er die Augen, und alles Licht ist erloschen um ihn. Erloschen wie sein Glück, wie seine Liebe. Und plötzlich neigt sich der Jäger zur Seite und weint, das Gesicht ins Moos gewühlt.

Seit den Kindheitstagen hat Anton nicht mehr geweint. Nicht einmal, als er seinen Vater tot und starr vor sich liegen sah. Er hat so vieles gelernt im Leben: zum Beispiel, wie man ein Gewehr in den Händen hält und nicht zittert, wenn ein Wildfrevler seinen Stutzen an die Wange reißt. So vieles hat der Jäger in der harten Schule des Lebens gelernt, nur das Weinen nicht. Das ist ihm immer unmännlich und weibisch erschienen. Es sind auch jetzt nur ein paar heiße Tropfen, die ins kühle Moos rinnen. Weiter nichts.

Als er nun aufsteht und seine Glieder reckt, sind seine Tränen schon versiegt.

Die Hände zu Fäusten verkrampft, nimmt er mit langen Schritten den Weg zur Jagdhütte. Graf Bruggstein wundert sich ein wenig über das frühe Kommen seines Jägers. Aber er fragt nicht danach.

Nur einmal während des Abends kommt er auf Brandl zu sprechen. »Ich bin wirklich neugierig, ob er den Weg zu mir findet, der dickköpfige Brandl.«

Anton antwortet mit kalter Ruhe: »Der Brandl wird nicht kommen, Graf, denn Monika heiratet den Industriellen-Sohn aus der Stadt.«

Graf Bruggstein pfeift leise durch die Zähne und bohrt seinen Blick in das Gesicht des Jägers. Dann legt er ihm die Hand auf die Schulter und sagt mit einer Weichheit in der Stimme, die man von ihm gar nicht gewohnt ist: »Armer Anton! Sie tun mir Leid – werden schwer zu beißen haben an dieser Nuss.«

»Ich habe mich schon abgefunden, Graf.«

»So ist es recht, Anton. Nur den Kopf nicht hängen lassen! Nach Jahr und Tag lachen Sie vielleicht über die Jugendliebschaft.«

Da schüttelt Anton nur stumm den Kopf, als wollte er sagen: Das sitzt tiefer.

Hochzeit auf dem Brandl-Hof

Die bevorstehende Hochzeit der Monika Brandl gibt den Sintsbachern Stoff genug zu Ratsch und Tratsch. Manche missgönnen dem Brandl-Bauern das Glück und hätten es lieber gesehen, wenn es zur Versteigerung gekommen wäre.

Jetzt aber ist es so vereinbart: Klaus Brandl soll als Bauer auf dem Hof bleiben, solange er lebt. Monika aber wird ihrem Mann in die Stadt folgen. Nur im Sommer wird sie auf einige Monate herauskommen. Zu diesem Zweck will der junge Kerber am Buchenwäldchen eine Villa bauen.

Über die Hochzeit selbst wird lange verhandelt. Monikas Wunsch ist es, in aller Stille getraut zu werden. Auch der Bräutigam ist dieser Meinung. Nicht aber die Brautmutter.

Seit der glücklichen Wendung der Dinge zeigt sich Betty Brandl wieder ganz in ihrem Element. Sie besteht darauf, dass es eine Hochzeit in Sintsbach geben soll, wie das ganze Tal noch nie eine erlebt hat. Da sollen hier alle einmal die Augen aufreißen und vor Neid platzen. Eine Aussteuer soll Monika bekommen, reicher und stattlicher als alle Sintsbacher Bräute in den letzten zehn Jahren zusammen! Auch von dem seit vielen Generationen gepflegten Brauch, dass eine Braut aus dem Brandl-Hof in festlicher Tracht vor den Altar tritt, will – unter stiller Missbilligung des Brautvaters – die Brautmutter nichts wissen. Sie meint, das wäre ja ein lächerliches Bild: der Bräutigam im weltmännischen Smoking, die Braut im dörflichen Dirndl. Nichts da! Die Monika muss in Weiß gehen, in einem Traum aus weißer Seide, dass den Dorftratschen die Luft wegbleibt. – Wegen der Kosten? Der Kerber zahlt alles!

So schwebt Betty Brandl in eitler Wonne und nennt Monika nur noch ›Herzi‹ hin und ›Herzchen‹ her.

Klaus Brandl aber spricht nicht viel. Manchmal, wenn er sich freuen will, entdeckt er in den Augen seines Kindes eine stumme, verzweifelte Trauer. Dann krampft sich ihm das Herz zusammen, und meist geht er dann still davon.

Die Näherin Nina Spindler ist mit ihren zwei Lehrmädchen schon seit Tagen auf dem Brandl-Hof damit beschäftigt, der Aussteuer den letzten Schliff zu geben. Da die drei nicht nur viel nähen, sondern noch mehr reden, weiß sofort das ganze Dorf, welch großartige Aussteuer Monika Brandl bekommt.

Monika selbst nimmt an alldem keinen Anteil. Mit dumpfer Gleichgültigkeit geht sie ihrer Wege, zum größten Verdruss der Mutter.

»Ein Gesicht machst du wie sieben Tage Regenwetter! Man möchte meinen, du gingst mit dem Hungerleider, dem Anton, vor den Altar, statt mit dem reichen Kerber. Weißt du denn immer noch nicht, was für ein Glück du machst?«

»Alles kannst du von mir verlangen, Mutter, nur nicht, dass ich mit lachendem Gesicht in diese Ehe gehe.«

Und so kommt ihr Hochzeitstag heran.

Monika ist in ihrem Zimmer und lässt sich den Schleier in das prachtvolle Haar stecken. Da erzählt die Näherin, dass die Jutta vom Schloss jetzt anscheinend mit ihrem Vater ausgesöhnt sei und regelmäßig in die Jagdhütte komme. Auch mit Anton scheine sie sich recht gut zu verstehen, fügt die Näherin mit einem Seitenblick in Monikas Gesicht hinzu.

Monika gibt keinen Laut von sich. Ihre Hände umklammern das kleine, goldene Kreuz, das Anton ihr einst geschenkt hat. Sie hat es am heutigen Tag nicht tragen wollen. Aber nun legt sie es doch um den Hals und tritt ans Fenster.

»Anton«, flüstert sie leise, und sein gebräuntes Gesicht steigt vor ihr auf. Ihr ist zumute, als müsste sie sich dieses weiße, glitzernde Zeug vom Leib reißen und zu ihm in die Jagdhütte eilen. Aber er will ja nichts mehr von ihr wissen.

Die Kirchenglocken läuten.

Noch wäre es Zeit, denkt sie, von allem zurückzutreten, wenn sich auch unten in Haus und Hof die Hochzeitsgäste sammeln. Und immer mehr kommen. Die Blaskapelle ist schon vollzählig angetreten. Ihre Instrumente blinken in der Morgensonne. Jetzt kommt der Brandl im schwarzen Maßanzug aus dem Haus und begrüßt die Gäste.

Mit bitterem Lächeln denkt Monika daran, dass gerade diese Verwandten, die sich jetzt mit liebenswürdigstem Lächeln um den Vater drängen, ihn vor wenigen Wochen abgewiesen hatten. Der Vater hat graue Haare darüber bekommen, und Monika stellt sich vor, welch namenloses Leid sie ihm bereiten würde, wenn sie jetzt vor ihn hintreten und sagen würde: ›Ich kann Rudolf Kerber nicht heiraten, Vater, weil ich Anton Zaggler nicht vergessen kann!‹

Und da wäre es auch schon zu spät gewesen. Im gleichen Augenblick nämlich fährt der elegante Zwölfzylinderwagen vor und hält neben dem Gartenzaun. Schon öffnet der livrierte Chauffeur mit angedeuteter Verbeugung die Türen. Rudolf Kerber und sein Vater steigen aus und gehen ins Haus.

Monika hätte aufschreien mögen vor Schmerz. Aber sie beherrscht sich, denn die Näherin ist noch im Zimmer, und am Abend wüsste es das ganze Dorf.

Es klopft, die Mutter steckt den Kopf herein und fragt: »Bist du fertig, Herzi?«

Monika richtet sich auf und geht hinunter. Mit aller Willenskraft zwingt sie ein Lächeln in ihr Gesicht, als Rudolf auf sie zukommt und ihr die Hände entgegenstreckt.

»Wie schön du bist!«, lobt er in ehrlicher Bewunderung und blickt ihr in die Augen.

Die Mutter antwortet für Monika: »Du kannst dich auch in der besten Gesellschaft sehen lassen mit ihr.«

»Gehen wir!«, drängt Klaus Brandl unwillig. »Es ist Zeit.«

Und so tritt das Brautpaar Arm in Arm in die Haustür. Die Musik schmettert einen Hochzeitsmarsch und geleitet den Zug erst zum Rathaus und dann zur Kirche.

Ich werde ihm treu sein, aber lieben kann ich ihn nicht, korrigiert Monika ihre Gedanken, während sie vorne am Altar neben Rudolf kniet.

Leise wie einen Hauch, kaum hörbar, spricht sie ihr »Ja«, das sie an Rudolf Kerber bindet. Und sie hält ihre Hand duldsam hin und lässt sich den goldenen Ehering sowie einen sündhaft teueren Diamantring an den Finger stecken.

Nach der Kirche geht es in den Postbräu zum großen Hochzeitsfest. Die Tische scheinen sich zu biegen unter der Last der Speisen, die aufgetragen werden. Und am nächsten Tag wird der Postwirt seiner Wirtin berichten, dass noch bei keiner Hochzeit so viel Champagner, Wein und Bier getrunken worden sei wie diesmal.

Der Schampus hat es vielleicht auch zuwege gebracht, dass Monika im Lauf des Nachmittags ein wenig munterer wird. Auch der Brandl kommt in Stimmung. Aber da sieht er das kleine, goldene Kreuz an Monikas Hals. Ihre Blicke begegnen sich, und er senkt den Kopf. Nun weiß er bestimmt, dass sich sein Kind für ihn geopfert hat.

Auf einmal betritt auch Jutta Komtess Bruggstein den Festsaal. Sie geht auf den Honoratiorentisch zu, wo das Brautpaar sitzt, und drückt Monika die Hand.

»Ich wünsche dir alles Glück der Welt, Monika«, sagt sie mit seltsam nachzitternder Stimme und legt ein kostbares Armband auf den Tisch. »Trag es als Andenken an deine Freundin aus Kindertagen.«

Es ist ein sonderbarer Blick, mit dem Jutta die Braut geradezu umfasst. Monika wird nicht klug aus diesen vorwurfsvollen Augen. Ist es möglich, dass diese Augen lügen?, denkt Monika einen Herzschlag lang. Kann ein so herzlicher Glückwunsch aus einem falschen Herzen kommen? Oder hat vielleicht gar sie selber den beiden, Jutta und Anton, schweres Unrecht getan?

Monika kennt sich nicht mehr aus und ist fest entschlossen, dem Rätsel auf den Grund zu gehen. Klarheit und Wahrheit müssen sein, ehe sie in ihr neues Leben eintritt.

Als Jutta sich jetzt verabschiedet, begleitet die Braut sie hinaus.

»Sag, Jutta, warum hast du mich so vorwurfsvoll angeschaut?«

Jutta legt die Hände an Monikas Schultern und sagt leise: »Als ich dich neben deinem Mann sitzen sah, musste ich an Anton Zaggler denken. Ich habe ehrlich Mitleid mit Anton.«

Da weicht Monika erschrocken zurück. Wie kann Jutta ihr gegenüber den Namen Anton überhaupt noch in den Mund nehmen, sie, die in ihr doch weggenommen hat? Und warum Mitleid mit Anton?

Sie fragt tonlos: »Noch eine Frage, Jutta, bevor wir auseinander gehen: Was ist zwischen dir und Anton? Du brauchst mir nichts mehr zu verschweigen heute. Denn seit ich euch beide beieinander sitzen sah an jenem Abend oben am Waldrand und, ohne dass ich es wollte, dein Liebesgeständnis hörte, weiß ich, dass du ihn ins Herz geschlossen hast.«

Nun ist es heraus! Jutta steht einen Augenblick überrascht und betroffen da.

Dann färbt eine leise Röte ihre Wangen, als sie langsam erwidert: »Heute kann ich es dir ja sagen, Monika: Ich habe Anton einmal geliebt. Aber er wusste nichts von meiner Liebe, weil du damals schon sein ganzes Hoffen und Denken ausfülltest. Und weil ich fühlte, dass meine Liebe sinnlos ist und Anton dir gehört, verließ ich mein Zuhause. Anton sollte nicht irrewerden in seiner Liebe. Ich selber habe meine Gefühle überwunden, und jenes Beisammensitzen, das du gesehen hast, war der Abschied von meiner Jugendliebe. Erst jetzt erfuhr Anton, wie es einmal um mich stand.«

Jutta zögert einen Augenblick, weil sie sieht, wie jedes ihrer Worte das Herz der anderen martert. Dann fährt sie in herzlichem Ton fort: »Und jetzt geht doch jeder von euch beiden seinen eigenen Weg, und mein schweres Opfer war umsonst. Ich sehe es an deinen Augen, Monika, du bist nicht glücklich. Aber eines bist du: tapfer und mutig. Ich wünsche dir, dass du dein schweres Opfer nicht umsonst gebracht hast. Wenn du einmal Hilfe brauchst, dann komm zu mir! Mein Haus steht dir immer offen. Und nun leb wohl, Monika!«

Noch ein letzter Händedruck, dann ist die Braut allein. Aufgewühlt bis ins Innerste, geht sie langsam in den Saal zurück. Ja, dem Anton hat sie vieles abzubitten. Aber was wäre aus dem Vater geworden, wenn sie ihre Jugendliebe nicht rechtzeitig begraben hätte? Und was nützt jetzt alle Reue: Es gibt für sie kein Zurück mehr ...

Anton Zaggler sitzt unweit der Jagdhütte an einem Platz, von dem aus man durch eine Lichtung das Dorf sieht. Monikas Hochzeitsglocken! Er glaubt sie wieder und wieder zu hören. Eine brennende Unruhe wühlt in ihm.

Als er von der Frühpirsch zurückkam, trug der Westwind die Glockentöne herauf in seine Einsamkeit. Später drang dann auch der Hochzeitslärm an sein Ohr: die abgerissenen Töne der Tanzmusik, das »Drei Maaal Hoooch!« der Gäste ... – es war kaum auszuhalten.

Immer sieht er Monika vor sich. Er sieht sie als Braut im weißen Kleid an der Seite des anderen. So geht das den ganzen Tag bis zum Abend.

Plötzlich springt er auf und will wegrennen. Da gellt ein Pfiff hinter ihm her. Graf Bruggstein steht vor der Luisenhütte.

»Kommen S' zu mir her, Anton!«

Gehorsam macht der Jäger kehrt. Als er nun vor seinem Jagdherrn steht, legt ihm dieser beide Hände auf die Schultern und rüttelt ihn.

»Was fällt denn Ihnen ein? Wollen Sie vielleicht hinunterlaufen ins Dorf?«

»Einmal will ich sie noch sehen, Graf.«

»Ich kann es Ihnen nicht verbieten. Aber ich rate Ihnen dringend: Nehmen Sie Vernunft an, Anton! Sie sind aufgeregt, haben heißes Blut. Da braucht nur jemand etwas Falsches zu sagen, vielleicht der Bräutigam oder die Braut selber, und das Unglück ist geschehen. Sie dürfen nicht glauben, dass ich nicht weiß, wie Ihnen ums Herz ist. Aber solch ein Schicksalsschlag erfordert einen ganzen Mann. Und das sind Sie doch, Anton? Also, legen Sie sich schlafen jetzt! Morgen schaut die Welt wieder ganz anders aus.«

An Schlaf ist freilich in dieser Nacht nicht zu denken. Ruhelos wälzt sich Anton von einer Seite auf die andere und sieht quälende Bilder vor sich.

Da öffnet sich die Tür vom Nebenzimmer, und Graf Bruggstein steckt den weißen Kopf heraus.

»Immer noch wach, Anton? Sie können nicht schlafen, stimmt's? Warten Sie, ich leiste Ihnen Gesellschaft!«

Gleich darauf kommt Graf Bruggstein mit einer Flasche Enzian, zwei Gläsern und Spielkarten durch die Tür. Er setzt sich zu dem Jäger und schenkt ein.

»Man soll zwar gegen Kummer keinen Schnaps trinken«, sagt er, »aber vielleicht geht die Nacht dann schneller herum.«

Und so karten und trinken sie fast die ganze Nacht hindurch. Als der junge Jäger mit dem gebrochenen Herzen wohl nicht mehr ganz nüchtern ist, steht er plötzlich auf und tritt mit erhobenem Schnapsglas ans Fenster.

»Prost, Monika!«, sagt er lachend.

Graf Bruggstein zieht ihn zurück, legt die Karten beiseite und beginnt mit einer sonderbar dunklen Stimme zu erzählen. Kein Licht brauchen die beiden mehr. Nur der Mond erleuchtet die kleine Stube.

Aus seinem Leben erzählt der Graf seinem Jäger, von seinen schweren Stunden. Sein mondbeschienenes Gesicht sieht sonderbar aus dabei, hart, wie aus Stein gemeißelt.

Und so vergeht die Nacht, und der Morgen schickt sein junges Licht über die Bergspitzen in die Jägerstube herein.

Nach Jahr und Tag

Ein Jahr ist inzwischen vergangen. Am Rand des Buchenwäldchens steht eine vor kurzem fertig gestellte, weiße Villa, um die Anton Zaggler einen großen Bogen macht, wenn er vom Berg herunterkommt. Er will unter keinen Umständen jener Dame aus der Stadt begegnen, die seit zwei Wochen mit ihrem Gatten in Sintsbach weilt: Monika.

Er hat nie und niemanden nach ihr gefragt. Und doch kommt es ihm zuweilen zu Ohren, dass es ihr gut gehen soll. Und glücklich soll sie auch sein, sagt man. Der Jäger glaubt nicht recht daran. Aber immerhin, es mag sein. Er ist es auf seine Art ja auch.

Sein Beruf nimmt ihn sehr in Anspruch, er hat vom frühen Morgen bis in den späten Abend immer viel zu tun. Und das ist gut so. Arbeit und Gesundheit sind doch die höchsten Glücksgüter.

Nur eines lastet auf ihm: die Sorge um seinen Jagdherrn. Es ist nun doch so weit gekommen, dass Graf Bruggstein auf keinen Berg mehr steigen kann. Einmal hat er es in diesem Frühjahr, als er gerade vom Bodensee zurückgekommen war, zwar noch versucht. Aber schon an der ersten Alm hat er umkehren müssen. Das Herz hat gestreikt.

Der Facharzt in der Stadt hat ihm daraufhin erklärt, dass es plötzlich mit ihm zu Ende sein könne, wenn er sich nicht schone.

Unter diesen Umständen wäre es auch zwecklos, wenn Graf Bruggstein die Gemeindejagd weiterhin pachten würde. Man spricht davon, dass er sich des milden Klimas wegen ganz auf sein Gut am Bodensee zurückziehen wolle.

Es ist an einem Samstag, als Anton, vom Berg kommend, den Schlosshof betritt. Bei den zwei Fontänen spielt Jutta mit einer Schar Kinder.

»Ist dein Herr Vater im Schloss?«, fragt er. Da hängen auch schon zwei der Kleinsten an ihm.

»Siehst du, Anton«, lacht Jutta, »die kennen dich bereits an der Stimme.«

Anton lacht und bückt sich zu den Kleinen nieder. Er meint, sie müssten ihn doch sehen, und kann es gar nicht fassen, dass diese blanken Kinderaugen nicht wissen, wie die Welt aussieht.

Jutta schaut lächelnd zu, wie Anton mit seinen derben Händen den Kindern durch die seidenweichen Locken streicht.

Dann sagt sie: »Vater ist oben in seinem Arbeitszimmer. Aber du kannst jetzt nicht zu ihm, weil Herr Kerber bei ihm ist.«

Anton richtet sich auf. »Der junge? Dem möchte ich natürlich nicht begegnen.«

»Nein, der alte. Sie verhandeln wegen der Jagd. Herr Kerber möchte sie nämlich übernehmen.«

»Das kann ja was Schönes werden! Der versteht von der Jagd nicht mehr als ein Ochse vom Radfahren.«

»Aus dir spricht immer noch der alte Groll gegen die Kerbers«, tadelt Jutta. »Du musst vergessen können, Anton! Was einmal geschehen ist, lässt sich nicht mehr aus der Welt schaffen.«

Da öffnet sich oben ein Fenster, und Graf Bruggstein ruft herunter: »Anton, kommen Sie bitte mal zu mir!«

Als Anton das Zimmer betritt, will er wie üblich seinen Bericht aus dem Revier erstatten.

Aber der Graf unterbricht ihn und sagt: »Das können Sie mir später sagen. Jetzt handelt es sich um eine wichtigere Sache.« Zu Kerber gewandt, fährt er fort: »Das ist Anton Zaggler ...«

»Oh, wir kennen uns bereits vom Sehen!«, unterbricht Walther Kerber und schüttelt Anton die Hand.

»Also, Anton, es handelt sich um die Jagd, und da sind Sie so nötig wie das Tüpferl auf dem ›i‹. Sie wissen, dass ich auf keinen Berg mehr steigen kann. Mithin hat die Jagd hier für mich auch keinen Wert mehr. Herr Kerber will sie pachten, und Sie sollen sein bester Jäger und Forstmann werden, wie Sie auch der meine gewesen sind.«

Anton gibt keine Antwort und starrt schweigend vor sich hin.

»Sie haben mein vollstes Vertrauen«, versichert Kerber. »Es soll alles so bleiben, wie es war. Ich wäre Ihnen sehr verbunden, wenn Sie bleiben wollten. Sie sind mit allem vertraut und eingearbeitet. Also, darf ich mit Ihnen rechnen?«

Anton blickt auf Graf Bruggstein, als wollte er sich bei ihm Rat holen. Dessen Gesicht aber ist verschlossen und gleichgültig.

»Na, fällt Ihnen denn der Entschluss gar so schwer?«, drängt Kerber.

Anton hebt den Kopf, blickt Walther Kerber eine Weile unschlüssig an und sagt: »Lassen Sie mir bitte drei Tage Zeit zum Überlegen!«

»Schön. Ich komme also in drei Tagen zu Ihnen in die Jagdhütte hinauf.« Kerber steht auf und klopft Anton gönnerhaft auf die Schulter. »Wir werden uns schon einig werden.«

Graf Bruggstein begleitet den Gast unter freundlichen Abschiedsworten zur Tür. Dann kommt er zurück und stellt sich vor Anton hin.

»Das war ganz gut, dass Sie sich drei Tage Bedenkzeit ausbedungen haben. – So, jetzt sind wir unter uns und können reden, wie uns der Schnabel gewachsen ist! Der Alte da mit seinem dicken Bauch wird zwar ein Jäger sein zum Gotterbarmen. Aber er ist kein unrechter Mensch. Ich habe ihm klar gemacht, dass ich die Jagd nur hergebe, wenn er mein Personal mit übernimmt. Aber gerade bei Ihnen, Anton, lege ich größten Wert darauf, dass Sie sich selber entscheiden. Ich weiß ja, dass Sie nicht gut zu sprechen sind auf die Kerbers.«

»Dienst ist Dienst, Graf Bruggstein! Da spielen persönliche Vorlieben und Abneigungen keine Rolle.«

»Das ist richtig. Aber wenn Sie nicht für Kerber arbeiten wollen, habe ich volles Verständnis. Zu meinem Gut am Bodensee gehört übrigens auch eine kleine Jagd. Außerdem besitze ich da und dort Waldstücke, die regelmäßig kontrolliert und gepflegt werden müssen. Freilich, so gerne ich Sie bei mir hätte, so gerne weiß ich Sie auch hier. Denn die hiesige Jagd ist mir so ans Herz gewachsen, dass ich sie in guten Händen wissen möchte. Ich würde mich freuen, wenn Sie mir von Zeit zu Zeit berichten würden, wie es ausschaut im Revier. Ich schlage vor, dass Sie es einfach mal probieren mit Herrn Kerber. Wenn es Ihnen dann wirklich bei dem neuen Jagdherrn nicht passen sollte, brauchen Sie sich bloß bei mir zu melden. Für Sie, Anton, bin ich immer da.«

»Ja, freut mich …, vergelt's Gott, Graf«, stammelt Anton ergriffen.

»Ist schon gut! Ich selber übersiedle auf mein Gut Steinhagen und kümmere mich persönlich um die Geschäfte dort; auch meiner Brauerei will ich mich wieder selbst mehr annehmen. Denn untätig auf Schloss Wandeck sitzen und nicht jagen dürfen, das brächte ich nicht übers Herz. Und außerdem: Wandeck ist nicht mehr das, was es einmal war. Jetzt sollen noch vier Betreuerinnen kommen und ein fest angestellter Arzt. Da käme ich mir vor wie im Sanatorium. Also reise ich im nächsten Monat ab. Aber heute bin ich noch der Jagdherr. Darum will ich Ihnen auch eine Freude machen. Die drei schönsten Böcke im Bezirk dürfen Sie schießen. Das Fleisch können Sie meinetwegen verkaufen. Die Geweihe aber bringen Sie mir. Die will ich mir aufheben als Andenken an Sie.«

Als Anton wieder draußen in der Sonne steht, kommt ihm die plötzliche Wendung der Dinge erst voll zu Bewusstsein. Da soll er nun der Jäger dieses Herrn Kerber werden. Das Schicksal will es dann sicher auch, dass er mit dem jungen Kerber einmal auf die Pirsch gehen muss.

Anton Zaggler ist unschlüssig, was er tun soll. Und er geht zu Jutta, die immer noch mit den Kindern im Hof ist, nimmt eines der Kleinen auf den Schoß und setzt sich auf den Rand des Springbrunnens.

»Jutta, jetzt muss ich dich einmal um Rat fragen. Ich habe die Wahl: entweder hier bleiben als Jäger des Herrn Kerber oder mit deinem Vater an den Bodensee gehen. Was soll ich tun?«

Nach kurzem Nachdenken sagt Jutta sehr bestimmt: »Hier bleiben musst du, Anton! Du musst deine Berge haben und dein Revier. Deine Natur verlangt das, denke ich. Dort unten am Bodensee ist für dich alles neu und fremd, und du würdest vergehen vor Heimweh, wie ich dich kenne. Und dann hast du ja auch deine alte Mutter hier. Hast du denn daran noch nicht gedacht, dass ihr das Herz brechen würde, wenn du fortgingst?«

»Nein«, gesteht er, »daran habe ich noch gar nicht gedacht. Mir ist bloß der Gedanke unerträglich, dass ich der Befehlsempfänger eines Herrn Kerber sein soll.«

»Du darfst das nicht so eng sehen, Anton! Oben am Berg bist du doch dein eigener Herr. Jedenfalls denkt Herr Kerber ganz anders über dich als du über ihn, sonst würde er sich nicht so um dich bemühen. Sicher hat er keine Ahnung davon, wie du einmal zu Monika gestanden hast.«

»Der alte Kerber vielleicht nicht, aber der junge wird es wohl wissen.«

»Ich glaube kaum. Und wenn er es weiß, was ist dann? Da musst du tun, als hättest du es längst vergessen.«

»Du willst mich nur trösten, Jutta, denn sonst würdest du mir doch nicht vorschlagen, dass ich mich selber belügen soll. Aber reden wir nicht mehr davon! Gut, ich bleibe hier.«

»Lass mich reiten, Anton!«, bettelt die Kleine auf seinem Knie.

»Hoppe, hoppe, Reiter …«, singt er. Und dann steht er auf, wirft die Kleine ein wenig in die Luft und fängt sie wieder auf.

Jetzt drängen sich auch die anderen an ihn heran. »Mich auch, Anton, mich auch!«

Und so nimmt er eines nach dem anderen auf die Knie und in die Arme.

Jutta schaut ihm lächelnd zu und meint: »Du verhätschelst mir die Kleinen so, dass sie bei mir gar nicht mehr bleiben wollen. Warte nur! Eines Tages komme ich mit dem ganzen Kindergarten bei dir auf der Jagdhütte angerückt.«

»Die muss man ja gern haben, die Racker da!«, antwortet er lachend. Mitten im Lachen bricht er ab, und sein Gesicht wird zu Stein.

Monika kommt soeben um die Biegung des Parkwegs. Als sie Anton erblickt, geht es wie ein Schlag durch ihren Körper. Ihre Augen suchen hilflos nach einem Ausweg. Aber es ist bereits zu spät.

Ein ganzes Jahr lang hat sich Anton ausgemalt, wie das sein müsste, wenn ihm plötzlich Monika in den Weg käme. Oft hat er sich die Worte vorgesagt, die er dabei sprechen wollte. Und nun ist es, als wäre ihm die Kehle zugeschnürt. Er hat noch immer eines der Kinder im Arm und starrt auf Monika, die jetzt herankommt und Jutta die Hand reicht.

Es ist noch immer dieselbe Stimme, denkt er verzweifelt und freudig zugleich, und er trinkt die Worte, die sie zu Jutta spricht, in sich hinein wie die Erde einen warmen Frühlingsregen.

Jetzt wendet sie ihm ihr Gesicht zu. Sie versucht ein Lächeln, das ihr nicht recht gelingen will. »Grüß Gott ...«, sagt sie leise und macht eine Bewegung, als möchte sie ihm die Hand reichen. Auf halbem Weg aber lässt sie den Arm wieder sinken.

Anton merkt, wie ihm das Blut in die Stirn springt. Nicht einmal die Hand will sie mir geben!, denkt er wütend. Und meinen Namen weiß sie auch nicht mehr! Gut, dann habe ich den ihren auch vergessen!

Er stellt die Kleine auf den Boden, strafft seinen Körper und sagt in hartem, schonungslosem Ton: »Grüß Gott, Frau Kerber!«

Wieder gleitet dieses versuchte Lächeln über ihr Gesicht. Ihr Blick ruht sekundenlang in dem seinen.

Sie ist nicht glücklich!, fährt es ihm durch den Sinn. Und dann nimmt er sein Gewehr und geht fort.

Die zwei Frauen blicken ihm nach, wie er aufrecht und straff durch den Park geht und dann das Gittertürchen hinter sich zuwirft, ohne sich noch einmal umzublicken.

»Anton«, sagt Monika leise und deckt erschrocken die Hand auf den Mund.

»Du musst dich nicht schämen vor mir«, sagt Jutta warmherzig und lächelt der Jugendfreundin aufmunternd zu. »Du hast lange auf dich warten lassen, Monika. Ich konnte annehmen, dass du glücklich bist und dass es dir gut geht. Man hört es ja auch allgemein.«

Monika macht eine matte Handbewegung durch die Luft. »Was wissen die Leute! Meine Mutter wird es eben überall herumtragen, wie glücklich es ihre Tochter getroffen hat.«

»Ich habe nicht daran geglaubt, Monika.«

Jutta klatscht in die Hände. »So, Kinder, für heute ist Schluss!« Sie übergibt die Kleinen einer Kinderschwester und geht mit Monika in das Wohnzimmer im Erdgeschoss.

»Nun erzähl mir einmal, Monika. Ist es schwer?«

»Manchmal meine ich, ich müsste davonlaufen.«

»So schwer ist es?«

»Die ersten Wochen war alles gut«, erzählt Monika. »Aber dann hat er mir auf einmal die Sache mit Anton vorgeworfen: ›Wärst du doch bei deinem Hinterwäldler geblieben!‹ Er sagt, ich hätte nicht ihn geheiratet, sondern sein Geld. Und gegen die Wahrheit gibt's kein Auflehnen. Es ist so, wie er sagt. Aber es hätte anders werden können. Ich habe den festen Willen gehabt, ihm eine gute Frau zu sein. Und wenn er zu mir auch gut gewesen wäre, dann hätte ich Anton schließlich vergessen können.«

Jutta überlegt lange, welchen Trost sie geben könnte. Endlich glaubt sie, die richtigen Worte gefunden zu haben.

»Wir sind nicht dazu geboren, ständig zu leiden und zu dulden. Ich weiß, es ist schwer. Aber du kannst daran auch wachsen. Wie klein muss doch dein Mann in seinem Charakter sein, wenn er dich mit Vergangenem quält. Lass es dir einfach eine Zeit lang nicht anmerken, wie sehr er dein Inneres trifft. Vielleicht ändert das sein Verhalten.«

Monika nickt.

»Anton wird übrigens jetzt der Jäger deines Schwiegervaters«, lenkt Jutta das Gespräch in andere Bahnen.

»Anton hat sich Bedenkzeit ausbedungen, hat mir mein Schwiegervater erzählt.«

»Er ist sich aber inzwischen schon schlüssig geworden und nimmt an.«

»Wirklich?«, fragt Monika. »Ich habe mir gedacht, er würde ablehnen.«

Es dunkelt schon, als Monika, von Jutta bis zur Straße hinausbegleitet, den Heimweg antritt.

Als Anton heute auf dem Weg zum Abendschoppen im Postbräu ist, begegnet ihm Bert Steinmüller. Seine Strafe, von der man ihm nicht einen einzigen Tag erlassen hat, ist vor wenigen Tagen abgelaufen.

Anton blickt ihm ruhig ins Gesicht. Er hat sogar einen Gruß auf der Zunge. Aber das Wort stirbt ihm im Mund, als er Berts hasserfüllte Augen sieht. Auch recht!, denkt der Jäger und geht an dem anderen vorbei.

Als er die Gaststube betritt, winkt ihm der alte Kerber sofort freundlich zu, der mit seinem Sohn in der hintersten Ecke an einem besonders schön gedeckten Tisch sitzt. Dorthin lenkt Anton seinen Schritt.

Da hält ihn der Wirt am Ärmel zurück und flüstert ihm zu: »Der Bert war heute den ganzen Nachmittag da. Nimm dich in Acht vor ihm, Anton! Er hat gesagt: Die fünfzehn Monate zahlt er dir heim.«

»Sprüchemachen war schon immer seine starke Seite. Meinetwegen soll er nur kommen. Ich bin schon da.«

Dann tritt er an den Tisch der Herren Kerber. Rudolf lächelt verbindlich, als sein Vater ihm den Jäger vorstellt.

»Sehr erfreut!«, sagt er. »Im Übrigen kennen wir uns ja vom Hörensagen«, setzt er hinzu und zieht die Unterlippe in seiner gewohnten Weise etwas herunter.

»Immer noch nicht schlüssig?«, fragt Walther Kerber und winkt der Kellnerin, dass sie noch eine Flasche Wein und ein drittes Glas bringen solle.

»Doch, Herr Kerber, ich habe mir's bereits überlegt. Ich nehme die Stelle bei Ihnen an.«

»Na ja, ich habe fest mit Ihnen gerechnet. Sie sollen es auch nicht bereuen, und ich hoffe, dass Sie mit mir auch so zufrieden sein werden, wie Sie es mit Ihrem bisherigen Jagdherrn sind.«

»Da darf man dir gratulieren, Vater!«, wirft der junge Kerber ein. »Dieser Zaggler ist ein tüchtiger Jäger. Das hört man allgemein.«

»Mir ist nicht umsonst so viel daran gelegen, ihn für mich zu gewinnen.« Er hebt sein Glas. »Also, zum Wohlsein, Herr Zaggler! Oder darf ich auch ›Anton‹ sagen?«

»Graf Bruggstein hat mich immer so genannt, und es soll auch in dieser Hinsicht nichts geändert werden.«

»Sehen Sie, wir verstehen uns ja schon ganz gut! Ich komme in den nächsten Tagen einmal in die Jagdhütte. Vielleicht können sich die anderen Jäger auch dort einfinden. Ich möchte mir die Leute einmal ansehen. Sie verbürgen sich doch für sie?«

»Jawohl, Herr Kerber. Für Markus Hornberger und für Josef Weindl lege ich die Hand ins Feuer. Die sind zuverlässig bis auf die Knochen. Und wenn Sie sich als guter Jagdherr erweisen, dann gehen die beiden für Sie durch dick und dünn.«

»An mir soll es nicht fehlen«, beteuert Walther Kerber und hebt von neuem sein Glas.

Sie leeren noch eine weitere Flasche, bis sie sich kurz vor Mitternacht trennen.

Auf dem Heimweg meint Rudolf zu seinem Vater. »Er redet ein bisschen frei heraus, dieser Zaggler.«

»Wieso? Mir hat das gefallen. So habe ich es gerne, wenn einer frisch von der Leber weg redet und dabei weiß, was er sagt. Eine wahre Freude, wenn man den jungen Mann bloß anschaut: ein offenes Gesicht und eine Gestalt, wie geschmiedet. Da bist du ein Jammerlappen dagegen.«

Rudolf zieht es vor, darauf keine Antwort zu geben. Er sagt nur: »Es freut mich für dich, wenn du zufrieden mit ihm bist.«

»Da bin ich unbesorgt! Nun ist's an dir, dass du im Unternehmen deinen Mann stehst. Ich selber möchte jetzt endlich einmal für längere Zeit ausspannen und werde auf meiner Jagd bleiben, bis der erste Schnee fällt.«

Dringende Geschäfte rufen Rudolf schon am nächsten Tag nach München. Er besteht darauf, dass Monika mit ihm fährt.

Ehe ohne Liebe

In einem noblen, von viel Grün umgebenen Vorort steht das Wohnhaus der Familie Kerber. Ein schön gepflegter Garten umschließt die Villa. Dahinter, kaum hundert Schritte entfernt, beginnt der Wald. Besonders schön ist es hier im Sommer. Vogelgezwitscher und gute Luft in Hülle und Fülle.

Monika ist tagsüber mit dem Hausmädchen und einer alten Köchin allein. Das Verwaltungsgebäude des Unternehmens befindet sich im Stadtzentrum. Selten einmal kommt Rudolf zu Mittag nach Hause, manchmal auch am Abend, meist aber erst spät in der Nacht. Immer wieder ist er auch auf Reisen.

Es ist ein schwüler Nachmittag Ende August. Monika sitzt mit einer Näharbeit, die sie sich zum Zeitvertreib gesucht hat, im großen Erker der Wohnhalle und lässt sinnierend die Hände im Schoß ruhen.

Vierzehn Monate ist sie nun verheiratet. Ihr kommt es aber vor, als seien es ebenso viele Jahre. So lang wird die Zeit in einer Ehe ohne Liebe. Längst hat sie eingesehen, dass sie damals zwar unter Zwang, aber dennoch voreilig gehandelt hat. Und seit sie Anton wieder gesehen hat, weiß sie, dass er sie nie vergessen wird. Sie kennt ja jeden noch so flüchtigen Zug in seinem Gesicht und hat ihm durch seine klaren Augen auf den Seelengrund geschaut.

Seit sie diese Gewissheit in sich trägt, ist eine große Ruhe über sie gekommen. Es schmerzt sie kaum mehr, zu wissen, dass ihr Mann nicht nur aus geschäftlichen Gründen so wenig zu Hause ist. Längst hat sie es aufgegeben, ihrem Mann wegen seines Lebenswandels Vorwürfe zu machen. Sie trägt still ihr Leid und fügt sich in das, was ihr unabänderlich erscheint.

Zu Monikas Überraschung kommt Rudolf an diesem Abend frühzeitig nach Hause. Er ist freundlich und von besonderer Aufmerksamkeit gegenüber Monika. Sie wappnet sich innerlich, denn sie weiß, dass sich dahinter irgendeine Bosheit verbirgt.

Das Essen verläuft, ohne dass etwas vorfällt. Aber dann, als Rudolf die Serviette zusammenfaltet, zeigt er jenes Lächeln, das sie so hasst an ihm.

Sich zurücklehnend, greift er nach der Zigarettenschachtel, die auf dem Beistelltisch liegt, zündet sich umständlich eine Zigarette an und sagt: »Heute habe ich eine Nachricht für dich, die dich sicher sehr freuen wird. Übrigens herzliche Grüße vom Vater!«

»Hat er angerufen?«, fragt Monika möglichst ruhig. Aber ihre Hände zittern ein wenig, als sie die Teller aufeinander stellt.

»Er schreibt neuerdings lieber, als er telefoniert. Heute kam ein Brief von ihm. Der alte Herr fühlt sich sehr wohl bei seiner Gamsjägerei. Nächste Woche soll große Treibjagd sein. Dazu hat er uns beide eingeladen.«

»Was heißt: uns? Ich gehe doch nicht auf die Jagd.«

»Doch, doch, mein Mädchen, das wirst du tun. Du hast eine gute Kondition, fährst Ski und treibst noch anderen Sport. Und außerdem: Der alte Herr will es so!« Rudolf zieht einen Brief aus seiner Sakkotasche und liest ein paar Sätze vor. »... besonders freue ich mich auf Monika. Sie soll sich einen schicken Jagdanzug kaufen, denn sie soll mit mir auf den Hochstand. Das wird ihr sicherlich Freude machen, denke ich ...« Rudolf faltet den Brief zusammen. »Du wirst dem Vater schon den Wunsch erfüllen müssen.«

»Wenn er es durchaus will, dann meinetwegen!«

»Sehr erfreut scheinst du allerdings nicht darüber zu sein«, sagt Rudolf spitz.

»Wenn ich ehrlich sein will, dann muss ich schon sagen, dass ich lieber zu Hause bliebe.«

Rudolf lächelt boshaft. »Wie du dich nur verstellen kannst! Meinst du, ich weiß nicht, wie es dich drängt, diesen Anton Zaggler wieder zu sehen?«

Ein Zucken fliegt über die Stirn der jungen Frau. Sie hat eine heftige Entgegnung auf der Zunge. Aber sie presst die Lippen zusammen und wendet sich zum Fenster.

»Dein Schweigen gibt mir die Antwort auf meine Frage«, sagt Rudolf, hinter sie herantretend.

Sie dreht sich rasch um und schaut ihn mit großen, kühlen Augen an. »Früher hast du mich gequält mit deinen Anträgen, und heute quälst du mich mit deinen Bosheiten. Was mit Anton gewesen ist, war vorbei, als ich deine Frau geworden bin.«

»Warum hast du dann immer noch sein Bild im Wäscheschrank versteckt? Und dieses Kreuz da, an deinem Hals, ist auch von ihm. Trag es nur, trag es meinetwegen! Du bist meine Frau geworden, aber dein Herz ist bei dem anderen geblieben. Es ist möglich, sogar sehr wahrscheinlich, dass ich mich nicht genug bemüht habe, dich wirklich zu gewinnen.«

Rudolf verschränkt die Hände hinter dem Rücken und geht im Zimmer auf und ab. »Wir sind uns gleichgültig geworden, Monika. Wir haben nichts gemeinsam. Jeder lebt für sich, mit seinen eigenen Gedanken, mit seinen eigenen Wünschen. Wir hätten nicht heiraten dürfen. Doch damals habe ich dich geliebt. Es lebt sich aber auch so ganz schön ...«

Er blickt auf die goldene Fliegeruhr an seinem Handgelenk. »... Donnerwetter! So spät schon? Ich muss ja noch mit Geschäftspartnern in den Klub! Entschuldige, Monika, und lass dir die Zeit nicht lang werden!«

Einen Schlager pfeifend, eilt er aus dem Zimmer. Gleich darauf hört man den teuren Wagen davonzischen.

Monika atmet schwer. Sie weiß, dass das mit den Geschäftspartnern wieder einmal eine Lüge war. Langsam geht sie durch alle Räume des Hauses. Stilvoll und kostbar ist hier alles, aber tot und fremd. Zu keinem Gegenstand findet sie ein inneres Verhältnis.

»Ich habe mich verraten und verkauft«, redet sie mit sich selbst. »Ich habe mich selber verhökert: aus Feigheit, aus Trotz gegen Anton, aus Angst vor dem Verlust des Brandl-Hofes. Ich hab's getan – und muss mein Los tragen ...«

Panik erfasst sie, weil sie kein Ziel und kein Ende sieht. Jahre, Jahrzehnte, ein Leben lang soll das noch dauern? Wo doch ein Tag schon so unerträglich lang ist!

Es gibt kein Zurück mehr in die Zeit, die voll war von Glück und Zuversicht. Kraft, Glauben und vor allem Vertrauen hätte sie damals haben sollen, dann hätte sie niemals den Fuß über die Schwelle dieses Hauses zu setzen brauchen.

Ein verhängnisvoller Schuss

Der Tag der großen Treibjagd ist da. Im Biergarten vom Postbräu sammeln sich die Jäger und Treiber. Man muss nur noch auf Rudolf und Monika warten. Nicht lange, dann hört man auch schon das Säuseln des großen Motors und das wuchtige Abrollgeräusch der breiten Reifen. Der schwere, blitzblanke Wagen hält vor den Jägern.

Rudolf eilt sofort auf seinen Vater zu. »Guten Morgen, Papa! Du siehst glänzend aus. Natürlich, die Jagd, die gesunde Luft … – ah, der Zaggler! Guten Morgen, mein lieber Zaggler!«

Rudolf geht mit ausgestreckter Hand auf Anton zu. »Wie geht's, wie steht's?«

»Danke, ganz gut«, antwortet Anton kurz und öffnet den Hemdkragen, als wäre er ihm zu eng. Sein Blick schweift hinüber zu Monika, die soeben den alten Kerber begrüßt. Die Jagdgäste, die am Abend vorher schon gekommen waren, schütteln der jungen Frau die Hand.

Die Stimme Walther Kerbers gebietet Ruhe: »Also, meine Damen und Herren! Sie werden von Hornberger und Weindl beim Grenzgraben erwartet und auf die Plätze gewiesen. Du, Rudolf, gehst mit Monika zum Rückwechsel vom Schwarzen Joch. Ich nehme den Hauptwechsel, und Sie, Anton, gehen zum Wechsel unter der Heindlschlucht. Punkt zehn Uhr gehen die Treiber los. Hauptsache, dass wir die Stände noch vor der ärgsten Hitze erreichen! Weidmannsheil!«

»Weidmannsdank!« Die Jagdgesellschaft setzt sich in Bewegung.

Keiner bemerkt das bärtige Gesicht von Bert Steinmüller, der aus der Dachluke des Stadels den Davoneilenden nachschaut.

»Also, in die Heindlschlucht muss der Anton«, murmelt er vor sich hin. Er wartet noch eine Weile, zwängt sich an gestapelten Tischen, Stühlen, Sonnenschirmen, Maßkrügen und alten Fässern vorbei und verlässt dann durch ein Hintertürchen, durch das er sich nachts eingeschlichen hat, den Stadel des Postbräus. Bald verschwindet er mit langen Schritten im Wald.

Die Schar der Treiber verteilt sich schon beim ersten Latschenfeld in verschiedene Richtungen. Am Grenzgraben warten Hornberger und Weindl und nehmen ihre Schützlinge in Empfang. Anton ist immer ein Stück voraus. Monika hat sich den übrigen Damen und Herren der Jagdgesellschaft angeschlossen, und Rudolf geht mit seinem Vater.

Der alte Herr meint ermunternd: »Nun, ich hoffe, dass du auch als Jäger heute deinen Mann stehst!«

»Da habe ich allerdings Bedenken, Papa.«

»Ich habe dir den besten Wildwechsel überlassen.«

»Allerdings. Aber was mich betrifft, so bringe ich für die ganze Jägerei wenig Verständnis und noch weniger Kenntnisse mit. Dadurch kommt auch Monika um alle Jagdfreuden.«

»Meiner Seel, du hast Recht, Junge! Ich werde Monika zu mir nehmen.«

»Da kommt sie erst recht nicht zu Schuss. Denn was dir vor die Flinte gerät, das schießt du selber.«

Walther Kerber lacht. »Nun sag selber, wo sollen wir denn hin mit der Monika?«

»Ich hätte schon einen Vorschlag, Papa«, lächelt Rudolf.

»Na, raus damit!«

»Monika soll mit Zaggler zum Rückwechsel vom Schwarzen Joch gehen, und ich nehme dafür Zagglers Platz in der Heindlschlucht ein. Zaggler könnte ihr genaue Anweisung geben, wie sie zu schießen hat, und so weiter. Ich verstehe nichts davon, und wahrscheinlich kämen wir am Abend mit schlechter Laune und leeren Händen in die Jagdhütte. Dadurch wären für Monika die Freude und der Tag verdorben. Und du wolltest ihr doch eine Freude machen.«

»Ganz richtig! Gut, dass du mich daran erinnerst.« Dann ruft er: »Anton!«

Der Jäger bleibt stehen und wartet.

»Wir machen es anders«, sagt Walther Kerber. »Sie gehen mit meiner Schwiegertochter zum Schwarzen Joch und Rudolf dafür in die Heindlschlucht.«

Anton zuckt bei diesen Worten zusammen. »Warum die Änderung?«, fragt er kurz.

»Der junge Mann da versteht nichts von der Jagd«, antwortet Kerber, auf seinen Sohn deutend. »Und ich will haben, dass Monika auch zu Schuss kommt. Deswegen habe ich sie ja eingeladen. Ihre Führung ist mir die beste Gewähr für einen Erfolg.«

Unterdessen ist auch Monika herangekommen. Als sie von der Umstellung hört, wirft sie einen raschen Blick in das Gesicht ihres Mannes. Der schaut wie zufällig den Hang hinauf, als nähme er von allem keine Notiz. Sie ahnt sofort: Das ist eine Falle! Ein fester Trotz erwacht in ihr.

»Gut, dann gehe ich also mit dem Anton«, sagt sie und schlägt die Richtung zum Schwarzen Joch ein.

Anton folgt ihr in kurzem Abstand, während Walther Kerber seinem Sohn den Weg zur Heindlschlucht zeigt.

»Du kannst es gar nicht verfehlen«, erklärt er ihm. »Du gehst schnurgerade auf die alte Kiefer zu, die da oben steht. Ein paar hundert Schritte weiter ist der Ansitz, du siehst ihn dann gleich. Schieß mir ja keine Geiß zusammen! Gerade du wirst doch unterscheiden können, was Männlein und Weiblein ist. Also los, und Weidmannsheil!«

»Weidmannsdank, Papa!« Rudolf schaut seinem Vater eine Weile nach, dann nimmt er die angegebene Richtung. Hinter einem Steinbuckel bleibt er stehen, holt das Fernglas aus dem Futteral und richtet es auf das Schwarze Joch. Er sieht seine Frau und Anton Zaggler soeben in einer Mulde verschwinden.

Ein boshaftes Lächeln huscht über seine Züge. Im ersten Moment denkt er daran, den beiden nachzuschleichen und sie zu belauschen. Gleich darauf verwirft er den Gedanken wieder, zündet sich eine Zigarette an und schlendert gemütlich der Kiefer zu. Nach dem Ansitz braucht er tatsächlich nicht lange zu suchen. Das Plätzchen ist ihm gerade recht. Ein paar Fichtenäste schützen ihn vor der intensiven Bergsonne.

Rudolf macht es sich recht behaglich, lädt das Gewehr, legt es neben sich und denkt: Kommt was, ist es gut, kommt nichts, ist es auch nicht schlimm.

Die Arme um die aufgezogenen Knie geschlungen, sitzt er ganz still da, blickt zu den Wolken hinauf und malt sich in Gedanken Antons Verlegenheit aus, wenn er zum ersten Mal wieder mit Monika zusammen ist, die jetzt sozusagen seine Brötchengeberin geworden ist.

Wie's aussieht, muss er wohl so lange hier bleiben, bis die Treibjagden beendet sind. Und da will er dafür sorgen, dass Monika mit dem Jäger oft beisammen ist. Er ist sich eigentlich nicht ganz klar, warum er das will. Er empfindet einfach Freude daran, sie zu reizen und zu quälen.

Währenddessen steigen Anton und Monika zum Schwarzen Joch hinauf. Kein Wort ist noch gewechselt worden zwischen den beiden.

Den Jägerhut in den Nacken geschoben, eine tiefe Falte zwischen den Brauen, geht Anton mit langsamen Schritten voraus. Auf einmal bleibt er stehen und dreht sich zu Monika um.

»Weiß er etwas?«, fragt er kurz.

»Was, meinst du, ob er weiß?« Ihre Stimme klingt ganz matt.

»Ich meine: Ob er weiß, was zwischen dir und mir einmal war?« Drohend fragt er das.

Monika überlegt einen Moment. »Nein!«, lügt sie dann. »Er weiß von nichts.«

Der Jäger lacht gepresst vor sich hin und geht weiter. Monika hinter ihm her. Ihr ist zum Weinen, und auf einmal kommt ihr der Entschluss, umzukehren.

Im selben Augenblick sagt Anton: »Dort drüben sind wir einmal Ski gefahren, weißt du es noch?«

»An dem Weihnachten war's, als du mir das Kreuzchen geschenkt hast«, antwortet Monika und blickt ihn offen an.

»Du hast nichts vergessen, scheint mir.«

»Nein, gar nichts.«

Und dann reden sie nichts mehr, bis sie an den ihnen zugewiesenen Platz kommen. Dort breitet Anton seine Jacke auf den Boden und bedeutet Monika, dass sie sich draufsetzen soll. Er selber kauert sich neben ihr an einen Stein.

»Gib dein Gewehr her, dann lade ich es dir!«

Als sie ihm das Gewehr reicht, berühren sich flüchtig ihre Hände. Wie ein Schlag geht es durch beide, und sie mögen wohl beide dasselbe denken: Es ist nicht gut, dass wir so allein sind.

Sein Gesicht ist dunkelrot gefärbt, als er sich über den Lauf der Waffe beugt und die Munition einschiebt. Monika schaut ihm zu, und sie merkt, wie seine Hände leise zittern. Er legt das Gewehr wieder neben sie und macht das seine schussbereit.

Und so sitzen sie ganz still und vermeiden ängstlich, einander anzublicken.

Vor ihren Augen steigen riesenhaft die kühlen, kahlen Wände auf. Kleine Steine rieseln zuweilen wie Bäche die Spalten herab.

»Hast du ihn gern?«, fragt der Jäger plötzlich rau und hart in die Stille hinein.

Monika schrickt zusammen. Dann schüttelt sie den Kopf und schaut einem Zitronenfalter zu, der sich auf einem Almrosenbüschchen vor ihren Füßen wiegt.

Vom Hauptstand her hallt der erste Schuss, und das Rufen und Lärmen der Treiber unterbricht jäh die Stille.

»Du hast ihn also nicht gern«, fährt der Jäger unbarmherzig fort, als das Echo des Schusses verhallt ist. »Das geschieht dir recht.«

»Nicht hart sein zu mir, Anton!« Ihre Stimme ist lind und warm, wie Sommerwind.

»Du warst viel härter zu mir«, antwortet er. Dann macht er eine abwehrende Geste mit der Hand. »Reden wir nichts mehr! Es führt zu nichts.«

Aber nun ist es Monika, die weiterspricht. Sie erzählt ihm, wie sie an jenem Abend das Zusammensein von ihm und Jutta unfreiwillig belauscht habe. Sie schildert ihm alles so eindringlich, als sei es gestern erst gewesen. Betrogen habe sie sich gefühlt und verraten. Und als sie den Glauben an ihn wiedergefunden habe, da sei es zu spät gewesen, denn im Brautkleid, wenn die Hochzeitsglocken schon läuten, könne man ohne Schande nicht mehr gut umkehren.

Das Gesicht des Jägers ist hart wie Granit, als sie ihm das alles erzählt. Aus jedem Wort hört er heraus, wie sie ihn immer noch liebt. Und er liebt sie auch noch. Er hat noch nie aufgehört, sie zu lieben. Und sie sitzen nebeneinander, so nah, dass jeder den Herzschlag des anderen spürt.

Nur eine Handbreit Moos und ein kleiner, grauer Stein sind zwischen ihnen. Er könnte leicht die Hand nach ihr strecken, könnte ihr zärtlich und sanft über das Haar streichen wie in früheren Tagen im Buchenwäldchen. Aber er darf nicht, denn die, die da mit klopfendem Herzen neben ihm sitzt, ist nicht mehr die Monika vom Buchenwäldchen, sondern die Schwiegertochter seines Arbeitgebers.

Wie zur Mahnung fällt im selben Augenblick von der Heindlschlucht herüber ein Schuss. ›Der Herr Gemahl pulvert auch schon!‹, will Anton sagen.

Aber er verbeißt es sich gerade noch und sagt: »Schau Monika, was du an jenem Abend zufällig gehört und gesehen hast, das war Juttas und mein Abschied von der Jugendzeit. Niemals war etwas zwischen Jutta und mir, was du nicht hättest wissen dürfen. Und auch von diesem besagten Beisammensein hätte ich dir schon am nächsten Tag erzählen wollen. Aber du hast mich gar nicht recht zu Wort kommen lassen. Und als ich dann am Sonntag wieder ins Dorf gekommen bin, da hat man deine baldige Hochzeit von der Kanzel verkündet.«

Die Treiber nähern sich dem Ende des Latschenfeldes, und Anton nimmt das Gewehr auf.

»Wenn was kommt, dann halt gut hin!«, raunt er Monika zu. »Im Notfall gebe ich einen Fangschuss.«

Aber es kommt nichts, und die Treiber schwenken wieder links ab und machen einen Bogen zum Hauptstand hin. Es wird wieder still um die beiden.

»Ich habe dich angelogen, vorhin«, sagt Monika zögernd.

»Womit angelogen?«

»Er weiß nämlich alles – ich meine, wie es früher mit uns zwei gestanden ist.«

Antons Gesicht verdunkelt sich. »Dann meint er es nicht ehrlich, wenn er uns zwei allein lässt.«

»Sonst hat er keinen Grund, mich herauszufordern und zu quälen, jetzt sucht er halt einen. Ich habe seine Absicht gleich erkannt.«

Anton ballt die Fäuste. »Das muss er mir büßen! Bei dem Geschäft mache ich nicht mit.«

»Ich bin doch so froh, dass ich wieder einmal bei dir sein kann. Jetzt ertrage ich alles leichter, weil ich weiß, dass du mir nicht mehr böse bist.«

»Es ist aber nicht gut, Monika, wenn wir so allein sind. Ich habe dich doch gern, und du mich auch. Und jung sind wir noch, Monika, so jung und leidenschaftlich ...«

»Wir müssen stark sein, Anton!«, mahnt sie.

»Was denkst du, Monika, wie mir zumute ist? Ich meine, ich muss dich geradezu in meine Arme nehmen und darf dich nie mehr fortlassen von mir.«

»Das wäre jetzt nicht nur eine Dummheit – glaube ich –, sondern auch eine Sünde vor Gott!«, sagt sie noch eindringlicher.

»Warum führt er uns in Versuchung?«

Da beugt sie sich zu ihm hinüber und umfasst seine Hand. »Wir wollen einander nicht mehr sein, als wir sein dürfen, Anton. Es hat eben nicht sein sollen, dass wir zusammenkommen. Dagegen gibt's kein Auflehnen. Wir wollen gute Freunde sein, Anton! Magst du?«

Anton lacht rau vor sich hin. Dumpf poltert irgendwo Steinschlag.

»Dass aus Freundschaft Liebe wird, davon habe ich schon gehört. Aber dass aus Liebe Freundschaft werden soll, das will mir nicht eingehen. Jedenfalls ...«, er macht seine Hand mit energischem Ruck aus der ihren los, »jedenfalls gehe ich morgen nicht mehr mit dir allein. Lieber melde ich mich krank.«

Monika gibt keine Antwort. Sie blickt nur traurig vor sich hin auf die Almrauschbüsche, die sich leicht im Wind bewegen. Da nähern sich die Treiber vom zweiten Mal.

Anton reckt sich ein wenig und flüstert Monika zu: »Pass auf, ich glaube, jetzt kommt was!«

Im selben Augenblick sehen sie auch schon den flüchtigen Rehbock zwischen den Latschen auftauchen. Monika hebt die Waffe.

Doch plötzlich lässt sie die Hände sinken und sagt: »Ich mag nicht! Das ist nichts für mich.«

Sie wirft das Gewehr wie angeekelt von sich, schlägt die Hände vors Gesicht und beginnt bitter zu weinen. Anton starrt mit zusammengebissenen Zähnen auf ihre zuckenden Schultern. Dann reißt er alle Kraft zusammen, steht auf und geht ein Stück von ihr weg.

Eine halbe Stunde später ertönt das Zeichen zum Abbruch des Treibens.

Bei der Luisenhütte trifft man zusammen. Und als Anton und Monika dort ankommen, erkundigt sich Kerber senior sogleich nach ihrem Jagdglück.

»Was ist bei euch gefallen?«

»Es ist kein Wild zu uns gekommen«, antwortet Monika errötend.

»Aber ein Bock lief doch direkt auf euch zu!« Kerber wirft einen Blick in Antons Gesicht. Dann lacht er. »Du wirst ihn halt verfehlt haben! Na, tröste dich, Schwiegertochter! Morgen klappt es vielleicht.«

»Morgen mag ich nicht mehr«, antwortet Monika und setzt sich wie an allen Gliedern gebrochen auf die Bank.

»Du wirst dir doch die Freude nicht gleich verderben lassen, wenn es einmal danebengeht!«, scherzt Kerber. »Aber wo ist denn Rudolf? Bei dem hat es in aller Frühe schon gekracht.«

Niemand kann darüber Auskunft geben. Anton mustert der Reihe nach das Wild, das zur Strecke gebracht wurde. Ein Prachthirsch ist darunter, und Kerber kommt mit strahlendem Gesicht zu Anton.

»Was sagen Sie zu dem Hirsch, Anton? Mitten im Sprung hat ihn meine Kugel umgelegt.«

»Ein schöner Schuss!«, antwortet Anton und bückt sich zu der Wunde nieder. »Ich gratuliere, Herr Kerber.«

Die Sonne ist schon hinter den Felsen verschwunden, und Rudolf ist immer noch nicht an der Luisenhütte eingetroffen.

»Weindl, schauen Sie doch einmal nach, wo er bleibt!«, beauftragt Kerber den Jäger. »Ich glaube, der ist tatsächlich eingeschlafen auf seinem Posten.«

Der Jäger macht sich auf den Weg. Und als er zwei Stunden später mit mauerbleichem Gesicht die Hütte wieder betritt, bringt er eine Schreckensbotschaft.

Rudolf ist erschossen worden!

Monika stößt einen gellenden Schrei aus und klammert sich an den alten Kerber. Anton starrt in das flackernde Herdfeuer und schüttelt ein über das andere Mal den Kopf.

»Die Treiber sollen … heimgehen«, sagt Walther Kerber gebrochen. »Für morgen und die nächsten Wochen ist ausgejagt.«

Er macht sich noch in derselben Stunde mit Monika auf den Weg ins Dorf.

Michaela sitzt in der Almhütte, hat die Hände zwischen die Knie geklemmt und blickt ratlos vor sich hin. Neben ihr lehnt Bert Steinmüller am Ofen und nagt an der Unterlippe. Es ist früher Morgen, und die Sonnenstrahlen spiegeln sich im Geschirr auf der Herdbank.

Mit einem tiefen Seufzer erhebt sich die Sennerin, bindet ihre Schürze fester und beginnt mechanisch vor sich hin zu arbeiten.

»Nein«, sagt sie, »wir zwei sind fertig miteinander! Wie hast dich denn so weit vergessen können?«

»Jetzt fängt sie schon wieder an!«, stößt Bert ärgerlich hervor. »Was geschehen ist, ist geschehen. Dein Jammern macht den Anton auch nicht mehr lebendig.«

»Du nimmst es schon wirklich leicht, Bert! Wenn's aufkommt, was ist dann?«

»Ach was, du Angsthase! Wer will mir denn was beweisen? Du musst, wenn's drauf ankommt, nur dabei bleiben, dass ich bei dir war. – Am gescheitesten wär's freilich gewesen, ich hätte dir gar nichts gesagt.«

»Mit einem Mörder will ich nichts zu tun haben.«

Bert klopft wütend mit dem Schürhaken in die aufgestapelten Holzscheite. »Ich habe ihm Rache geschworen, und ich habe weiter nichts getan, als meinen Schwur gehalten.«

»Vor Gott und Gesetz gilt er nicht, dein Schwur.«

»Das ist mir gleich! Kreuz, Teufel! Du machst mich grantig mit deinem ewigen Gewinsel. Denk lieber an dich! Wenn er mich nicht hinter Schloss und Riegel gebracht hätte, dann wären wir zwei heute schon glücklich verheiratet und auf eigenen Füßen. Also, sei gescheit, Michaela!«

Er geht zu ihr hin und schlingt seinen Arm um ihre Hüfte. »Jetzt wird aber Ernst gemacht! Morgen fange ich als Waldarbeiter an. Und im Herbst wird geheiratet. Jetzt kommt's nicht mehr anders in Frage. Das Alleinleben wird mir selber schon bald zuwider.«

Michaela weint herzerweichend in die Schürze.

Bert glaubt, sie beruhigen zu müssen. »Sei doch nicht kindisch! Wie leicht hätte es sein können, dass ich unter der Erde liege!«

»Dann wär's wenigstens ein ehrlicher Wilderertod gewesen. Aber du hast den Anton von hinten erschossen. Bert, ich kann nichts dafür: Wenn ich dich so betrachte, dann möchte mich ein Grausen überkommen.«

»So ist's recht!«, trumpft er beleidigt auf. »Das ist also deine ganze Liebe? Da habe ich mich ja schön getäuscht in dir.«

Michaela schüttelt den Kopf. »Nein, du hast dich nicht getäuscht in mir! Aber dass ich mit dir noch jemals glücklich werden kann, glaube ich heute nicht mehr. Da steht Anton Zaggler zwischen uns.«

Michaela nimmt den gereinigten Milcheimer und trägt ihn zum Trocknen vor die Hütte hinaus in die Sonne, während Bert nachdenklich seinen Schnurrbart streicht.

Ein Schrei vor der Hütte lässt ihn herumfahren und zum Fenster treten. Nur einen kurzen Blick wirft er hinaus, dann prallt er entsetzt zurück. Draußen auf dem Weg geht Anton Zaggler. Hinter ihm tragen ein paar Männer eine Bahre, auf der ein lebloser Körper liegt.

Es ist nicht der Tote, der dem Bert das Blut erstarren lässt, sondern der Lebendige: Anton Zaggler! Das kann nicht mehr mit rechten Dingen zugehen! Ganz deutlich hat er doch am vergangenen Morgen, im Stadel des Postwirts versteckt, mit anhören können, dass Anton Zaggler allein den Posten in der Heindlschlucht einnehmen sollte.

Er war gerannt wie noch nie in seinem Leben, um noch rechtzeitig in die Nähe des Ansitzes zu kommen. Aber bis er unter Moos und Steinen sein Gewehr ausgegraben hatte und endlich über eine Felswand in die Nähe der Heindlschlucht gekommen war, befand sich der verhasste Jäger schon an Ort und Stelle. Halb verdeckt von Fichtenästen, hat er von seiner erhöhten Position aus die am Boden sitzende Gestalt aufs Korn genommen. Getroffen hat er zweifellos, denn der erstickte Aufschrei drang bis zu ihm herauf. Und dann war es still. Auf Schleichwegen ist er dann in Michaelas Hütte geflüchtet und hat sich den ganzen Tag versteckt gehalten, ohne Reue oder Gewissensbisse zu empfinden …

Und nun geht dieser Anton Zaggler unversehrt und gesund vor der Leiche eines anderen her!

Michaela erscheint in der Hüttentür. Ihr Gesicht hat keine Farbe mehr. Sie muss sich mit den Händen an der Mauer stützen, und ihre Stimme hat jeden Klang verloren.

»Bert, was hast du getan?«

»Wer ist es denn?«, fragt er gespannt, und man merkt, dass er sich absolut nicht so sicher fühlt, wie er sich den Anschein geben will.

»Der junge Kerber! Der Mann der Monika vom Brandl-Hof.«

»Der?« Berts Gesicht erhellt sich. »Gut geht alles, Michaela! Kein Mensch wird gegen mich einen Verdacht haben. Nur gescheit sein, mein Mädchen! Und von nichts was wissen, wenn's drauf ankommt! Verstehst du?«

Aber Michaela hört ihm schon lange nicht mehr zu. Sie lehnt an der Holzwand und schluchzt zum Gotterbarmen.

Heimweh

Graf Bruggstein fühlt sich einsam auf Gut Steinhagen am Bodensee. Obwohl er sich wieder persönlich um die Geschäfte des Guts kümmert, ist er unausgefüllt. Er will es sich einfach nicht eingestehen, dass sein Herz krank sein soll. Und auf einmal kommt ihm der Gedanke, dass der Arzt, der ihn damals in München untersuchte, sich auch geirrt haben könnte. Zumindest hat er übertrieben!, denkt Graf Bruggstein. Also hört er sich um, und man empfiehlt ihm einen Professor in Genf, zu dem er alsbald mit dem Zug reist.

Der Professor spricht Deutsch und ist ein hoch qualifizierter, höflicher Mann. Mit der Untersuchung nimmt er es sehr genau. Seine Diagnose klingt viel gefälliger und schonender als die seines Münchner Kollegen.

Aber immerhin sagt er schließlich: »Da ist nicht viel zu machen, Monsieur. Sie müssen sich partout schonen!«

»Und auf einen Berg soll ich nicht mehr steigen, Professor?«, fragt Graf Bruggstein.

»Warum nicht? Auf einen kleinen Hügel, mit mäßigem Temperament …«

»Ach was, kleiner Hügel!«, unterbricht Graf Bruggstein gereizt. »Auf Berge will ich steigen, auf richtige Berge, so wie früher, wie vor zwei Jahren noch, bevor dieser verdammte Stier …«

Der Arzt zuckt die Schultern. »Ich bedauere formidabel, Ihnen sagen zu müssen, dass Sie sich solche Scherze mit Ihrem Herzen nicht erlauben sollten. Derartige Anstrengung würde wahrscheinlich Ihren raschen Tod zur Folge haben, während Sie bei einem geregelten Leben, wenn Sie vorsichtig …«

»Danke! Nun weiß ich genug!« Graf Bruggstein greift nach seinen Sachen.

Jetzt gibt's jedenfalls keinen Zweifel mehr! Graf Bruggstein lebt also still und bescheiden weiter, wie ihm geheißen. Aber immerhin, er lebt! Er kann das Gewehr nehmen und in den Wald gehen. Es hat für ihn etwas Begütigendes und Tröstendes, den kühlen Lauf eines Jagdgewehrs in den Händen zu spüren. Er kann das Gewehr an die Wange nehmen und ein Wild damit zur Strecke bringen. Am Abend geht er dann heim, und er ist gar nicht müde. Der Schlaf will lange nicht kommen. Dafür kann er bis tief in die Nacht im Büro über Geschäftspapieren brüten. Und wenn er damit fertig ist, kann er in der Stille des nahenden Morgens an das denken, was einmal war: an einen Sohn, der Hoffnung machte und doch schon in der Erde ruht, an eine stille, liebe Frau, die so früh von ihm gegangen ist, an eine Tochter, die eine Menge blinder Kinder um sich geschart hat – an einen Sohn, der sich losgesagt hat von seinem Vater ...

Nein, an den will er nicht denken! Mag der jenseits des großen Wassers tun und lassen, was ihm beliebt. Ihm ist es gleichgültig ...

Gleichgültig? – Hier nehmen Graf Bruggsteins Gedanken auf seinem Spaziergang in Genf plötzlich eine andere Richtung. Ist dieser Sohn nicht auch sein Kind, das er einmal liebte? Und hat er als Vater richtig gehandelt, als er ihn von sich gestoßen hat?

»Schreiben hätte er mir doch einmal können!«, spricht der Graf laut vor sich hin und erschrickt über seine Worte, denn es sind Menschen um ihn, die er erst jetzt wahrnimmt.

›Auf einen kleinen Hügel, mit mäßigem Temperament ...‹, erinnert er sich an die Stimme des Arztes und schüttelt den Kopf. Die Hände hinter dem Rücken verschränkt, spaziert er langsam durch die Parkanlage.

Da kommt er an eine Bank. Dort sitzt eine Frau, sehr jung und sehr schön. Als sie den weißhaarigen Herrn vor sich stehen sieht, steht sie auf und will gehen.

»Ich will Sie nicht vertreiben«, sagt Graf Bruggstein, eigentlich darauf gefasst, nicht verstanden zu werden.

»Sie vertreiben mich nicht«, antwortet die Fremde in akzentfreiem Hochdeutsch. »Für mich ist es Zeit, zu gehen.«

»Ah, Sie sind aus Deutschland?«

»Ja. Sie auch?«

Graf Bruggstein nickt. »Wenn Sie in die Innenstadt müssen, haben wir denselben Weg. Ich würde mich Ihnen gerne anschließen, wenn Sie gestatten. Allerdings, bei mir geht es etwas langsamer. Ich bin nämlich krank.«

»Sie und krank?« Die Fremde lacht. »Sie sehen doch aus wie das blühende Leben!«

»Oh, der Professor, bei dem ich gerade war, ist anderer Meinung. Sehen Sie, dieser kleine Hügel hier macht mir schon zu schaffen. Das Herz will nicht mehr recht.«

Er blickt dabei die Fremde etwas näher an: ein schönes Gesicht, ruhig und ernst. Man hätte sie für ein junges Mädchen halten können, wenn der schmale Goldring an ihrem Finger nicht gewesen wäre.

Sie sind auf der kleinen Anhöhe vielleicht hundert Schritte gegangen, dann bleibt sie stehen und blickt in die Stadt.

»Wie schön das hier ist!«, sagt sie schwärmerisch. »Man könnte sich wohl fühlen an diesem Fleck, wenn das Heimweh nicht wäre. Der Heimat gleicht eben doch nichts!«

Graf Bruggstein nickt und geht versonnen neben der hübschen Unbekannten her. Dass die junge Frau so von der Heimat spricht, berührt ihn wohl tuend. Überhaupt gefällt ihm diese Frau mit ihrer warmen, melodischen Stimme und dem ruhigen Blick, mit dem sie die Schönheit des sinkenden Herbsttages in sich aufnimmt.

»Sind Sie schon lange in Genf?«, fragt Graf Bruggstein nach einer Weile.

»Erst ein paar Tage. Wir sind auf einer Urlaubsreise. Morgen geht es wieder weiter. Sie bleiben noch länger hier?«

»Ich bin mir selber nicht ganz schlüssig, ob ich vielleicht noch ein paar Tage dranhänge. Aber gestatten Sie – Bruggstein ist mein Name. Graf Bruggstein.«

Die Dämmerung ist schon so fortgeschritten, dass der Graf nicht bemerkt, wie die Fremde beim Klang seines Namens zusammenzuckt. Er bemerkt auch nicht, dass ihre Stimme verändert klingt, als sie ihren Namen nennt.

»Lanner.«

»Lanner?«, spricht er nach. »Den Namen meine ich schon einmal gehört zu haben.« Er denkt angestrengt darüber nach, wann und wo. Aber es fällt ihm nicht mehr ein.

Sie verlassen die Parkanlage und betreten eine verkehrsreiche Straße.

»Wenn ich Sie vielleicht zum Abendessen einladen darf?«, bietet Graf Bruggstein an. »Es würde mich freuen, Ihren Gatten kennen zu lernen. Ich wohne im Grandhotel.«

»Wir sind eher einfache Leute, verehrter Graf, und verkehren normalerweise nicht in so noblen Etablissements«, erwidert sie zögernd und setzt dann mit einem seltsamen Lächeln hinzu: »Aber mein Mann würde sich bestimmt sehr freuen, Sie kennen zu lernen.«

»Also, darf ich heute um zwanzig Uhr im Restaurant des Grandhotels mit Ihrer Gesellschaft rechnen?«

»Ich werde meinen Mann sicher nicht überreden müssen.«

Im Foyer des Grandhotel-Restaurants steht Hilda Bruggstein, geborene Lanner, Ehefrau von Dr.-Ing. Herbert Bruggstein, bei ihrem Mann.

»Nicht böse sein, Herbert, dass ich die Einladung für uns angenommen habe, ohne mit dir darüber zu sprechen! Es hat seinen besonderen Grund.«

Der Ober nimmt die Mäntel ab, geleitet die beiden an einen Tisch und fragt, ob die Herrschaften zu Abend essen wollen.

»Wir warten noch auf jemand, Herrn …«, sagt Hilda und wendet sich ihrem Mann zu. »Ich habe den Namen vergessen! Na ja, er wird sich schon noch mal vorstellen. Ein Deutscher ist er – sehr gebildet, wie mir scheint –, der sich ganz einfach über nette Gesellschaft freut.«

»Das war unvernünftig, Hilda!«, meint Herbert ein wenig verdrießlich. »Wir können uns doch in diesem teuren Laden nicht einfach von irgendeinem Mann freihalten lassen, den du nur flüchtig kennst und ich gar nicht. Wie sieht er denn aus?«

»Ein älterer Herr, ein sehr netter Herr! Er wird dir sicher gefallen.«

Der ältere, sehr nette Herr betritt soeben das Restaurant und blickt sich suchend um. Herbert Bruggstein sitzt mit dem Rücken zur Tür, so dass er den Eintretenden nicht sieht, bis dieser vor ihm am Tisch steht.

Herbert springt auf. Vater und Sohn stehen sich gegenüber.

Peinliches Schweigen. Graf Bruggstein räuspert sich und wirft einen Blick auf Hilda.

»Ich denke, dass ich die Herren einander nicht vorzustellen brauche«, sagt sie lachend. »Bitte, so nehmen die Herren doch Platz! Man wird ja bereits aufmerksam auf uns.«

»Grüß dich Gott, Vater«, sagt Herbert, sich aufraffend, und streckt ihm die Hand hin, die der Alte zögernd und wortlos ergreift.

Dann setzen sie sich. Graf Bruggstein starrt auf das weiße Tischtuch, dann hebt er mit einem Ruck den Kopf und blickt Hilda an.

»Donnerwetter! Du hast mich ja schön überrumpelt. Als Lanner stellt sie sich vor! Und ich zerbreche mir den Kopf, wo ich den Namen schon mal gehört habe.«

»Hast du auch die Hand dabei im Spiel gehabt?«, wendet er sich dann an seinen Sohn.

»Nein, Vater. Du siehst, ich bin genauso überrascht wie du«, antwortet Herbert aufatmend.

Wenn der Vater sich äußerlich auch rau und borstig stellen mag, im Inneren ist er bereits ausgesöhnt.

Das ist am besten daran zu erkennen, dass er du zu ihr sagt: »Sag mal, junge Frau, hast du mich denn gleich erkannt? Wieso hast du mich hier erwartet?«

»Ich habe unter einem Vorwand auf Gut Steinhagen angerufen und herausbekommen, wann und wo der Termin bei dem Herzprofessor vereinbart ist. Na ja, und dann habe ich Herbert davon überzeugt, dass wir uns unbedingt Genf anschauen sollten, habe mich zur rechten Zeit auf die Parkbank gesetzt und abgewartet, wer da kommt. Die Ähnlichkeit mit einem Bild, das Herbert besitzt, ist mir gleich aufgefallen. Gewissheit aber bekam ich erst, als ich den Namen hörte. – Und nun habe ich nur einen Wunsch, dass Sie, Graf Bruggstein, nicht mehr böse auf mich sein mögen.«

»Dann bitte ich mir vor allem eine andere Anrede aus. Sag ihr, Herbert, wie sie mich nennen soll!«

Herbert nickt seiner Frau aufmunternd zu, dann streckt sie die Hand über den Tisch und streicht mit einer fast kindlichen Gebärde über die gebräunte Hand des Grafen.

»Vater«, sagt sie dabei leise. »Wie freue ich mich, dass ich dich so nennen darf!«

»Was bleibt mir anderes übrig«, lacht der Graf, »als dich als Tochter aufzunehmen? – Du hast mir ja gleich gefallen, du ...«, fügt er schmunzelnd hinzu.

Das Eis ist gebrochen, es gibt viel zu erzählen, und die jungen Leute beschließen zu vorgerückter Stunde, gleich im Hotel zu bleiben.

»Komm noch einen Augenblick zu mir herein, Herbert«, sagt Graf Bruggstein, als sie vor seiner Zimmertür stehen.

»Soll ich mitkommen?«, fragt Hilda.

»Nein, du leg dich schlafen«, sagt der Alte in väterlichem Ton. »Nur keine Angst, ich reiße ihm den Kopf schon nicht runter!«

Ein paar Mal geht Graf Bruggstein im Zimmer auf und ab. Es fällt ihm sichtlich schwer, die rechten Worte zu finden. Endlich rafft er sich auf.

»Es mag sein, Herbert, dass ich dir damals unrecht getan habe. Ich sehe es heute ein. Wir haben eine andere Zeit, die über gewisse Vorurteile hinweggegangen ist. Schwamm drüber! Und was deine Frau betrifft – na ja, warum soll ich's leugnen –, sie gefällt mir. Ich schlage vor, wir machen hier noch ein paar Tage Urlaub und feiern unsere Versöhnung. Und nächste Woche fahren wir zum Schloss Wandeck. Was meinst du, was Jutta für Augen machen wird, wenn sie uns zusammen sieht!«

»So gerne ich bei dir bleiben möchte«, antwortet Herbert, »es geht noch nicht, Vater! Ich muss noch mal nach Amerika und meinen Job zu Ende führen.«

»Wenn du so hart in der Arbeit steckst – selbstverständlich! Aber Hilda könnte bei mir bleiben, das würde mich sehr freuen. Ich will nicht mehr so einschichtig sein. Geh bitte zu ihr jetzt, und wenn sie noch nicht schläft, frag sie doch, ob sie bei mir bleiben will.«

Damit schiebt Graf Bruggstein seinen Sohn zur Tür hinaus. Als er allein ist, fährt er sich mit dem Handrücken über die Augen.

»Schäm dich, Bruggstein!«, sagt er. »Da stehst du weit in deinem siebten Jahrzehnt und willst heulen wie ein Schulbub.«

Am nächsten Tag begleiten Hilda und Graf Bruggstein Herbert mit dem Taxi zum Flughafen.

Als sie nach einem anschließenden Spaziergang ins Grandhotel zurückkommen, liegt da ein Telefax von Jutta.

Graf Bruggstein hält es in der Hand und lächelt, weil er meint, sie berichtet etwas Nettes von ihren Kindern. Doch kaum beginnt er zu lesen, verändert sich sein Gesicht. Was Jutta da schreibt, kann er einfach nicht fassen. Doch ihre Worte sind klar und eindeutig, so dass es keinen Zweifel gibt.

Und wieder liest er: »... bin ich fest davon überzeugt, dass Anton so unschuldig ist wie du und ich. Man hat ihn verhaftet und unter Mordanklage gestellt. Auch Monika ist in Untersuchungshaft, unter dem Verdacht der Anstiftung zum Mord ...«

Dazu zitiert Jutta eine Notiz aus der Regionalbeilage der Zeitung: »Zu dem mutmaßlichen Mord während einer Treibjagd bei Sintsbach teilt die Kripo mit, dass man gestern den Jagd- und Forstgehilfen Anton Zaggler als der Tat dringend verdächtig verhaftet hat. Die Ehefrau des ermordeten jungen Unternehmers Rudolf

Kerber ist wegen des Verdachts auf Anstiftung zum Mord ebenfalls verhaftet worden.«

Graf Bruggstein ist schon entschlossen. Wenn es um Anton geht, muss er zur Stelle sein. Hals über Kopf reist er mit dem nächsten Schnellzug nach München. Hilda will alsbald nachreisen.

Unter Anklage

Die Nacht vor dem Verhandlungstag. Anton geht in seiner Zelle auf und ab. Sieben Schritte hin, sieben zurück. Es ist nicht dunkel um ihn, denn der Mond wirft sein Licht durch das kleine, vergitterte Fenster. Nur in seinem Innern ist es dunkel. Was hilft es, dass sich alle für ihn einsetzen?

Graf Bruggstein war schon bei ihm, Jutta, und selbst der Brandl. Niemand glaubt an seine Schuld. Aber man wird ihn verurteilen aufgrund der Indizien. Und selbst wenn er freigesprochen wird aus Mangel an Beweisen, was ist das dann für ein Leben? Man wird es ihm zwar nicht ins Gesicht sagen: ›Du hast den Mann deiner Geliebten hinterrücks erschossen!‹ Nein, das wird niemand wagen, wenn das Gericht ihn nicht überführt. Aber hinter seinem Rücken werden sie so etwas tuscheln.

Die Mauern des Gefängnisses könnten von Wochen voll fürchterlicher Qual erzählen. Man wollte ihn in unzähligen Verhören mit aller Gewalt in Widersprüche verstricken.

Mittlerweile gibt er auf alles nur noch diese Antwort: »Ich war es nicht. Ich weiß von nichts.« Dasselbe sagt Monika.

Der Gedanke an Monika martert Anton noch mehr als seine eigene Lage. Man will ein Indiz für ihre Schuld darin erblicken, dass sie vor der Leiche ihres Mannes panisch aufgeschrien und einen Nervenzusammenbruch erlitten hat.

Auch Anton ist mit der Leiche konfrontiert gewesen. Frei von jeder Schuld, aber auch von jeder Zuneigung zum Toten, wie er war, hat er mit keiner Wimper gezuckt. Bei ihm hat man dies wiederum als Indiz für Kaltblütigkeit ausgelegt. Die Anklageschrift nennt ihn einen Menschen, der über nichts Reue empfinde, von dessen verblüffender Ruhe man sich ebenso wenig blenden lassen dürfe wie von dessen unschuldigem Gesicht.

Sein Verteidiger ist voll bester Hoffnung. Auch Anton glaubt an den Sieg der Gerechtigkeit. Ein bisschen hofft er freilich auch auf die Hilfe des lieben Gottes.

Der Gerichtssaal ist bis zum letzten Platz gefüllt. Zum größten Teil sind es Leute, die Anton und Monika kennen. Da fehlt kein Bauer aus Sintsbach und Umgebung.

Pünktlich um neun Uhr eröffnet der Vorsitzende die Verhandlung. Nach Verlesung der Anklageschrift wendet er sich an den Angeklagten.

»Anton Zaggler, wollen Sie eine Erklärung abgeben?«

Alle Augen im Saal hängen an Anton, der ruhig und beherrscht auf der Anklagebank sitzt. Unbewegt ist das bleiche Gesicht, keine Miene spiegelt wider, was in seinem Innern vorgeht. Auf die Worte des Vorsitzenden erhebt er sich.

»Ich kann nur sagen, dass ich unschuldig bin.«

Anton wirft jetzt einen Blick in den Zuschauerraum: lauter bekannte Gesichter. In der ersten Reihe sitzt auch Jutta.

»Es ist doch richtig, dass Sie intime Beziehungen zu der Ehefrau des Ermordeten unterhielten?«, reißt ihn die Stimme des Vorsitzenden aus seiner Betrachtung. Eine dunkle Blutwelle fliegt über sein Gesicht. Totenstille ist im Saal.

»Wenn die Verhandlung in diesem Sinne weitergeführt wird«, sagt der Verteidiger, »dann stelle ich den Antrag, das Gericht für befangen zu erklären.«

Der Vorsitzende winkt ab und fragt unverfänglich: »Sie waren also am Morgen jenes Tages mit der Angeklagten Monika Kerber allein am Schwarzen Joch?«

»Ja.«

»Es ist dem Gericht bekannt, dass die Ehe der Angeklagten nicht besonders glücklich war. Ferner ist bekannt, dass Sie früher mit Monika Kerber, geborene Brandl, ein Verhältnis hatten. Die Anklage geht nun von der Annahme aus, dass Sie im Einvernehmen mit der Angeklagten deren Ehemann aus dem Hinterhalt erschossen haben.«

Anton schüttelt den Kopf. »Ich bin von dem Platz, der mir für die Treibjagd angewiesen war, nicht weggegangen.«

»Wir haben einen Zeugen, der das Gegenteil bekundet«, sagt der Staatsanwalt.

Der Zeuge wird aufgerufen. Es ist einer der Treiber, die an der Jagd beteiligt waren.

»Ich ermahne Sie nachdrücklich«, sagt der Vorsitzende nach der Eidesformel, »nur die reine Wahrheit zu sagen. Sie wissen doch, welche Strafe auf wissentliche Falschaussage steht?«

»Ja, Herr Vorsitzender.«

»Was haben Sie auszusagen?«

»Es war nach dem zweiten Trieb, da bin ich ein wenig abseits von den anderen Treibern geraten. Ich hatte mich vorübergehend im Weg geirrt. Als ich in die richtige Position zurückgelaufen bin, habe ich zufällig einen Blick auf den Platz der beiden geworfen und Monika Kerber allein dort sitzen sehen.«

»Den Angeklagten haben Sie also bestimmt nicht gesehen?«

»Ich habe ihn nicht gesehen, Herr Vorsitzender.«

»Haben Sie sonst irgendetwas bemerkt?«

»Nein.«

»Angeklagter! Was haben Sie auf diese Aussage zu erwidern?«

»Ich war wohl einmal ein Stück von Frau Kerber weggegangen. Aber der Zeuge hätte mich sehen müssen.«

Der Verteidiger redet leise auf seinen Mandanten ein, aber Anton schüttelt den Kopf.

Es sind wohl nur wenige im Saal, die an eine Schuld Anton Zagglers glauben. Aber da nimmt die Verhandlung eine sensationelle Wendung.

Der Vorsitzende hebt ein Geschoss in die Höhe und sagt: »Ist dies das Kaliber, das Sie immer verwenden?«

Anton zuckt kaum merklich zusammen, dann nimmt er das Geschoss in die Hände, gibt es nach einer Weile zurück und sagt: »Ja, das ist das gleiche Kaliber.«

Der Staatsanwalt ergreift das Wort. »Sie sind, wie die Untersuchungen der Kriminalpolizei ergeben haben, der einzige Jäger in der dortigen Gegend, der diese Munition regelmäßig benutzt hat. Wer außer Ihnen könnte übrigens ein Interesse an einer Beseitigung des Ermordeten gehabt haben? Doch nur Sie allein! Sie haben ihn gehasst.«

»Das ist nicht wahr!«, schreit Anton entrüstet.

»Behaupten Sie doch gleich, Sie hätten ihn gar nicht gekannt!«

»Gekannt habe ich ihn. Aber ich habe ihn nicht gehasst. Er war mir gleichgültig.«

»Die Mitangeklagte wird Sie eben überredet haben. Bekennen Sie doch endlich einmal Farbe! Geständigkeit und Reue fallen beim Strafmaß sehr ins Gewicht. Sie können sich dadurch eine gewisse Milde des Gerichts sichern.«

»Ich will Gerechtigkeit, sonst nichts!«, antwortet Anton trotzig.

Die Zeugenvernehmung zieht sich hin. Als Nächster wird Markus Hornberger vernommen, dann folgen Josef Weindl, Graf Bruggstein und viele andere. Jeder kann aber nur Günstiges über den Angeklagten aussagen. Keiner hält ihn für fähig, einen Mord zu begehen. Nur Simon Lechner versucht ihn in ein schiefes Licht zu ziehen, was ihm aber nicht recht gelingt.

Kurz nach zwei Uhr Nachmittag wird die Verhandlung geschlossen. Am nächsten Tag soll über Monika verhandelt werden. Die Urteilsverkündung ist möglicherweise auch an diesem Tag zu erwarten.

Vor dem Gerichtsgebäude stehen nach Schluss der Verhandlung viele heftig gestikulierende und diskutierende Menschen.

Die meisten wollen über Nacht bleiben, um am nächsten Morgen wieder einen günstigen Platz im Saal zu erwischen. Nur wenige fahren heim. Darunter auch die beiden Jagd- und Forstgehilfen Hornberger und Weindl.

Die schwarze Michaela sagt aus

Noch selten in einem Jahr ist der Winter in den Bergen so lange ausgeblieben wie in diesem. Heuer geht es schon gegen Ende Oktober, und noch ist kein Schnee gefallen.

Die Tage sind von einer stillen, klaren Schönheit, und man kann es gar nicht glauben, dass über Nacht schon all dieser Herrlichkeit ein Ende gemacht sein kann.

Von den höher gelegenen Almen wird das Vieh heruntergetrieben, und auf den tiefer gelegenen rüstet man sich dazu. Da werden Bänder und Papierblumen und kleine Kränze von Almrauschbuschen gebunden, jede Sennerin setzt ihren Stolz daran, ihre Herde nicht nur gesund, sondern eben auch schön geschmückt heimzubringen.

Auch die schwarze Michaela rüstet zum Almabtrieb. Ganz allein sitzt sie in ihrer Hütte neben dem flackernden Herdfeuer, hat einen Berg von Almrosenbüschen in ihrem Schoß und windet Kranz um Kranz.

Doch immer wieder lässt die sonst so tatkräftige Frau die Hände in den Schoß sinken und blickt sinnend vor sich hin.

Die funzelige Lampe flackert trüb und wirft unruhiges Licht an die Wände. Immerhin ist es hell genug, dass Michaela die Ziffern auf dem Kalender erkennen kann: der sechsundzwanzigste Oktober. Der Tag der großen Gerichtsverhandlung in Strafsachen Anton Zaggler und Monika Kerber, geb. Brandl.

Michaela steht auf und tritt ans Fenster. Draußen scheint der Mond, und alles ist still.

Wie wird es ausgegangen sein? Ob man die beiden verurteilt hat? »Nein, das darf nicht sein«, spricht sie vor sich hin.

Es ist ihr sterbenselend zumute. Sie müsste reden und kann nicht. Aller Hass, den sie einmal gegen Anton Zaggler hegte, ist ausgelöscht. Grenzenloses Mitleid hat sie mit ihm und manchmal Zorn über ihre eigene Schwäche. Sie ist einen wahren Kreuzweg gegangen in den letzen Wochen. Oftmals hat sie sich aufgerafft und sich zugeredet, zur Polizei zu gehen und die Wahrheit zu bekennen. Und immer wieder blieb es beim Vorsatz. Sie will Bert nicht verlieren, der jetzt wirklich ein anderes Leben führt.

Ja, Bert arbeitet im Holzschlag. Er ist so fleißig, dass er nur einmal in der Woche ein paar Stunden Zeit hat, zu ihr zu kommen. Da spricht er dann vom Heiraten, und dass er schon ein kleines Anwesen in Aussicht hätte, das man pachten könne.

»Du wirst sehen«, hat er einmal gesagt, »beweisen können sie Anton und Monika eigentlich auch nichts. So werden sie halt freigesprochen. Sorge dich also nicht weiter darum!«

Das hat ihr für einige Zeit Ruhe gebracht. Heute aber ist alles in ihr aufgewühlt und zerrissen. Noch keine Minute gab es an diesem Tag, in der sie nicht an Anton gedacht hätte. In zitternder Angst sieht sie den kommenden Tagen entgegen, der langen Zeit, bis sie das Urteil erfahren wird. Dann lässt auf einmal diese fürchterliche Spannung etwas nach: Morgen treibt sie das Vieh heim, und dann wird sie es vielleicht schon hören.

Michaela wendet sich wieder vom Fenster ab, um den letzten Kranz zu binden. Da fährt es ihr plötzlich in den Sinn: Der Kranz sieht aus wie ein Totenkranz! Ein Totenkranz auf Anton Zagglers Grab. In jähem Entsetzen wirft sie die Arbeit von sich und deckt die Hände vor die Augen.

Da hört man einen festen Schritt vor der Hütte. Gott sei Dank! Der Bert! Nun ist sie wenigstens nicht mehr allein.

Statt des Bert aber tritt der Jagdgehilfe Markus Hornberger über die Schwelle. Tödliches Erschrecken läuft über die Züge der Sennerin. Sie weiß, Hornberger war in der Verhandlung, und die nächsten Minuten schon werden ihr sagen, was mit Anton ist …

»Ich habe noch Licht gesehen«, sagt er, »und da habe ich mir gedacht, ich besuche dich noch ein wenig. Du wirst doch nichts dagegen haben?«

Michaela bückt sich nach dem angefangenen Kranz und bindet weiter. »Du warst in der Stadt, nicht wahr?«, fragt sie, ohne den späten Besucher anzublicken.

»Ja, von der Verhandlung komme ich.«

»Und?« Michaela kann ihre Erregung kaum verbergen.

»Es steht nicht besonders gut um Anton. Morgen wird wegen Monika verhandelt und voraussichtlich auch das Urteil über die beiden verkündet.«

»Wenn man ihnen aber nichts beweisen kann, müssen sie die zwei doch freisprechen? Das müssen sie doch, nicht wahr, Markus?«

»Das bleibt abzuwarten. Die Indizien sind ungünstig für Anton. Aber kein Mensch glaubt an seine Schuld. Du doch auch nicht?«

Michaela schreckt zusammen wie unter einem Schlag. »Ich …, natürlich glaube ich nicht daran. – Aber du wirst Hunger haben. Wart, ich koche dir was!

Schon steht sie am Herd und setzt die Pfanne auf. Markus blickt ihr verwundert zu. Das hat sie noch nie getan! Immer hat sie ihn bisher in einer Weise behandelt, die ihm klar machen musste, dass er nicht willkommen ist. Und trotzdem bleibt er ihrer Alm nach wie vor nicht fern. Er sieht halt Michaela gern, auch wenn sie ihn nicht gerade gut behandelt. Es zwingt ihn immer wieder in ihre Nähe.

Wie sie nun am Herd steht, dunkel und schlank, fällt es wieder mit Gewalt über den Jäger her. Er hätte aufspringen mögen und sie in die Arme nehmen. Da lässt ihn ein seltsamer Ton aufhorchen: Michaela weint leise vor sich hin.

Schon steht der Jäger neben ihr. Er meint, den Grund ihres Weinens zu kennen, und beginnt zu trösten.

»Schau, Michaela, der schlechte Kerl ist es ja gar nicht wert, dass du um ihn weinst. Sei doch froh, wenn du ihn loswirst! Ich hätte es dir ja schon lang sagen können, dass er zu der Rottfußer-Sennerin geht. Aber mir hättest du es ja doch nicht geglaubt. Du weißt, Michaela, wie gern ich dich mag! Ich würde sofort und auf der Stelle mit dir beisammen bleiben und dir keines von den harten Worten nachtragen, die du mir schon hingeworfen hast. Und …«

Im Eifer seiner Rede bemerkt der Jäger die Veränderung in Michaelas Wesen nicht. Jetzt fährt sie mit einem Ruck herum, und da erschrickt er fast vor dem wilden Feuer ihrer Augen.

»Meinst du den Bert?«, fragt sie hastig.

»Ja, wen denn sonst? Ich habe gemeint, du weißt es schon, sonst hätte ich …«

»Nichts weiß ich!«, schreit sie wie von Sinnen. »Und du kannst es beschwören, dass du ihn auf der Rottfußer-Alm öfter siehst?«

»Freilich, fast jeden Tag ist er dort! Die Arbeit im Holzschlag ist ja schon fast seit vierzehn Tagen beendet. Das weiß ich genau, denn als Jäger hat man doch immer ein besonderes Auge auf solche Kunden wie den Bert.«

Da streckt sich Michaela, holt tief Atem und greift nach Jacke und Bergschuhen.

»Bleib da, Markus, bis ich wiederkomme!«, sagt sie und stürmt davon.

Der Jäger tritt vor die Hütte und blickt ihr nach, wie sie in wilder Hast über die mondhelle Almwiese aufwärts rennt und dann über eine Kuppe verschwindet. Nachdenklich krault er sich hinter den Ohren.

»Da habe ich was Schönes angestellt. Jetzt möchte ich bloß wissen, warum sie geweint hat.«

Langsam kehrt er in die Hütte zurück und zieht den schon angerußten Pfannkuchen vom Feuer.

Über eine Stunde dauert es, dann kommt Michaela zurück. Das heiße Funkeln ist noch immer in ihren Augen. Ihr Gesicht aber ist wachsbleich. Mit wenigen Schritten tritt sie vor Markus hin, der erwartungsvoll auf der Bank sitzt.

»Du hast mich nicht angelogen, Jäger! Du bist überhaupt immer ehrlich und gut zu mir gewesen. Dafür habe ich dich verlacht und verspottet. Aber dem anderen, diesem Lumpen, dem habe ich vertraut …«

Sie lacht so grell vor sich hin, dass es dem Jäger fast unheimlich wird. Gleich darauf spricht sie weiter. Hart und schonungslos fallen die Worte.

»Ich habe ihn gesehen durchs Fenster, wie er bei der anderen sitzt und ihr schöntut. Viel habe ich mir gefallen lassen von ihm. Aber dass er mich auch noch betrügt, kann ich ihm nicht nachsehen. Du, Markus, hast mir die Augen aufgemacht heute. Jetzt sage ich, was ich schon lange hätte sagen müssen: Der Bert hat den jungen Kerber erschossen! Anton und Monika sind unschuldig.«

Der Jäger fährt erschrocken auf. »Michaela! Ist das wahr? Sag, Michaela, dass es keine Lüge ist!«

»Ich lüge nicht, Markus.« Ihre Stimme hat wieder den dunklen, weichen Anschlag.

»Du musst es sofort der Polizei melden!«

Sie schüttelt den Kopf. »Ich fahre gleich selber nach München, morgen früh mit dem ersten Zug. Wenn du mich begleiten wolltest, Markus, wäre ich dir recht dankbar. Auf deinem Heimweg jetzt – bitte sei so gut, und klopf bei der Brandl-Sennerin, dass sie morgen früh meine Kühe melkt. Und jetzt gute Nacht, Jäger! Mir ist eine Zentnerlast vom Herzen gefallen, und ich glaube, heute Nacht kann ich trotz meiner Angst vor morgen wieder einmal ordentlich schlafen.«

Am nächsten Vormittag steht Michaela vor dem Richtertisch. Als sie die vielen Bekannten im Saal sieht, senkt sie die Lider. Ach, sie wünscht zu versinken! Scham und Angst zittern durch ihren Körper, so dass sie die ersten Fragen des Vorsitzenden etwas wirr beantwortet. Nach wenigen Minuten aber ist sie ruhig und sicher.

Alle Blicke richten sich auf die schöne, große Frau. Und dann fallen klar und betont wie Hammerschläge ihre Worte in den still gewordenen Saal.

»Ich weiß, wer Rudolf Kerber erschossen hat!«

Wilderers Ende

Noch am selben Abend werden Anton und Monika aus der Untersuchungshaft entlassen. Eine große Menschenmenge erwartet sie, darunter der Brandl, Graf Bruggstein mit Jutta, Hilda und Herbert, und auch der alte Kerber ist da. Er nimmt Monika am Arm und begleitet sie zum Auto.

Zur selben Zeit sind zwei Kriminalbeamte, von Michaela geführt, auf dem Weg zur Rottfußer-Alm.

Bert sitzt nichts ahnend bei der Sennerin in der Hütte, da wird die Tür aufgerissen, und Michaela steht hoch aufgerichtet auf der Schwelle.

Mit einem verdutzten Lächeln erhebt sich Bert und sagt: »Hoppala! Wo kommst denn du …?«

Das letzte Wort erstirbt ihm auf den Lippen, als er hinter Michaela die zwei fremden Männer stehen sieht.

Blitzschnell gehen seine Augen herum, suchen nach einem Ausweg. Aber ehe er zum Sprung durch die Stalltür ansetzen kann, haben ihn die Beamten in ihrer Mitte.

Da tritt Michaela knapp vor ihn hin. Erst hebt sie die Hand, als ob sie ihm ins Gesicht schlagen möchte.

Dann besinnt sie sich und sagt in einem Ton grenzenloser Verachtung: »Du bist so schlecht, dass ich dich nicht mehr berühren mag.« Sie wendet sich rasch ab und geht davon.

Erst beim Latschenfeld bleibt sie stehen und blickt zurück. Da führen sie ihn ab. Nicht das leiseste Gefühl von Mitleid regt sich in ihr. Der Mann, den sie zehn Jahre geliebt hat wie nichts sonst auf der Welt, ist ausgelöscht aus ihrem Denken und Fühlen. Ein tiefes Atemholen!

Ist es nicht gerade, als ob etwas von ihr abgefallen wäre, etwas sehr Drückendes? Glück ist es ja schon lange nicht mehr gewesen. Eher die Ahnung drohenden Unheils. Mit einem Mörder gibt es für sie keine gemeinsame Zukunft.

Ein frostharter Winter kommt. Anton Zaggler ist daheim und hilft der Mutter. Er will seine Arbeit als Jäger nicht wieder antreten, bevor entschieden ist, ob Graf

Bruggstein die Jagd wieder übernimmt. Herr Kerber will sie unter den gegebenen Umständen nicht mehr pachten.

Eines Tages ruft Graf Bruggstein Anton zu sich. »Anton, nun habe ich die Jagd wieder übernommen. Bei mir selber ist ja nicht mehr viel los mit der Jägerei, aber im Frühjahr kommt mein Sohn aus Amerika zurück, der Sie braucht, wenn er das Revier wieder ordentlich in Schuss bringen will. Es ist in letzter Zeit ein bisschen verwahrlost. Warum sind Sie denn eigentlich nicht mehr hinaufgegangen?«

»Graf, Sie werden verstehen, dass mir die Lust an der ganzen Jägerei vergangen war. Aber nachdem die Jagd nun wieder in rechten Händen ist, bin ich wieder dabei.«

Graf Bruggstein schiebt Anton ein Gläschen Cognac hin.

»Sie werden es schon gehört haben, dass Monika im Frühjahr wieder ganz nach Sintsbach kommt. Der Brandl-Hof ist ja nun ihr Eigentum. Vorerst führt sie dem alten Kerber noch den Haushalt, und dann – denke ich – wird sie bald euren eigenen führen.«

Anton zuckt mit den Schultern. »Da lässt sich jetzt noch gar nichts sagen, Graf. Ich habe Monika seit dem Verhandlungstag nicht mehr gesehen. Es hat sich nicht ergeben.«

»Sie haben sich ja auch in Ihrem Häuschen verkrochen wie der Fuchs im Bau. Zweimal ist Monika schon da gewesen. Weswegen, meinen Sie, kommt sie denn her? Nehmen Sie Vernunft an, Anton, und lassen Sie sich Ihr Glück nicht ein zweites Mal entkommen! – Was ich noch fragen will: Ist denn was Wahres daran an der Geschichte mit dem Hornberger und der schwarzen Michaela?«

»Ich glaube schon.«

»Schau einer dieses stille Wasser an! Ich habe immer gemeint, der hat Angst vor Frauen. Aber die Michaela – allen Respekt, dass sie noch zur rechten Zeit ausgesagt hat! Dafür mache ich ihr ein Hochzeitsgeschenk. Und jetzt, Anton, Sie bleiben doch zum Essen?«

Im großen Speisezimmer des Schlosses warten schon Jutta und Hilda, die Anton gleich in die Mitte nehmen.

»Da hat man's schon wieder«, brummt Graf Bruggstein. »Wenn ein Junger da ist, bin ich abgemeldet. Aber das sage ich Ihnen, Anton: Einen Reit- und Fahrweg lasse ich mir anlegen bis zur Jagdhütte hinauf! Denn bis zum Lebensende da herunten bleiben, das halte ich nicht aus.«

Mit diesem Vorsatz ist es ihm auch ernst, denn in der nächsten Woche sind schon einige Arbeiter damit beschäftigt, durch den Wald hinauf einen bequemen Weg anzulegen.

Nun ist der Frühling mit Macht nach Sintsdorf gekommen. Und mit ihm die Monika.

Die Eltern auf dem Brandl-Hof haben es sich nicht nehmen lassen, einen Willkommensgruß über dem Eingang anzubringen. Betty Brandl tritt vors Haus, als der Kleinlastwagen auf den Hof rollt, und schließt ihre Tochter dann in die Arme.

Klaus Brandl steht daneben. Sein Haar ist in der kurzen Zeit weiß geworden. Aber in seinen Augen ist heute ein Leuchten, wie es seine Frau vor vielen Jahren einmal an ihm gesehen hat: damals, als er sie über die Schwelle dieses Hauses geführt hat. Nun nimmt er die Tochter an der Hand und führt sie ins Haus.

Langsam geht Monika durch alle Räume. Ihr kommt es vor, als sei sie eigentlich nie so recht fort gewesen.

Und so wird es wohl auch sein. Nur ihr Körper war fort in einer ihr wesensfremden Welt. Ihre Seele war zurückgeblieben in diesen Räumen.

Ihr kommt es vor, als sei die Ehe mit Rudolf Kerber und alles, was damit verbunden war, nur ein banger Traum gewesen, der jetzt vorüber ist. Vom Flurfenster aus blickt sie über die gezackte Wipfelreihe des Waldes zu den Bergen.

»Was schlängelt sich denn da hinauf?«, fragt sie den Vater, der hinter ihr steht.

»Das hat Graf Bruggstein anlegen lassen – ein Reit- und Fahrweg, weißt du, auf dem kann er mit dem Pferd oder dem Geländeauto zu der Jagdhütte hinauf, wo Anton ist.«

»Anton.«

Leise spricht Monika den Namen vor sich hin. Dann wendet sie sich rasch ab, geht in ihr Zimmer und schlüpft in ihr liebstes Arbeitsgewand.

Draußen lacht hell und schon warm die Frühlingssonne. Es ist noch früher Morgen, und vom Kirchturm läutet die Glocke zu einer Totenmesse. Die schwarze Michaela hat sie für Bert Steinmüller bestellt, der einen gewaltsamen Fluchtversuch mit Geiselnahme unternommen hat und dabei erschossen worden ist.

Schritt in die Zukunft

Am Samstagnachmittag macht sich Monika auf den Weg zur Jagdhütte. Mit Herzklopfen nähert sie sich dem Kiefernwald. Warum nur die unerklärliche Angst vor dieser Begegnung? Seltsam, dass man auch vor dem Glück Angst haben kann …

Die Hütte ist verschlossen, und Monika setzt sich auf die Bank und wartet. Nicht lange dauert es, dann hört sie seinen festen, raschen Schritt sich nähern.

Wenig später stehen sie voreinander, stumm und ergriffen. Nur ihre Augen gehen wie zwei stille Lichter ineinander hinein.

Was hätten sie auch sagen sollen? Das Glück dieses Augenblicks ist wortlos, und alles Leid der letzten Jahre versinkt in der Wonne des Sich-Wiederfindens.

Abend will es werden. Aber für die beiden Menschen ist es ein Morgen, Sonnenaufgang. Der Himmel beginnt Gold auszugießen, und die Erde glüht darunter.

»Sag, wärst du nicht zu mir gekommen?«, fragt Monika, sich aus seinen Armen lösend.

Er schüttelt lächelnd den Kopf. »Du hast mich damals verstoßen. Deshalb kannst nur du mich zurückholen. Aber komm, jetzt gehen wir heim!«

»Heim«, spricht sie langsam nach. »Wie sich das anhört: ›... gehen wir heim!‹«

Im Herbst ist dann die Hochzeit. Sie sollte mit viel weniger Pomp gefeiert werden als die erste. Aber es finden sich so viele Gäste ein, dass sie der Postbräu-Saal nicht mehr fassen kann, so dass die Leute auch im Flur und im Garten tanzen.

Unter den Gästen ist auch Graf Bruggstein, der dem Brandl erzählt, dass er wohl heute nach vielen Jahren wieder das Tanzbein schwingen würde, wenn ihm nicht sein verrückter Stier diesen Puffer aufs Herz gegeben hätte. Und der Monika erzählt er von jener Nacht, da er ihretwegen mit Anton Schnaps trinken musste.

Als das Brautpaar sich zurückzieht, werden die beiden von der Musikkapelle und einer großen Menschenmenge zur Straße hinaus begleitet. Glückwünsche und Hochrufe erfüllen die Nacht.

Das ist nun gerade nicht nach dem Geschmack der beiden, denn sie tragen eine tiefe Feierlichkeit in ihren Herzen.

Hoch steht der Mond am Himmel, und die weißen Mauern des Brandl-Hofes leuchten in seinem Licht. Und drüben steht die Villa, über deren Eingang heute ein mächtiges Hirschgeweih thront.

Hand in Hand treten sie über die Schwelle. In ihre Zukunft.